꿈에서 꿈을 꾸다

조정희 장편소설

꿈에서 꿈을 꾸다

초판 1쇄 인쇄일 _ 2011년 3월 10일
초판 1쇄 발행일 _ 2011년 3월 17일

지은이 _ 조정희
펴낸이 _ 최길주

펴낸곳 _ 도서출판 BG북갤러리
등록일자 _ 2003년 11월 5일(제318-2003-00130호)
주소 _ 서울시 영등포구 여의도동 14-5 아크로폴리스 406호
전화 _ 02)761-7005(代) ㅣ 팩스 _ 02)761-7995
홈페이지 _ http://www.bookgallery.co.kr
E-mail _ cgjpower@yahoo.co.kr

ⓒ 조정희, 2011

값 10,000원

ISBN 978-89-6495-016-6 03810

조 정 희　장 편 소 설

꿈에서 꿈을 꾸다

BIG 북갤러리

해가 거의 떨어지고 있다.

서쪽 산등성이에 손톱만큼 걸려 있는 해는, 마치 웃는 사람의 눈썹처럼 흔들린다.

지섭이 앉아 있는 언덕 위로 석양이 꽃비처럼 조용히 내려앉는다.

후광처럼 빛의 세례를 받고 있는 지섭.

그는 숨도 쉬지 않는 것처럼 꼼짝도 하지 않는다. 눈빛은 어디를 향해 있는지. 떨어지는 해를 보고 있는지. 아님 들판 가득 익어가는 고개 숙인 벼를 보고 있는지.

황금색으로 물든 그의 얼굴에선 희로애락의 감정을 읽을 수 없다. 잔잔한 듯도 하고 속울음을 울고 있는 듯도 하고 어찌 보면 생각이 멈춰 버린 듯도 하다.

마침내, 해가 완전히 넘어간다.

어둠이 소리 없이 땅 위에 깔리기 시작한다.

더욱 알 수 없게 된 지섭의 표정.

지섭은 어두워가는 언덕, 벼가 익어가는 들판과 하나가 되어, 깊게 오래도록 그렇게 가라앉아 있었다.

* * *

　사문은 아파트 단지를 벗어났다.

　막 해가 넘어가는 중이었다.

　대기는 한낮의 교만함을 버리고 한결 부드러운 빛을 띠었다. 가까이 내려온 하늘을 향해 가지를 내뻗은 가로수들이 욕심 없는 바람에 가볍게 잎을 흔들었다.

　벚나무 잎은 곱게 물이 들어있었다. 봄에는 멋지게 꽃잎을 휘날리더니 지금은 고운 잎을 작은 새처럼 떨어뜨렸다.

　아파트 단지를 지나고 길을 건너 산으로 난 산책로로 들어섰다.

　대기는 좀 더 붉어졌다.

　붉은 대기 속에 감싸인 벤치.

　사문은 벤치에 앉는다.

　벤치 가까이 벚나무 가지가 내려와 있다.

　그림 같은 자태다.

　그림처럼 앉아 있는 사문.

　벤치와 벚나무와 붉은 대기와 하나가 되어, 사문은 오랫동안 그렇게 앉아 있었다.

차례

제1곡 파문(波紋)

"선생님!"

자지만 날카롭게 귀에 꽂히는 소리.

라켓에 잘 맞은 공처럼 '선생님'은 귓속으로 튀어 들어왔다. 도시를 뒤덮은 온갖 소음 속에서 그 소리는 전혀 다른 진동으로 사문의 귀를 울린다.

'섭이다!'

진동은 가슴 중앙에 파문을 일으키고 금세 온몸으로 퍼져나간다. 감출 수 없는 기쁨. 표정은 거짓말을 하지 못한다. 사문의 표정이 그걸 말한다. 얼굴빛이 바뀐다. 거짓말 하는 거야 자유지만 들통날 수밖에 없다는 것도 인정해야 한다. 억누른 기쁨은 기쁨이 아니던가.

사문은 대번에 지섭인 줄 알았지만 0.1초 동작을 멈춘다. 마음이야

찰나의 망설임도 없이 곧바로 그에게 달려가지만, 실가닥 같은 이성의 그물이 그녀의 감정을 막아선다. 너무나 힘없이 끊어질, 거미줄처럼 약한 그물이지만.

소리가 난 쪽으로 돌아본다.

사문의 움직임에 그물이 힘없이 끊어진 건 물론이다.

돌아선 그녀의 눈앞에 가슴 벅차게 서 있는 지섭의 차.

지섭은 눈만 보이게 차창을 조금 내리고 웃고 있다. 눈밖에 보이지 않지만 사문은 많은 걸 보고 있다. 어쩌면 마음까지도 보고 있는지 모른다.

그의 웃는 얼굴, 웃으면 입꼬리가 조금 처지는 입술, 한쪽으로 기울이고 있는 어깨, 핸들에 얹혀져 있는 손, 섬세한 손가락, 청바지를 입은 긴 다리까지 보인다.

차창이 조금 더 내려간다. 얼굴엔 홍조까지 띠고 있다. 그러지 않아도 잘생긴 얼굴에 거짓 없는 감정까지 드러내고 있다. 그녀를 보고 있는 얼굴엔 그의 붉은 마음이 온통 담겨 있다. 사랑받고 있다는 벅찬 기분에 사문의 가슴에 더 큰 파문이 인다. 물론 감정을 숨기려고 노력하는 중이지만, 연기가 잘 되고 있는지는 모를 일이다.

"잠깐 타세요."

"나, 늦었어요."

말은 그렇게 하면서, 내려진 창문 너머로 지섭의 얼굴이 드러나는 순간 발은 이미 차 앞을 돌아가고 있다. 사문은 출근 중이다. 곧바로 간대도 그리 이르지 않다. 아침에 시간을 넉넉히 두고 출근하는 월급 생활자가 얼마나 되겠는가.

“도깨비같이 무슨 일이에요? 이 시간에 연락도 없이.”

문을 열고 재빨리 옆자리에 앉는 순간, 지섭이 시동을 건다. 사문이 던진 말은 시동 소리에 묻혀버린다.

“네? 뭐라구요?”

“시동은 왜요? 나 늦었단 말이에요.”

사문이 기어를 바꾸려는 지섭의 손을 급히 잡았다.

“제 손 잡지 마세요. 그러면 선생님 오늘 정말 출근 못할지도 몰라요.”

지섭은 막무가내. 하던 동작을 그만 둘 기미는 눈곱만큼도 없다.

“농담하지 마세요.”

손에다 힘을 주고 지섭의 행동을 막아보려는 의지를 강하게 내비친다. 그리고 그럴 리는 없겠지만 막무가내로 이러니 좀 겁이 났다. 사문은 아직 지섭을 속속들이 알지 못한다. 지섭의 연애 스타일도, 숨겨져 있을 욕망도, 그리고 어떤 괴벽이 있는지는 더구나 모른다. 부모도 자식을 다 알 수는 없으니 사람일은 모르는 것이 아닌가. 아직은 좋은 면밖에 보지 못했고 그녀를 좋아한다는 것 외엔 불확실한 것 투성이다. 그런데도 사문이 지금 이 남자에게 빠져있다는 것도 사실이다. 사람일은 정말 모르는 것이다.

“교문 앞에서 이러고 있을 순 없잖아요. 학생들 봐도 괜찮아요? 잠깐이면 돼요.”

이젠 아주 설득조다. 누가 선생인지 모르겠다.

사문의 손에 힘이 빠졌고 지섭은 손을 잡힌 채 기어를 바꾸고 차를 출발시켰다.

"이제 살 것 같아요."

학생들이 뛰어 들어가는 교문을 지나치고, 키 작은 남천이 줄지어 자라고 있는 학교 담장을 지나고, 그리고 길을 꺾어 한적한 소방도로가에 차를 세운 지섭이 크게 숨을 내쉬며 한 말이었다.

사문은 '뭐라구요?' 하는 표정으로 앉아 있다. 말의 뜻을 짐작할 수는 있다. 하지만 확신하기엔 왠지 좀 건방지다는 생각이 든다. 너무 확신하면 자신만만으로 보이고 그게 심하면 공주병 소리를 듣는다. 요즘은 공주병이 너무 많아 공주의 인기가 하락하는 중이다. 속마음은 직접 털어놓을 때까지 기다리는 게 점잖은 사람이 할 행동이라 생각되었다. 해서, 사문은 예의를 지키는 셈치고 지섭이 하는 행동을 보고만 있다. 좀 더 구체적일 다음 말을 기다리고 있다.

지섭은 핸들을 놓고 의자를 뒤로 밀었다. 그리고 등받이를 젖히고 힘을 뺀 채 깊숙이 누워버린다. 큰일을 끝내고 멋들어지게 쉬어본다는 폼이다.

예의도 좋지만 사문은 초조하다. 자율학습을 알리는 종소리가 귀에 들리는 듯하다. 선생의 귀에는 쉬는 날에도 환청처럼 종소리가 들린다. 그런 판국에 학생이나 선생이나 할 것 없이 초를 다투는 아침 시간이다. 시시각각 수업 시간은 다가오고 분주하게 돌아가는 교무실과 복도와 교실이 눈에 선하다.

그래도 분위기를 깨기는 싫었다. 무슨 말을 하건 지섭이 먼저 말을 하게 두어야 한다는 생각이다. 그게 지금 이 상황을 지배하는 올바른 분위기다. 대신 몰래 숨을 깊게 들이쉬고 시계를 본다. 들키지 않게,

분위기 흐리지 않게 살짝.

"갑자기 너무 보고 싶은 거예요. 얼굴만 보고 오자, 하고 차를 몰았는데. 도착하니까 아직도 깜깜해요. 한밤중에 전화하기도 그렇고……."

사문의 짐작이 맞다. 하긴 그 외에 무슨 이유가 있겠는가. 자길 좋아하는 사람이 예고도 없이 나타났다. 그게 이벤트로 마련한 것이든, 어쩔 수 없이 미쳐서 오게 되었건, 이유야 뻔할 정도로 당연한 것 아닌가. '보고 싶었다.' 단지 한밤중에 왔다는 게 좀 기가 막힐 뿐이다.

기막혀하는 사문의 얼굴을 보며 지섭은 싱글싱글 웃는다. 누가 그 얼굴에 침을 뱉을 수 있겠는가. 비록 용서받지 못할 잘못을 저질렀다 해도 그 완벽하게 만족한 기운에 재를 뿌리진 못할 것 같다. 엄마를 보고 마냥 웃고 있는 배부른 아기의 웃음이다. 그저 아름답다는 생각밖에 아무 생각이 없다.

"도대체 몇 시에 온 건데요?"

"차 세우고 시계 보니까 네 시도 안 됐더라고요."

"도깨비 맞네, 뭐. 한밤중에 돌아다니고."

"맞아요. 도깨비에 홀린 도깨비."

사문은 말을 받아 장난을 하고 싶었지만 꾹 참고 선생 같은 성실한 질문을 한다. 마음을 몽땅 들키기는 싫다는 저항 같은 것이 사문에겐 아직 있다. 아니면 여자란 종족에게 근본적으로 깔려있는 본성인지도 모른다. 상대가 완전히 드러날 때까진 나를 드러내지 않는 것. 그게 자신을 보호하려는 본능인지, 아님 그릇된 이기심인지는 알 수 없다. 인류의 역사가 시작된 이래로 필요에 의해 축적된 관습인지 사문이란 한

개인의 존재 방식인지 알 수 없듯이.

"이 시간까지 뭘 하며 보냈어요?"

"선생님 집 바라보면서 차에서 잤죠. 세레나데라도 부르고 싶었지만, 누구 체면 생각해서 참았어요."

그놈 참, 하는 말도 귀엽다.

"이제 어떡할 거예요?"

"어떡하긴요. 얼굴 봤으니까 가야죠. 있어봤자 선생님이 저하고 놀아주실 것도 아니고."

지섭은 갑자기 아주 불쌍한 표정이다. 누가 연기자 아니랄까봐. 싱글거리던 얼굴을 순식간에 바꾼다. 불쌍한 표정이 아니라도 사문은 지금 마음이 흔들려 죽을 지경이다. 정말 학교를 땡, 치고 놀고 싶은 마음이 굴뚝이다.

"오늘 스케줄은요?"

"그건 왜 물으세요? 놀아주실 것도 아니면서."

"싫으면 말고요."

"미뤄도 되는 스케줄이 하나 있긴 해요. 꼭 오늘 아니라도 되는."

불쌍한 표정이 환희의 얼굴로 바뀐다. 팔색조가 따로 없다. 사문은 웃음이 올라오는 걸 겨우 누른다.

"그럼 좀 기다릴래요? 일단 출근해놓고 잠깐 다시 나올게요."

"에이, 그럼 다시 들어간다구요. 조퇴하면 안 돼요?"

"데이트한다고 조퇴하는 선생 봤어요?"

"데이트가 아니라 죽어가는 사람 살리는 일이란 말이에요. 공부는 해서 뭐 해요? 죽으면 다 소용없는 걸. 사람 살리러 간다 하고 학생들

몽땅 집에 보내세요."

"억지라는 거 알고는 있죠?"

"억지 아니에요. 억지로 죽는 사람도 있어요?"

"농담이 점점 무시무시해 지네요."

"농담이 아니라니까요. 어떻게 좀 해보면 안 돼요? 잠도 못자고 왔단 말이에요."

지섭은 아주 내놓고 투정이다. 어깨까지 흔들며 떼를 쓰자 사문은 픽 웃고 만다.

"팬들이 지금 이러고 있는 지섭씨 모습을 봐야 하는데. 혼자 보기 아깝네요."

"볼 테면 보라죠. 전 지금 눈에 뵈는 게 없단 말이에요."

"갔다 올게요."

사문이 소리 내어 웃으며 차문을 열고 내린다.

지섭의 귀에 한참 동안 웃음소리가 남았다. 소리 내어 웃을 줄도 아는구나.

지섭은 사문이 모퉁이를 돌아 안보일 때까지 바라보았다. 사문은 모퉁이를 돌기 전에 돌아보고 손을 들었다. 참 손도 작다. 발도 작을까? 구두 신은 여자 발은 어림짐작이 어렵다.

마침내 그녀가 눈앞에서 사라지자 그는 다시 의자에 몸을 눕힌다. 눈을 감는다. 피로가 몰려온다. 그에겐 휴식이 필요하다. 즐거운 휴식이다. 그녀가 올 때까지의 휴식. 예정된 시간이 지나면 그녀가 올 것이다. 밀려오는 졸음이 감미롭다. 지섭은 나른한 졸음에 빠져든다.

* * *

『내 아버지가 되어주고 아들이 되어주고 연인이 되어주세요. 저도 지섭씨의 어머니가 되어주고 딸이 되고 연인이 되어 드릴게요.』

되풀이해서 몇 번을 읽었는지 모른다.

편지를 안고 글자에 뽀뽀를 했다. 사문이 눈앞에 있었다면 아마 그렇게 대놓고 뽀뽀를 했을 것이다. 연인이 되어주겠단다. 아찔했다. 어쩌면 심장이 살짝 까무러쳤는지도 모른다. 뇌에 침을 맞는 느낌이 그럴까. 그 구절에서 지섭은 좋아 미치는 줄 알았다. 드디어 나를 인정한단다. 허락이 떨어졌다. 나를 받아들인단다. 이제는 피를 말리지 않고도 만나 주겠구나.

아싸!

지섭은 주먹을 쥐고 허공을 내질렀다.

소금 먹고 물 못 마신 것처럼 갈증이 나던 지난 1년이었다. 바쁜 촬영 스케줄에 매어 지내지 않았더라면 아마도 미쳤을 것이다. 미쳐서, 날마다 사문의 집 앞에 스토커가 되어 지키고 서 있었을지도 모른다. '사랑하는 여자를 위해 죽을 수도 있다' 는 영화 대사가 그냥 나온 대사가 아니었다. 지섭은 그녀 때문에 죽을 수도 있을 것 같았다.

전화도 받지 않고 문자도 씹어버리고 메일도 읽어주지 않는 날이 한 달이 되어가던 그날 밤, 11시가 되어 촬영이 끝났고 집에 도착했을 땐 12시가 넘어 있었다. 그 밤에 지섭은 환청을 들으며 집을 뛰쳐나가 미친 듯이 차를 몰았다. 그녀가 있는 곳으로 차는 폭풍처럼 내달렸고 현관문을 두드렸다. 놀라서 뛰어나온 그녀의 팔을 끌어당기며 이럴 거면 같이 죽자고 소리 지르다 정신이 들었다.

이게 무슨 일인가.

물소리가 세차게 귀를 때렸다. 지섭은 옷도 벗지 않은 채로 샤워기 아래 서 있는 자신을 발견했다. 환상이었다. 너무도 생생한 환상.

이러다 내가 미치겠구나. 나는 그 여자가 아니면 죽을 수도 있겠구나. 아니 그 여자를 위해서라면 죽을 수도 있겠구나. 죽을 수도 있겠구나!

죽음을 생각하자 기이한 용기가 생겼다. 아니면 이판사판의 심정이었는지도 모르겠다. 어떤 식으로든 결정이 나지 않고는 견딜 수 없을 것 같은 상태. 공포에 떨며 번지점프대 위에 서 있는 것과 같은, 죽을 각오로 뛰든지 죽었다 생각하고 체념을 하든지, 였다.

물에 젖은 옷을 벗어내고 방으로 들어가 휴대폰을 찾았다. 전화를 받지 않으면 당장 차를 몰아 달려가겠다. 이대로 살 수는 없다. 단단히 결심이 서 있었다. 진작에 왜 그런 결심을 하지 못했는지 이상할 지경이었다.

신호음이 들리고, 그녀가 전화를 받으러 달려오는 게 보이는 것 같았다. 왠지 전화를 받을 것 같았다. 간절한 염원이 주문으로 변했다.

그녀가 지금 달려오고 있다. 방으로 뛰어 들어온다. 전화를 받는다. 전화를 받는다.

지. 금. 받. 고. 있. 다.

"여보세요."

지섭은 그 자리에 주저앉아 버렸다. 한 달 만에 들어보는 목소리였다.

"여보세요."

그녀가 그를 찾는데 바보같이 아무 말도 못하고 울고 말았다. 그녀의 목소리가 들리는데 지섭은 휴대폰을 안고 울고 있었다. 부끄러운 줄도 몰랐다. 여자 앞에서 울다니, 하던 지섭은 어디로 갔는지. 자신이 울고 있다는 걸 알고나 있는지. 꺼이꺼이 나오던 울음소리가 점점 커졌다. 그 많았던, 하고 싶었던 말들은 그녀가 전화를 받는 순간 필요가 없어졌다.

"여보세요."

그녀의 목소리가 커졌다. 지섭은 휴대폰을 방바닥에 던져 놓은 채 아예 통곡을 했다. 아무 말도 못하고 통곡을 했다. 서러움이 북받쳤다. 그동안의 매정함이 야속하기도 했다. 울고 있는 자신이 불쌍해져 또 울었다.

내려놓은 휴대폰 속에서 그녀가 그를 불렀다.

"지섭씨! 지섭씨!"

그녀의 소리는 이제 절박했다. 울음소리만 점점 커지는, 보이지 않는 상황. 놀라겠구나.

눈물로 도배를 한 얼굴로 지섭은 휴대폰을 집어 들었다.

"저예요."

그렇게 대답하면서 겨우 울음을 멈추었다.

"미안해요. 이제 전화 잘 받을게요."

하늘이, 땅이, 갑자기 뚝, 소동을 멈추었다.

무슨 다른 말이 필요하겠는가. 그동안 목말라 했던 것이 그 말 속에다 들어 있었다.

　폭풍이 휘몰아치고 집채만한 파도가 일고 번개가 번쩍이고 천둥이
치던 하늘이 어디로 사라졌는가. 소란이 갑자기 멈춘 고요. 먹먹해진
지섭. 생각을 놓아버린 표정이다. 이윽고 눈물로 범벅이 된 지섭의 얼
굴에 웃음이 퍼진다. 잔잔한 물결 같은 환희가 가슴으로 밀려들었다.

　"감사합니다."

　"무슨 소리를. 내가 미안해요."

　"……."

　아, 정말 할 말이 없었다. 그리고 울었던 게 조금씩 부끄러워지기 시
작했다. 물에서 빠져나오니 보따리 생각도 좀 났다. 간사한 놈 같으니
라고. 체면이 슬슬 걱정된다 이거지? 말로 할 수 없는 그런 생각만 스
치고 지나갔다. 선생님은 무슨 생각을 하고 있을까. 속으로 웃고 있는
지도 모른다. 왜 아이처럼 엉엉 울었는지, 소리라도 덜 내든지.

　"잘 자요. 지섭씨."

　지섭이 그러고 있자 사문은 인사를 하고 전화를 끊었다. '지섭씨' 라
는 말 속에 웃음이 좀 섞인 것도 같았다.

　그리고 이틀 후 편지가 왔다. 펜으로 직접 쓴, 긴 편지였다.

『전화를 끊고 잠시 멍하니 앉아 있었습니다.

　잠깐 앉아 있는 동안 내 결심이 완전히 돌아섰습니다.

　그렇게 굳었던 맹세가, 다지고 다졌던 결심이 무너지는데 채 1분도
걸리지 않았습니다. 모래성이 무너지는 게 이와 같을까요. 바닷가 모
래밭에 성을 쌓았나 봅니다. 파도가 밀려올까 노심초사하며 바닷가에

성을 쌓았나 봅니다. 모래밭에 성이라니, 처음부터 웃기는 일이었죠. 물살은 너무도 간단히 나의 노력과 시간을 물거품으로 만들어버리고 말더군요.

수포로 돌아간 뒤의 그 편안함.

난 그동안 놓아버려도 될 짐을 괜히 힘들게 지고 있었구나, 하는 허망한 마음까지 들었습니다. 한 번 꽉 잡은 주먹을 이유도 없이 밤새 부르쥐고 자듯이 말입니다. 소용없는 일에 공을 들이고 있었습니다.

그래요.

내가 지섭씨와 사귀지 말란 법은 세상 어디에도 없습니다. '당신과 사귈 수 없다'는 나 혼자 만들어낸 모래성이었습니다. 지섭씨가 몹시 사랑받는 배우라는 것이 사랑받지 못할 이유가 될 수는 없습니다. 내가 그 사람의 연인이 된다는 것도 죄가 될 수는 없겠지요.

전화를 끊고 생각했습니다.

내일 일도 알 수 없는 내가, 먼 미래를 생각한답시고 지금 이렇게도 간절한 지섭씨의 마음을 모른 척한다는 것은 죄 중에 죄라는 생각이 들었습니다.

내가 이기적이었습니다.

당신과 사귀다 잘못 되면 어쩌나. 끝이 어떻게 될까. 당신과 사귄다는 건 세상이 다 아는 일이 될 터이고 그렇게 떠들썩하던 사랑이 만약 잘못되면 앞으로 어떻게 살아가야 될까. 지금처럼, 물 흐르듯 조용한 일상을 다시는 가지지 못하게 되는 건 아닐까. 그런 생각들 때문에 당신을 피한 건 사실입니다.

하지만 그게 얼마나 웃기는 일인지, 당신의 통곡 소리가 나를, 나의 속된 마음을 비웃었습니다. 사랑을 알아보지 못하는, 아니 사랑할 자격도 없는 속물이라고.

정신이 번쩍 들었습니다. 내가 세상을 이렇게 약게 살고 있었구나. 나밖에 모르는구나. 껍질 깨기가 두려워 세상 밖으로 나오지도 못하고 장차 날갯짓도 해보지 못하겠구나. 찬란한 햇살도 보지 못하고 출렁이는 바다도 느끼지 못하겠구나.

날갯짓이 서툴러 넘실거리는 물살에 휩쓸릴지라도, 너무 찬란한 햇살에 아차, 눈이 부셔 바다를 하늘로 알고 곤두박질치더라도, 그 찬란한 햇살과 눈부신 바다를 품어보아야겠다.

깃털 속속들이 푸른 바람을 느낄 수 있도록 날아보아야 되겠다.

용감하게, 당신을 바람 삼아 번지점프를 하듯 세상 속으로 뛰어들어야겠다.

결심했습니다.

지섭씨,

어리석었던 그동안의 내 행동을 용서하세요.

감히 청하지는 못했지만 저도 지극히 원하던 바였습니다. 많은 것을 한꺼번에 약속할 수는 없지만 제 마음도 지섭씨와 같은 마음이라는 건 알아주셨으면 합니다.

내 아버지가 되어주고 아들이 되어주고 연인이 되어주세요. 저도 지섭씨의 어머니가 되어주고 딸이 되고 연인이 되어 드릴게요.』

지섭은 끝 구절을 읽고 또 읽었다.

가슴이 떨렸다.

기분이 좋은 건 말하면 잔소리고, 무엇보다 보고 싶어 죽을 지경이었다. 글자를 보고 나니 더 보고 싶었다. 글자 한 자 한 자에 사문의 펜이 지나갔다. 편지지에 그녀의 손이 닿았다. 편지를 쓰고 접고 그리고 봉투에 넣었을 것이다. 우표는 뭘로 붙였을까. 설마 침은 아니겠지. 지섭은 사문이 우표에 침을 바르는 걸 상상하고 혼자 키들키들 웃었다. 미쳐도 보통 미친 게 아니라고 자신을 비웃으면서도 고칠 생각은 없는 것 같다. 고칠 생각은커녕 미친척하고 무슨 일이든 저지르고 싶은 건지도 모른다.

편지도 엄청 멋지게 썼다. '당신을 바람 삼아 번지점프를 하듯 세상 속으로 뛰어 들어야겠다.' 나랑 번지점프라도 할 수 있다는 말 아닌가. 사문씨는 번지점프를 해봤을까. 무지 무서운데.

지섭은 특집 방송 때문에 어쩔 수 없이 번지점프를 했던 때를 떠올리며 몸을 부르르 떤다. 아직도 그 생각을 하면 다리가 저릿저릿하다.

해보지 않은 운동이 없을 정도로 몸을 움직이는 덴 자신이 있었다. 그런데 번지점프는 달랐다. 올라가봐야 그 느낌을 안다. 올라가 보지도 않은 사람에겐 백번 말해도 소용없다. 지섭도 그랬다. 좀 무섭긴 하겠지만 그냥 해낼 줄 알았다.

심장이 발 아래로 쿵, 하고 떨어지는 느낌.

올라선 순간의 느낌이 그랬다. 먼저 올라 간 사람들이 왜 점프대 앞에서 납작 엎드려버리는지 알고도 남았다. 사실은 지섭도 몇 번이고 그렇게 엎드리고 싶었다. 호기롭게 호언장담을 하고 올라가서 그러지도 못하고, 십 분 넘게 머릿속이 하얘지도록 서 있다가 엉겁결에 뛰어내렸다.

거의 정신없이 뛰어내렸다고 해야 맞다. 아마도 뛰어내릴 당시엔 정신도 몸도 반쯤은 마비된 상태였을 것이다. 뛰어내리는 건 죽는 것만큼 두렵고 그냥 내려가기는 죽기만큼 싫고. 참 난감했던 기억이다. 성을 갈기 전엔 다시는 하지 않겠다고 생각했다.

하지만 사문씨와 같이라면 괜찮을 것 같다. 그녀를 안고는 더한 곳에서도 뛰어내릴 수 있다. 무슨 일이라도 할 것 같다. 사문씨도 그렇다는 뜻이 아닌가. 그렇게 무서운 것도 나랑 같이라면 괜찮을 것 같다. 즉 죽음도 두렵지 않다는.

소설가는 역시 다르다. 좋다는 표현을 그렇게 해버리다니. 저런 말들은 어디에 있다가 나오는 걸까. 펜만 들면 저절로 나오는 걸까.

사문씨는 직업이 두 개다. 소설가이기도 하다. 그녀의 소설에 먼저 반했다. 역시 다르다. 편지가 아니고 예술이 아닌가. 글로 사람을 이렇게 죽이다니. 펜은 칼보다 강하다. 누가 한 말인지 너무 지당하신 말씀이다.

아, 정말 보고 싶다.

지섭은 편지를 펴고 다시 글자를 들여다보았다. 편지를 또 읽었다. 다 읽고 나도 여전히 허전하다. 더 갈증이 난다. 역시 보고 싶다.

휴대폰에 저장된 사진을 들여다보았다.

두 번째 만났을 때, 아무렇지도 않은 척 기념이라며 휴대폰으로 찍은 셀카. 어깨에 손을 올리고 싶었지만 차마 그러진 못했다. 그래도 얼굴은 살짝 그녀 쪽으로 기울이고 가슴이 그녀의 어깨 뒤에 닿을 정도로 바짝 붙어 섰다. 그녀는 그냥 휴대폰만 빤히 쳐다보고 지섭만 바보처럼 크게 웃고 있다.

'나 좀 봐 주세요, 선생님.'

지섭이 휴대폰을 들여다보며 혼잣말을 한다. 그녀의 얼굴에 뽀뽀를 한다. 느낌이 제대로다. 웃고 있는 지섭의 귀가 붉다. 다시 사진을 들여다본다. 그리고 차 키를 주머니에 넣고 집을 나왔다.

무조건 그녀 가까이로 가고 싶었다. 보지 못하더라도 그녀가 숨 쉬고 있는 좀 더 가까운 곳으로. 그녀가 디디고 다니는 좀 더 가까운 땅으로. 그녀가 바라보고 그녀의 향기가 스친, 그녀의 집이 있는 하늘 아래로 가고 싶었다.

시간도 보지 않고 나왔다.

그녀의 아파트에 도착했을 때, 시계는 4시를 가리키고 있었다. 한밤중에 전화를 할 수는 없었다. 그래도 그녀의 집을 바라보고 있는 것만으로도 흐뭇했다. 광팬들의 심정을 알 것 같았다.

* * *

"조퇴하신 거예요?"

잠깐 졸았다. 하지만 사문이 모퉁이를 돌아올 때 눈을 떴다. 눈을 뜨는 순간 사문이 눈앞에 나타나서 깜짝 놀랐다. 잠시지만 잠에서 갓 돌아온 정신이 장소가 어딘지 알지 못했다. 상황 인식도 안 된 상태에서도 그녀의 등장은 무조건 반가웠다. 아, 맞다. 곧 사태 파악이 됐고 사문이 차문을 열고 옆자리에 앉았다.

"집요하시네. 집요한 분인 줄 진작에 알아봤지만."

"조퇴하신 거 아니에요?"

"지금이 9시니까 이제부터 1시간 50분 시간이 있어요. 10시 50분까진 학교에 다시 들어가야 해요. 시간표 바꿔 겨우 두 시간 비웠어요."

"에이."

"그럼 아예 도로 물러요? 그것도 겨우 바꿨는데? 갑자기 수업 시간표 바꾸는 거 얼마나 어려운 일인지 지섭씬 모르죠?"

사문은 급히 걸어왔다. 급히 온 여파 그대로 말도 빨라졌다. 숨이 가빴다.

수업 시작하기 전에 시간표를 바꿔보겠다고 이리저리 뛰어다녔다. 수업종이 쳐버리면 말짱 헛일이다. 꼼짝 없이 교실로 들어가야 한다. 그런데 역시 시간표 이동이 쉽지 않았다. 수업은 빽빽하고 그래서 잘못 바꾸면 서너 시간씩 연달아 붙어버렸다. 사문도 해봐서 알지만 연이어서 하는 수업, 정말 고역이다. 미리 예정된 일이었다면 천천히 생각하고 여러모로 고려를 했겠지만 그럴 여유가 없었다. 사문은 염치 불구하고 반강제로 시간표를 바꿨다. 내 볼일 때문에 남의 사정 무시하다니, 자기가 그런 사람이 되다니. 정말 경멸하던 짓을 사문은 해버렸다. 뒤가 좀 당겼지만 어쨌든 해치웠다. 죄 없는 사람 내게 돌을 던지시오, 없는 배짱까지 부리며.

지섭을 보니 역시 잘했다는 생각이 든다.

죄책감이 사라진다. 돌을 맞아도 해볼 만하다. 스스로를 위로한답시고 양심까지 저당을 잡히고 있다.

지섭이 무슨 말을 하려다 참는 듯 입술을 오므리고 사문을 바라본다. 대신 눈이 한껏 웃고 있다.

기름하면서도 큰 눈, 사진보다 훨씬 멋있다. 사진에도 생명이 있다지만 비할 바가 못 된다. 눈빛에서 흘러나오는 저 따뜻한 빛. 소리 없는 광채. 사문은 지섭의 눈빛 앞에서 흔들리는 자신의 눈빛을 보았다. 무슨 배짱으로 이 남자를 거부하려고 했던가. 얼마나 바라고 바라던 만남이었던가. 이 남자를 만난다는 건 무지개를 잡는 일이었다. 아니 하늘의 별을 따는 것이었던가. 가능성이 없던 일이었던 만큼 갈망도 한계가 없었다.

"저 배도 고프고 화장실도 급해요."

지섭은 말은 그렇게 하면서도 표정은 하나도 급한 것 같지 않다. 사문이 자기 앞에 앉아 있는 것이다. 자기를 바라보고 웃고 있는 것이다. 꿈속에서도 아프게 그리던 대로 자기 옆자리에 앉아 있는 것이다. 이제 손도 잡을 수 있고 머리칼도 쓸어볼 수 있게 된 것이다. 꿈은 아니다. 지난밤 차를 몰아 달리던 것이 분명 꿈은 아니었다.

"어쩌지? 아무 데나 들어갈 수도 없고……. 참 불편하네. 얼굴이 알려졌다는 게."

"괜찮아요. 사귄다고 하면 되잖아요."

알려지면 좋겠다는 생각을 얼마나 간절히 했었던가. 그러면 사문도 어쩔 수 없이 만나주지 않을까. 차라리 일부러라도 터뜨려 버릴까. 그런 생각도 했다. 하지만 터뜨리고 난 뒤에도 그녀의 마음이 움직이지 않을 때는? 그녀는 여전히 마음이 없고, 소문으로 끝나 버린다면. 그땐 정말 주워 담을 수 없는 실수가 되지 않을까.

지섭은 정말 상관이 없었다. 그 정도 스캔들은 스캔들도 아니고 몇 달 떠돌다 사라질 것이다. 대한민국에 배우가 지섭 하나도 아니고 사람들의 관심은 끊임없이 움직인다. 배꼽을 잡게 만들던 코미디 유행어도 세 달이면 시들하고 시간이 지나면 서먹할 정도로 맥이 빠진다.

강도짓을 한 것도 폭행을 한 것도 아니니 명예 실추랄 것도 없다. 미혼 남녀의 연애사. 그게 뭐 어떻다고. 모든 연애가 결혼까지 가지 않는다는 건 상식인 시대다. 씹으면, 그야말로 연예인이니까 좀 씹히다 말면 그 뿐이었다.

그러나 사문은 아닐 수도 있었다. 미혼인 여선생님. 그런 소문이 나면 직장에서도, 체면도 괜찮을 수 있을까. 더구나 학교는 보수적인 곳이라는데. 무엇보다 그녀는 이런 문제를 어떻게 생각할까.

사태의 심각성을 객관적으로 판단할 수만은 없다. 학생들은 성적 문제로 자살까지 하지 않는가. 연예계에선 이미지 관리가 아주 중요한 것이듯이. 잘못된 소문 때문에 얻은 우울증으로 끝내 목숨까지 버린 연예인도 있다. 남이 겪는 일은 가볍게 보인다. 그게 죽을 일이냐고 힐 사람이 많다. 하지만 역사를 보더라도 그건 쉽게 말할 일이 아니다. 명예를 잃으면 목숨을 끊었던 역사도 있었고 정조를 잃고 자결을 했던 조선 여자들도 있었다. 연예인은 인기를 먹고 사는 직업이지만 인기가 사람을 죽이기도 한다. 연예인이 아니라면 인기 추락을 경험할 일도 없었을 것이고 나쁜 소문이 세상이 다 알게 방송을 타지도 않았을 것이다. 같은 소문이라도 사람과 직업에 따라 받는 충격은 아주 다를 수밖에 없을 것이다.

본인이 문제라고 생각하면 문제인 것이다.

잘못되면 정말 그녀와는 끝장일 지도 모른다. 그 일이 사문에겐 심각하다면, 문제가 되는 일이라면, 그녀는 자기를 용서하지 않을 것 같았다. 그녀를 속속들이 모르지만 왠지 그럴 것 같았다. 어떤 땐 이성보다 직관이 더 맞는 법이다. 감정 문제는 더구나 그럴 확률이 높다.

그 문제는 정말 자신이 없었다. 걱정 하던 일이 일어난다면, 더구나 다시 만난다는 건 있을 수 없는 일. 희망이 완전 끝나는 것이다. 생각만 해도 끔찍했다.

지섭은 생각에 빠져 고민하는 스타일이 아니었다. 저돌적이지도 않지만 소극적이지도 않았다. 겁부터 집어먹고 움츠러든 적이 없었다. 하지만 그녀와 관계된 일 앞에는 걱정이 많아졌다. 생각도 많아지고 자신이 없어졌다. 그녀를 결코 잃어버리고 싶지 않은 것이다. 사랑은 사람을 변화시키는 유일한 무기인지도 모른다.

"나야말로 괜찮죠. 땡잡은 거니까. 목매달고 있는 팬들이 얼마나 많은데. 곤란한 건 지섭씨죠. 내일 스포츠 신문 일 면은 다 접수하실 걸요?"

"접수요? 무슨 선생님이 그런 무시무시한 말을 쓰세요?"

"배고픈 거야 내가 나가서 뭘 사오면 되겠지만 화장실이 해결이 안 되네."

지섭이 농담을 하는 데도 사문은 웃지도 않는다. 사문에겐 정말 심각한 문제인 모양이다.

"선생님만 괜찮다면 전 정말 상관없다니까요. 이렇게 일찍 문 여는 식당이 있을까가 문제지. 유원지 근처도 아니고."

"아, 참. 그렇지. 그 생각도 못했네."

"그것도 사실 문제는 아니에요. 둘이 버젓이 돌아다니는 걸 선생님만 허락하시면. 24시간 편의점 가면 되잖아요. 그럼 화장실 문제도 해결되고.”

지섭은 걱정 없는 얼굴로 웃는다. 활짝 웃는 입술 사이로 드러난 하얀 이. 텔레비전 화면 속에서도 지섭의 이는 희었다. 그리 크지 않은 입이라 많이 보이지는 않았지만, 웃으면 윗니 몇 개가 보기 좋게 드러났다.

지섭이 모르고 있는 게 하나 있었다.

사문이 지섭을 보고 싶어 하지 않은 게 아니라, 사문은 지섭을 얼마든지 볼 수 있었다는 걸. 아니 날마다 보고 있었다는 걸 모른다. 많은 케이블 방송 중에 적어도 한 곳엔 지섭이 늘 나오고 있었으니까. 케이블엔 끊임없이 드라마를 재방영하고 있었으니까. 방송이 아니라도 인터넷도 있고, 하여튼 마음만 먹으면 볼 수 있는 방법은 넘치고 넘쳤다. 그래서 사문은 지섭만큼 미치지 않고도 살 수 있었는지 모른다.

사문이 얼마나 자세히 그의 표정이며 웃음이며 걸음걸이며 목소리까지 잘 알고 있는지 지섭은 알지 못한다. 스타에 열광하는 열혈 팬들이 미치지 않고 그나마 제 위치를 지키고 살 수 있는 이유가 아마도 그 덕분일 거라고 생각한 적이 있다. 정신없이 드라마나 영화에 빠져있으면 마치 그와 같이 있다는 착각에 빠지기도 하니까. 착각에 빠지는 시간들이 다른 시간들을 지탱해주는 버팀목이 되어주기도 하니까.

“우리집에 가세요.”

“네?”

“다른 방법이 없어요. 그게 제일 나을 것 같아. 화장실도 그렇지만 라면이라도 끓여먹을 수 있고. 또 바로 집 앞에 차 세우고 들어가면 사람 안 마주치고도 들어갈 수 있을지 몰라요. 이 시간엔 들락거리는 사람이 적어서."

사문은 심각하다. 심각하게 이야기하고 있다. 자기를 위한 심각함인데 지섭은 정말 조금도 상관없다. 상관없는 정도가 아니라 빨리 세상이 알아줬으면 하는 심정이다. 드디어 사문과 사귄다고. 자랑하고 축하라도 받고 싶다.

지섭은 지금 바보가 돼가고 있다. 자기가 좋으면 세상이 다 좋아하는 줄 아는 착각, 사랑이라는 착각에 빠져있다. 오죽하면 '사랑에 빠진다'고 했을까. 그 구덩이에 빠지면 다른 세상은 볼 수가 없다. 구덩이 속엔 오직 '그대와 나' 둘 뿐이다. 비교할 대상도 시각도 없어진다. '그대'는 세상의 전부가 되는 것이다.

세상의 전부인 사문의 심각함.

상대의 심각함을 가벼이 여기는 것도 실례가 되지 않겠는가. '아직은 이대로 두는 게 좋을 것 같다.' 하며 지섭은 그냥 사문이 하는 대로 두고 보고 있다.

사문의 심각함이 지금 지섭에겐 얼마나 큰 행운인가. 집으로 가잔다. 그녀만의 집으로. 감히 상상도 해보지 못했던 일이다. 보너스도 이런 까무러칠 보너스가 어디 있을까.

"그래요. 운이 좋으면 아무도 안 만나고 들어갈 수도 있을 거야."

사문은 그렇게 하면 행운이 말을 들어주기라도 할 것처럼 다짐까지 한다. 골똘하게 생각하는 눈은 한 곳에 꽂혀있고 입술은 그 생각을 담아내느라 한 마디 한 마디 천천히 움직인다. 그리던 사문의 모습이다. 지섭을 첫눈에 반하게 한 그 모습. 그 표정. 그 말투.

심각하고 고요하고 그리고 재미있었던 그녀의 말솜씨.

사문은 심각한데 지섭은 자꾸 웃음이 난다. 무슨 소리를 하는지 들리지도 않는다. 자꾸 그녀의 모습이며 표정에만 눈이 꽂힌다. 그녀에게 집중할수록 소리가 귀에 들어오지 않는다. 자꾸 얼굴이, 입술이, 그에게 크게 다가온다.

비상사태다.

얼굴을 잡고 오물거리는 입술에 키스하고 싶은 충동을 감추느라 괜히 웃음소리를 크게 낸다. 지섭은 바보같이 웃고 있다. 욕망을 숨긴 헛웃음은 빛깔이 없다. 환하고 착한 본래의 웃음이 아니다. 하지만 사문은 자기만의 생각에 빠져 빛깔의 변화를 전혀 감지하지 못한다. 정말 다행이라는 생각과 함께 지섭은 침을 꿀꺽 삼킨다. 욕망을 부정하는 건 아니지만 그녀가 알게 하긴 싫었다. 아직은 아니다. 지섭의 이성이 그렇게 말하고 있었다.

"우리 집에 가는 것밖에 방법이 없어요. 지섭씬 괜찮죠?"

"저야 괜찮다 뿐이겠어요. 황송할 따름이죠."

다시 돌아온 지섭의 환한 웃음.

"그럼 출발해요."

"오케이."

* * *

컴퓨터 책상이 놓여 있는 벽만 빼곤 방은 세 면이 책이 빼곡한 책장으로 둘러싸여 있다.

지저분하다고 방문은 열어보지 말라 했지만 지섭은 궁금해서 견딜 수가 없었다.

세상에!

지섭이 사문의 방문을 열어보고 놀란 건 책 때문이 아니다. 그건 상상 속에 어느 정도 포함되어 있던 풍경이었다. 소설가 방엔 당연히 책이 많으리라. 국어 선생님은 책도 많이 읽을 것이다. 책이 얼마나 많을까, 하면서 책이 많을 거라는 건 기정사실처럼 상상 속에 들어있었다.

창가에 놓여있는 책상, 책상 위에 얹혀있는 컴퓨터, 두꺼운 국어사전, 녹색표지의 노트가 꽂혀 있는 책 받침대. 그것도 상상과 크게 다르지는 않은 풍경이다.

그러나 사문의 책상 위에서 지섭을 바라보고 있는 자신의 사진.

자기 사진에 그렇게 놀라다니, 웃긴다 하겠지만 지섭은 정말 펄쩍 뛸 정도로 놀랐다. 사문의 방에서 발견한 그의 사진. 꿈에서도, 수많은 상상 속에서도 이런 장면은 없었다. 그것도 하나가 아닌, 좀 과장하면 방을 도배하다시피 한 지섭의 사진들.

창턱에는 영화잡지 표지를 장식했던 지섭이 잡지책 째로 서 있다. 거의 2년이 지난 잡지다. 과거의 잡지가 현재의 그녀 방에 아직 생생하게 살아있다. 그 밑에는 팬클럽 회원들끼리 만든, 지섭의 사진이 달마다 들어가 있는 탁상용 달력. 이 탁상용 달력은 팬클럽 회원들끼리 기금을 모아 만들어 가진 것이다. 회원이 아니면 구할 수가 없다. 그렇다면 사문이 팬클럽 회원? 사문씨가? 거의 졸도할 지경이다. 감쪽같이 속였단 말인가. 낌새도 채지 못했다.

달력 옆 도자로 된 흰 액자 속에는 물이 찬 욕조 속에 상반신 나체로 비스듬히 누운 지섭이 있다. 그 사진은 지섭도 아주 마음에 들어 하는 사진이다. 사진을 찍기 직전까지 운동으로 몸을 만든 효과가 백 퍼센트 살아있는, 근육이 보기 좋게 나온 명품이다. 자기가 봐도 멋있고 섹시했다. 보는 눈은 같은지 팬카페에도 그 사진에 대한 댓글이 가장 많았다.

감동이었다.

지섭은 방 안으로 들어간다.

사문이 퇴근하려면 아직 멀었다. 이왕 열어본 방, 까짓것 좀 자세히 보자 싶었다. 아무것도 건드리지 않으면 설마 눈치 못 채겠지.

사문은 라면을 끓여주고는 채 다 먹는 것도 못보고 학교로 돌아갔다. 지섭은 전화를 걸어 스케줄을 미뤘고 내일 아침까진 자유였다. 푸근한 시간이다.

사문을 안 지는 1년이 돼가지만 한 번도 데이트다운 데이트는 해 보지 못했다. 데이트는커녕 내내 만나달라고 애걸하고 부탁만 하던 세월이었다.

사문은 지섭을 남자로 허락하려 하지 않았다. 무조건 피하려고만 했다. 어쩌다 일이 있어 만나면 사문은 그저 빨리 볼일을 보고 돌아갈 생각만 했다. 그때마다 지섭은 어떻게 붙잡을까. 어떻게 하면 시간을 벌 수 있을까. 아니 만날 확답이라도 받아낼 수 있을까. 전전긍긍하던 시간뿐이었다. 남자 친구로 인정해주기만 했어도 그렇게 목말라 하지 않았을지도 모른다. 친구니까, 시간만 맞으면 언제든 만날 수 있을 거니까. 그런데 사문은 인정하지 않았다. 받아들이려 하지 않았다. 마음을 열지 않았다.

차라리 '싫다' 고 말해주었다면 포기가 쉬웠을지도 모른다. 사문은 지섭의 적극적인 태도에 그저 '어머', '누구세요' 하는 표정으로 무심히 대했다. 어떻게 보면 스타를 대하는 팬의 깍듯한 태도로 보이기도 했다.

깍듯한 태도든 무심이든 결과는 같았다. 속을 알 수 없다는 것에는.

'무심'의 속을 읽을 수가 없었다. 아무리 들여다보려 해도 들여다볼 수 없는 철옹성 주변을 맴도는 기분. 그 안에 있는 보물을 봐버렸는데. 이미 마음이 선택해 버렸는데, 그것 외엔 관심이 가지 않는데.

아예 존재를 몰랐다면 좋았다. 아니면 완전히 알 기회를 얻거나.

완전히 알아야 차라리 포기가 되는 것 아닌가. 아무리 감동적이고 재미있는 영화라도 끝까지 보고 나면 감정의 정리가 되지 않던가. 적어도 혼자 되씹으며 조용히 정리할 기회는 얻는 셈이다. 보지 않고 있는 동안은, 말로만 듣는 동안은 늘 가슴에 숙제처럼 남아 있지 않겠는가. 언젠간 보리라, 꼭. 호기심은 계속 된다. 그래서 짝사랑은 끝이 없는지도 모른다. 호기심이 남아 있는 한 그 사랑은 영원할 테니까.

정답보다 오답에 대한 변명이 긴 법이다. 지섭은 답답한 마음에 사문의 '무심'을 기분에 따라 멋대로 해석을 했다. 신통할 것도 없는 멍청한 넋두리에 불과했지만 그림의 떡이라도 필요했다.

좋아하니까 무심한 척하는 거야. 아니지 거짓말은 사흘이 못 간다는데 어떻게 이렇게 길게 숨길 수 있담. 정말 관심이 없는 게 분명해. 하지만 좋아한다면 표정이 있어야 할 거 아냐? 본래 표정이 없는 사람일지도 몰라.

혼자 초가집을 짓고 기와집을 지었다. 하룻밤에도 여러 채의 집이 세워지고 무너졌다. 힘만 들고 결과는 없는 허망한 시간들이었다.

그런데 이게 웬 말인가. 이런 기막힌 반전이.

사진 속의 자신을 보고 있는 지섭은 실성한 사람처럼 웃기만 한다. 사문이 자기를 좋아하고 있었다. 그것도 많이. 혼자 미쳐있었던 게 아니었다.

지섭은 의자를 빼고 컴퓨터 앞에 앉았다. 의자에 앉자 사진 속의 지섭이 일제히 그를 보고 있다. 지섭의 사진들은 모두 의자에 앉은 사람을 향해 있다. 해바라기처럼.

해바라기 밭에 가 본 적이 있는가. 가 본 사람이라면 그 인상을 지울 수가 없을 것이다. 수천 수만의 꽃들이 한결같이 한 방향을 바라보는, 소름이 돋도록 서늘하기까지 한 열망의 기운. 해바라기 무리의 태양 바라기는 가슴에 선명하게 남는 강렬함이 있다.

"하!"

지섭은 웃음도 한탄도 아닌 소리를 내며 입술을 만진다. 사문이 이 자리에 앉아 그를 보고 있었다. 여기 앉아 글을 쓰고, 여기 앉아 그를 보고 있었던 것이다. 자기를 그리워하고 있었던 흔적.

지금까지 혼자만 애태웠다는, 때때로 감정의 손해를 보는 것 같았던 마음이 싹 가신다.

저 깊은 곳에서 뜨거운 것이 올라오며 얼굴이 붉어진다.

앙큼하다.

사문씨가 앙큼하다? 앙큼? 정확하게 어떤 뜻일까? 어린애한테나 쓰는 말 아닌가? 그런데 그 말이 저절로 떠올랐다. 마치 누군가 던지는 공을 엉겁결에 받은 기분이랄까. 정확하게 품 안에 쏙 들어온 공처럼 지금 지섭의 심정에 딱 들어맞는 말이다.

그 말은 이럴 때 쓰는구나.

지섭은 아무도 없는 빈 방을 둘러보며 소리까지 내어 웃었다.

첫 번째 꿈

빵집에서 나온 그.

아내가 없다.

방금까지 밖에서 유리창을 통해 손짓으로 호두 케이크를 가리켰다.

온풍기 바람이 싫다며 그녀는 밖에 있었다.

호두 케이크 한 조각을 집어 쟁반에 담고는 곧바로 계산대로 갔다. 길어야 2분이 지났을까. 2분 전에도 보였던 아내가 없다. 보조개가 들어가는 웃음 띤 얼굴과 아이 같은 무심한 맑은 눈빛이 아직도 유리창에 남아 있는데.

화장실에라도 갔겠지.

그렇지만 말도 없이.

나오면 같이 가지.

조금 화도 났다. 투정부리는 마음으로 주변을 살폈다. 말도 없이 가는 그녀가 아니었기에 좀 이상했지만 막연하게 빵집 앞에서 기다리는 것밖에 다른 도리가 없었다. 어린아이가 아니기에 미아보호소에 신고할 일도 아니고, 실종이라고는 꿈에도 생각하지 않았으니까.

10분이 지나고 20분이 지났다.

황당한 시간이 흘렀다.

그것이 아내와의 영원한 이별이 되었다.

그 말을 믿을 사람이나 있을까. 믿을 수 없는 일이라고 평생 악을 썼다 해도 이상하다는 사람이 있을까. 포기하지 못하는 심정을 웃어버릴 수만은 없지 않겠는가. 지어낸 이야기라 해도 웃을 일이었다. 그런데 그런 일이 일어났다. 아내는 사라졌고 다시는 만나지 못했다.

그 누가 알았겠는가. 짐작이나 했겠는가. 그런 곳에서 사람을 잃다니.

전쟁터도 아니고, 사고가 난 것도 아니고, 무법천지도 아니고, 어린애도 아니고. 안정된, 그것도 대낮에, 사람들이 끊임없이 다니는, 지하철과 연결되는 번화한 지하상가 빵집 앞에서.

아내는 사라졌다.

그는 몰랐다.

그녀가 사라지고, 다시는 그녀를 찾을 수 없게 되리라는 걸. 아니 어떻게 된 영문도 모르고 인생을 마치게 될 것이라는 걸.

그는 혼자서 50년을 더 살았다.

그것은 50년 동안 그녀를 찾아 헤매었다는 말과 같다. 순간순간 가슴이 무너지는 그리움을 안고 50년을 버텼다는 말과 같다. 아니 그녀를 찾으려고 50년을 살았다는 말과도 같다.

그는 다시는 세상에 태어나고 싶지 않도록 끔찍한 50년을 살았다.

20분이 지나자 그는 화장실을 찾아 나섰다.

빵집을 가운데 두고 갈 수 있는 가장 가까운 화장실 두 군데를 다 뒤졌다.

화장실을 찾아 나설 때만 해도 절망적이진 않았다. 절망이 아니었기에 가슴에선 아내에 대한 화가 조금씩 커지고 있었다.

말도 없이. 걱정할 줄 뻔히 알면서.

차마 여자 화장실엘 들어갈 수 없었다. 그때까지도 체면을 차릴 여유는 있었다.

갑자기 볼일이 급했구나. 그랬겠지.

그는 여자 화장실 앞에서 또 10분을 기다렸다. 드나드는 여자들이 그를 보고 힐끔거릴 때마다 그는 외면하고 계면쩍게 웃었다. 적어도 안면수습 정도는 했다.

10분이 지나도 아내는 나오지 않는다.

아무도 들어가는 사람이 없는 틈을 타서 화장실 안으로 들어갔다. 처음 들어가 보는 여자 화장실. 화장실에서 나오던 여자가 그를 보고 기겁을 한다. 노골적으로 불평을 하며 그를 흘겨보고 나간다. 순간 나갈까 하였지만 여자가 나가버린 화장실엔 아무도 없다.

닫힌 세 칸 중 어디엔가 아내가 있겠지.

"미완아, 여보!"

아무 대답이 없다. 내친김이라 다시 불러 본다.

"미완아―."

순간 문 하나가 열린다. 반색을 한 그의 얼굴이 그 쪽으로 향한다. 웃는 그의 얼굴을 맞이한 것은

"어머, 아저씨. 여자 화장실에 들어오면 어떡해요."

신경질을 부리며 나가는 낯모르는 여자였다.

그는 그새 많이 뻔뻔해졌다. 그다지 놀라지도 부끄러워하지도 않는다. 눈은 나머지 닫힌 문으로 향한다.

여자가 나가버린 화장실은 조용하다. 닫힌 문 안에선 아무런 인기척이 느껴지지 않는다. 문 가까이 다가간 그.

"여보, 당신 거기 있지?"

그 중 하나의 문을 두드린다. 아무 소리도 없다.

"당신 여기 있어?"

옆으로 옮겨가 마지막 남은 문을 두드린다. 그 순간 벌컥 열리는 문. 놀라 뒤로 한 발 물러난다.

'별 이상한 놈 다 보겠네. 기분 나빠 죽겠네.'를 표정과 온몸에 드러내며 그를 밀치듯 휙 스치고 나가는 여자.

그러나 그 여자의 분노가 그의 몸에 와 닿지 않는다. 놀라움과 당황이 그의 의식을 덮어버리기 시작했다. 다시 아까 두드렸던 문을 두드린다.

"여보, 미완아!"

괴이한 정적.

불안감이 확 밀려든다. 이성을 잃어가는 그의 손길이 거칠게 문을 두드린다.

이게 어찌된 일인가.

문이 슬며시 열린다. 잠겨 있지 않았다. 그런데 안에는 사람이 없다.

아. 내. 가. 없. 다!

허연 변기만 덩그러니 놓여 있는 화장실.

그의 눈빛이 몹시 흔들린다.

그때부터 제 정신이 아니었다. 거기가 빵집에서 가장 가까운 화장실이었다. 화장실에 오지 않았다면 어딜 갔단 말인가. 그렇다. 반대편으로 갔을지 모른다. 그는 다시 왔던 길을 되돌려 뛰었다. 누가 봐도 이제 그는 몹시 허둥대는, 혼이 빠진 남자다.

빵집 앞에 잠시 멈춰 선 그.

혹시 그동안 와 있을지 모른다. 와서 나를 찾고 있는지도 모른다.

빵집 안을 들여다본다.

없지 않은가.

생각이 모이지 않는 표정. 지나다니는 사람들 사이로 허둥대는 눈길. 그 눈길로는 아내가 앞에 있어도 알아보지 못할 것 같다.

반대편 화장실로 뛰어간다.

당황과 놀라움에 먹혀버린 그의 가슴에 이제 체면과 여유는 남아 있지 않다. 망설이지도 않고 여자 화장실로 바로 뛰어 들어간다.

소리를 지르며 나가거나 화장실로 뛰어드는 여자들.

그는 상관하지 않는다.

"미완아!"

목소리 끝이 갈라진다.

거기에도 없었다.

빵집과 화장실 사이를 몇 번이나 왔다 갔다 했는지. 지하상가를 얼마나 오랫동안 뛰어 다녔는지. 미완이의 뒷모습을 가진 여자는 왜 그렇게도 많은지.

참담한 하루가 잘못 삼켜버린 떡 덩이처럼 꾸역꾸역 흘러갔다.

경찰서에선 실종이라 생각하지 않았다. '어린애도 아니고 그것도 대낮에 사람들이 그렇게 많은 곳에서?' 라고 되묻는 말 속에는, 밖으로 내뱉지 못한 '혹 가출 아니냐' 란 의문이 연기처럼 입술 주위로 피어올랐다.

원한 산 사람이 없는가.

최근 아내의 행동에 이상한 점이 없었는가.

아내의 불륜까지 의심하며 열심히 정황을 조사한 경찰서에선 아무런 단서도 잡지 못하였고 아무런 정보도 주지 못했다.

'차라리 죽어버렸다면, 그게 낫지 않을까' 와 '내일 아침에라도 거짓말처럼 나타나겠지.', '오늘 저녁엔 분명히 소식이 있을 거야' 밖에 모르는 세월이었다. 그 생각밖에 할 줄 모르던 세월이었다.

그렇게 지루하던 시간도, 그처럼 끔찍하던 밤도, 모래시계에서 흐르는 모래처럼 흘러 무더기무더기 쌓여갔다.

변하지 않은 건 미완에 대한 그리움과 집착뿐, 모든 건 흐르고 변해갔다.

* * *

미완은 그의 두 번째 아내다.

그는 운명적 사랑이니, 완전한 사랑이니 하는 따위를 믿지 않는 남자였다. 미완이 실종되는 바람에 결국 그의 믿음대로 되었지만.

미완이와 결혼한 뒤엔 사랑에 대한 생각이 바뀌었다. 운명적 사랑을 믿고 싶었다. 믿고 싶어졌다. 미완을 운명이라 생각했고 완전한 사랑을 꿈꾸었다. 그녀와 죽는 날까지 함께 하겠다는 꿈. 미완은 꼭 함께 해야 할 그의 운명이었다. 그런 완전한 사랑을 하고 싶게 만든 여자였다. 결혼할 때만 해도 그녀가 그런 존재가 될 줄은 꿈에도 몰랐다.

하여튼 사랑을 믿지 않는 그는 집안에 액자 하나를 바꾸는 기분으로 결혼을 했다. 미완은 결혼 당시엔 마음에 드는 또 하나의 예쁜 액자였을 뿐이다. 그의 가슴엔 많은 액자들이 있었고 그 속엔 그만큼 많은 여자들이 들어있었다.

그런데 미완은 가슴속에 있는 다른 액자들을 모두 치워버렸다. 그의 가슴속엔 여전히 액자들이 많았지만 액자의 주인공은 몽땅 미완으로 바뀌어버렸다.

놀라운 변화였고 믿을 수 없는 사건이었다.

분명히 자신의 마음속에서 일어난 일이었다. 그런데도 믿기지 않았다. 기적 같았다.

아내와 데이트를 하고 아내와 여행을 하고 아내와 대화를 하다니. 게다가 모든 것을 아내와 함께 하고 싶어지다니.

아내가 원하는 것을 해주고 싶어 안달이 나고, 아내가 괴롭고 아픈 건 자기가 죽는 것보다 더 아픈 일이 되다니.

천지개벽이 눈앞에서 벌어진대도 자신의 마음의 변화만큼 놀랍지는 않을 것이었다. 코웃음 치던 '운명적 사랑' 이란 걸 당해버렸다고 그는 생각했다. 하늘을 비웃은 대가로 자기가 그 '사랑' 을 당한 거라고 여기며, '하늘의 뜻' 에 공손해졌다. 기꺼이 미완이란 운명을 받아들였다.

결혼은 두 번째이지만 물론 여자는 두 번째가 아니었다.

결혼보다 훨씬 많은 여자들이 있었다.

장사 잘 되는 경양식집을 경영하는 그에게 날아드는 여자들은 많았다. 그리고 그의 문은 활짝 열려 있었다. 오는 여자들을 마다하지도 않았고 기회가 생기면 피하지도 않았다.

방탕한 생활이었다. 물론 '방탕하다' 는 그가 인정한 말이 아니었다. 그는 자신의 생활을 방탕하다고 생각하지 않았다. 열심히 장사하고 열심히 돈을 벌고 열심히 인생을 즐겼을 뿐이었다. 백수도 아니고 남의 등을 치며 사는 사기꾼도 아니고 신체에 해를 입히며 강도질을 한 것도 아니다. 사랑이 필요하고 사랑을 원하는 여자가 있었을 뿐이지, 겁탈을 한 것도 아니다. 그런데 방탕이라니. 억울하다고 생각했다. 누나들의 입에서 그 비슷한 소리가 나와도 그 자리에서 일어나버렸다. 귀담아 들을 필요도 없는 잔소리쯤으로 여겼다. 그들의 잔소리 속에서 그의 생활을 바꿔야 할 어떤 이유도 찾을 수가 없었다.

그러던 중 한 여자와 결혼을 했고 8개월 만에 이혼했다. 아내는 결혼 후에도 여전한 그의 바람기를 견디지 못했다. 바람으로 만난 그녀가 바람을 이유로 이혼을 요구했다. 새삼 그게 왜 문제가 된다는 건지, '뭐 그런 걸 가지고' 라는 심정으로 아내를 원망했다. 부부의 의무와 사랑을 개무시한 셈이었다. 아니, 진정한 사랑을 모르고 저지른 철없고 부끄러운 행동이었다.

솔직히 말하자면, '부끄럽다, 미안하다' 라는 감정도 미완과 결혼 후든 것이었다. 미완과 결혼하고 미완에 몰입하고 미완만 사랑하게 되기 전까지는 아무런 생각이 없었다. 그런 사랑을 믿지 않았으니 그런 사랑을 요구하는 그녀에게 미안한 감정이 있을 리 없었다. '차라리 하늘의 별을 따다 달라 그러지.' 그랬던 게 그였다.

사랑하는 사람의 마음을 잃는다는 게 어떤 건지 그때는 짐작도 할
수 없었다. 미완과 늘 함께여야 하고, 기쁜 일에 같이 웃어야 하고, 슬
플 때 그녀의 가슴에 얼굴을 묻어야 하고, 화를 내도 그녀 앞에서 내
야 하는, 살아가는 데 그녀가 꼭 필요한 삶 앞에서, 그는 첫 번째 아내
를 떠올렸다.

그리고 비로소 미안하다는 생각을 했다. 마음으로 사과를 했다.

그에겐 이제 미완이 없는 삶은 생각할 수도 없게 되었다.

사랑이 없는 삶은 있을 수 없었다.

사랑은 삶의 유일한 존재 이유가 되었다.

* * *

"당신은 왜 안 물어 봐?"

"뭘요?"

미완이 커피잔을 탁자 위에 올려놓으며 맞은 편 의자에 앉는다.

산그늘이 지고 하늘이 조금씩 붉어지고 있다.

햇살이 숨어버린 눈부시지 않은 대기를 후광처럼 거느리고 미완이
커피를 들고 나오는데 그는 그런 엉뚱한 질문을 하고 만다. 전혀 생각
지도 않은 질문이었다.

너무 행복해서 미칠 것 같았고 웃음이든 말이든 터뜨리지 않고는
참지 못하겠다 싶을 정도로 가슴이 벅차올랐다. 거기까지는 생생하
다. 의지가 작용하고 있었다. 그런데 뜬금없이 '당신은 왜 안 물어

봐?'라니.

　미완은 해질 무렵 하늘을 좋아했다. 아, 참 하늘이 아니라 자연이라 해야 하나? 그렇다. 아내는 해질 무렵, 나무가 있고 풀이 있고 바람이 있는 곳에 앉아 해지는 하늘을 보는 걸 아주 좋아한다. 찻잔을 들고.

　차를 마시는 걸 좋아 한다기보다 찻잔을 들고, 하는 것도 맞다. 그녀는 여명이 거의 사라져 어둑해질 때까지 앉아 있어도 찻잔을 비우는 법은 거의 없다. 그저 마시는 시늉을 하며 들고 있을 뿐이다.

　그런데 나는?

　나는 원래는 아니었다. 미완이가 좋아하니 덩달아 좋을 뿐이다. 그녀와 하는 걸 무조건 좋아한다. 그녀를 알기 전엔 하늘을 몰랐다. 나무도, 풀도, 바람도 몰랐다.

　나는 철저히 도시주의자였다. 등산을 왜 하는지 몰랐다. 벌레와 모기가 들끓는 풀밭을 혐오했다. 흙은 벌레와 모기가 사는 곳이라 생각했다. 흙을 밟고 다니는 일은 있을 수 없었다. 그러니 집안에 흙 한 줌도 용납할 리 없었고 물론 아파트에 살았다.

　그런 그가 미완이와 결혼 후, 전원주택을 지었다. 그리고 이사를 했다. 어디 그뿐인가. 꽃씨를 뿌리고 풀을 뽑기도 하고 저녁이면 뜰에 모기향을 곳곳에 피워놓고 그녀와 차를 마신다.

　그리고 풀이 좋아졌다. 나무가 멋져보였다. 해가 진 뒤의 공기가 달콤하고 멀리 보이는 산이 아름답고 얼굴에 닿는 바람결이 섹시했다.

　그가 전원주택으로 간다고 했을 때, 누나들이 기절을 했다. 일주일도 못 넘기고 손들고 말거라고 했다. 누나들의 판단은 무리가 아니었다. 누나들의 판단이 성급한 게 아니라 그동안 그가 보여준 행동이 그만큼 별났다.

그가 얼마나 파리, 모기에 극성을 떨고, 얼마나 자연을 무시했으며 자연스럽다는 말까지도 혐오한 걸 잘 알고 있기 때문이었다.

그도 누나들의 불신이 섭섭하지 않았다. 인정했다. 그는 학교 다닐 때 어쩔 수 없이 가야 했던 소풍이나 수학여행을 빼곤 스스로 산에 한 번 가지 않았다. 가야 할 일이 있다 해도 되도록 포장이 된 곳까지만 걸었다. 야유회라 해도 흙을 밟는 일은 거의 하지 않았다. 대학 다닐 때 친구들이 유행처럼 바닷가로 산으로 몰려다닐 때도 온갖 핑계를 대며 빠졌다. 모기에게 물어뜯기고 파리가 달려드는 끔찍한 생활. 그런 고생을 왜 일부러 찾아가며 하는지, 생각만 해도 몸이 가려웠다.

그랬던 그였다.

그런데 한 달이 지나고 일 년이 가고, 누나들이 놀라는 만큼이나 놀랍게 전원생활에 적응하였다. 적응 정도가 아니라 마니아가 되었으니까. 심지어 아파트에 사는 것은 사는 게 아니라 생존이라고 했다. 그저 목숨이 붙어있으니 살아있는 거라 할 뿐이지 자유의지가 있는 인간이 살 곳이 아니라고까지 해서 누나들을 한 번 더 기절시켰다.

아내가 "밖에서 차 한 잔 해요." 하는 소리가 떨어지기 무섭게 그는 길 잘 든 개처럼 "그러지." 하고 일어났다.

모기향과 라이터를 챙겨들고 뜰로 나간 그는 탁자 주변에 모기향을 여러 개 늘어놓고 불을 붙였다. 아주 춥거나 더운 날을 빼놓곤 거의 날마다 하는 일이었다.

그랬다. 거의 날마다 하는 일이다. 날마다 같은 일을 하다니. 그것도 기다렸다는 듯이.

싫증 잘 내고 인내심 없던 그는 어디로 갔는지, 그도 이상했다. 모든 말을 명령으로만 들었던 그였다. 그리고 그는 모든 명령에 무조건 불복종이었다. 아무리 타당한 말이라도 명령은 듣지 않았다. 시간이 흐른 뒤 하고 싶어지면 움직였다.

그는 첫 번째 아내와는 한 번도 마주 앉아 차를 마신 적이 없다는 걸 떠올린다. 신혼여행 때도 그러지 않았다. 마주 앉아 술을 마시긴 했다. 그렇지만 서로 이야기하고 눈을 맞추려고 마주 앉은 건 아니었다. 그냥 술을 마시기 위해 마주 앉았을 뿐이었다. 도대체 대화의 즐거움이니, 내면의 속삭임을 눈빛으로 주고받느니, 하는 따위가 실제로 있다고 믿지 않았으니까.

그때는 왜 그렇게밖에 못 했는지 반성은 해보지만 설명할 수는 없다. 미완이완 왜 이다지도 좋은지 설명할 수 없는 것처럼.

그는 모기향에 불이 제대로 붙어 연기가 피어오르는 걸 확인한 후 의자에 앉는다.

해가 꼴깍꼴깍하더니 산 너머로 그만 숨어버린다.

하늘이 편안해지며 설핏 공기가 달라지는 듯하다. 한 줄기 시원한 바람이 얼굴을 스치고 딸깍, 하며 현관문 열리는 소리가 들린다.

미완이 커피잔이 얹힌 쟁반을 들고 나오고 있다.

순간 백 년을 기다린 것처럼 그녀가 반갑다. 겨우 5분이 지났을 뿐이다. 그녀를 보고 있는 그의 입이 저절로 벌어진다. 행복이 가슴을 다 채우고도 모자라 밖으로 어떻게든 터져 나오려고 했다.

그에게 미완은 신(神)이 되어버린 건지.

그의 행복과 삶을 관장하는 신.

그녀의 등 뒤로 후광까지 서려있다. 후광과 함께 그에게 다가오는 그녀.

사실은 '아, 행복해.' 이런 말이 나와야 맞았다.

그런데 "당신은 왜 안 물어 봐?" 미완에게 그렇게 묻고 있었다. 정말 바보 같았다.

"뭘요?"

미완이 찻잔을 탁자 위에 놓고 맞은편 의자에 앉으며 그렇게 물었다. 미완이 그렇게 물었을 때에야 그는 자기 질문의 정확한 의도를 생각해 보기 시작했다.

"내가 당신을 왜 좋아하는지 한 번도 물어보지 않았잖아."

"정말 묻고 싶은 게 그것이었어요?"

그랬다. 그게 아니었다. 그는 웃었다. 미완도 웃었다. 그는 이렇게 미완에겐 거짓말이 들켜도 화가 나지 않는다. 자존심도 상하지 않는다.

"내 과거 여자에 대해서 말이야. 여자들은 대개 그거 궁금해 하거든."

"그게 왜 궁금하지?"

미완은 찻잔을 만지작거리며 혼잣말을 하듯 나직하게 말했다.

"정말 안 궁금해?"

아내는 대답 대신 그의 눈을 보았다. 여전히 웃고 있었다. 그 눈빛 속엔 어떤 질문도, 의문도 들어있지 않았다. 그때 그는 깨달았다.

저 여자는 나를,

지금의 나를 있는 그대로 보고 있구나.

과거의 나도 아니고,

미래의 나도 아니고,

다른 여자와 살았던 나도 아니고,

앞으로 어떤 여자를 만날지의 나도 아니고,

지금의 나를 보고 있구나.

그리고 그 눈을 보면서 또 깨달은 게 있었다.

난 이 여자 앞에선 부끄러운 게 없구나.

숨겨야 할 것이 없구나.

숨겨야 할 이유가 없구나.

지금의 나를 보고 있는 여자에게 내 과거란 숨겨야 할 것이 아니었구나.

그래서 그렇게 편안했구나.

무슨 이야기든 다 하고 싶었던 거구나.

과거의 여자들에겐,

나와 관계한 다른 여자들은 항상 숨기거나 회피해야 할 문제였다. 진실은 미래에 닥칠 귀찮음과 성가심의 산실이라고만 여겼다. 끈덕지게 물어 와서 밝히고 나면 항상 똥바가지를 덮어쓰는 기분이었으니까. 몇 번의 쓴 경험은 나의 입을 완전히 봉해버렸다. 나는 첫 번째 아내에게 진실했던 적이 없었으며 다른 여자들에게도 나와 관계있는 여자들 이야기는 하지 않았다.

물론 가장 큰 잘못은 진실하지 못한 나에게 있었다. 그녀들을 진실하게 온몸과 마음으로 받아들이지 않았으니까. 지금 앞에 있는 미완에게 하는 것처럼 되지 않았으니까.

어째서 미완에겐 올인이 되었을까. 미완이 먼저 나를 전폭적으로 신뢰했기 때문일까. 아님 내가 그랬기 때문에 미완도 그랬던 것일까. 누가 먼저일까. 누군가가 전폭적으로 믿고 사랑을 하면 상대도 그렇게 되는 걸까.

그는 그런 생각을 한참 하다간 골치가 아파서 '운명이지 뭐.' 하고 생각을 끊었다. 그 생각에 빠지면 뫼비우스의 띠 속에 뛰어 들어간 것처럼 도착점에 닿을 수가 없었다. 술래가 되어 누군가를 쫓다가 그만 술래에게 쫓기는 신세가 된 기분이었다. 그런 상황이니 답을 찾는다는 것 자체가 불가능이었다. 그럴 때, 끝도 없는 둥근 띠 속에서 그를 번쩍 들어내어 줄 구세주가 있었으니 바로 '운명' 이란 단어였다. 미완을 만난 후 그는 그 단어의 애용자가 되었다. 생각의 길이 꽉 막혔을 때, 아님 아무리 달려도 답을 만나지 못할 때, 만만한 게 '운명' 이었다. 손톱 밑에 때만큼이나 무시했던, 비웃기까지 했던 그 말을 마치 인생의 스승이나 된 것처럼 대접하게 될 줄이야.

물론 정답이 무엇이건 상관도 없다.

정답이 뭐든 그게 뭐 그리 대수인가. 그는 지금 넘치게 행복하고 만족하고 그리고 미완이와 같이 있는 것을.

노을이 짙어진다 싶더니 산에 걸린 구름이 회색으로 어두워진다.

빛이 사라지자 미완의 표정을 잘 볼 수 없게 된 대신 실루엣이 뚜렷해진다. 미완은 실루엣까지도 사랑스런 모습으로 앉아 있다.

"기만씨는 내가 왜 그렇게 좋은 건데요?"

"내가 얼만큼 당신을 좋아하는데?"

"글쎄요. 얼마만큼인진 몰라도……. 좋아하긴 하는 거잖아요."

표정이 잘 보이지 않지만 그녀는 분명 웃고 있다. 보이지 않아도 웃음이 보이는 게 신기하다.

"저를 위해 이사도 오고……. 당신 누님들이 그랬어요. 당신, 전원주택에선 한 달도 못 버틸 거라구요. 벌레라면 질색을 하고, 풀이나 나무라면 슈퍼에서 공짜로 준대로 쓰레기통에 버릴 사람이라고요."

"알고 보니 누나들이 적일세. 하나밖에 없는 남동생 험담이나 하고."

"걱정하는 거지 그게 무슨 험담이에요?"

"무슨 걱정이 그래?"

"동생이 벌레도 싫어하고 전원생활을 안 좋아하니까 나보고 생각 좀 해보라, 그런 뜻이었는데요."

"누나들도 참 쓸데없는 소리는……."

하늘에 별이 보이기 시작했다. 그리고 아내의 얼굴은 이제 보이지 않았다. 그는 의자를 당겨 아내 옆으로 자리를 옮겼다.

"고맙게 생각하고 있어요. 저 땜에 이사도 해주고."

그가 옆으로 가자 미완이 그의 뒷머리를 만지며 가까이 기대왔다. 그의 뒷머리를 쓰다듬는 건 미완의 많은 버릇 중 하나다.

미완은 그의 신체를 다양하게 가지고 논다.

가지고 논다, 라고 하니까 당하는 사람이 기분 나빠하거나 아님 미완이 꽤나 그렇구나 하고 느꼈다면 그건 오해다. 그는 아내에게 신체의 어떤 부위가 맡겨져도 기분 나쁘지 않고 아내 또한 그런 마음으로 가지고 노는 건 아니다. 특별한 목적 없는 단순한 놀이다. 그를 상대로 하는, 아니 그의 신체를 상대로 하는, 미완의 그 버릇들은 그가 몹시 사랑을 받고 있다는 생각이 들게 한다.

나란히 앉아 이야기할 때, 혹은 그에게 기댈 때 아내는 그의 뒷머리를 만지작거리는 걸 좋아한다.

만지는 강도가 워낙 약하고 손길이 한결같아서 나중엔 만지고 있는 것조차 잊어버린다. 아내는 마치 할 이야기를 머릿결 속에서 찾아내는 듯 끊임없이 손가락을 움직인다. 만진다는 것도 잊어버리고 있다가 아내의 손가락이 멈추면 차라리 이상해진다. 적막한 것 같기도 하고 갑자기 할 이야기도 잊어버린다. 그래서 지금은 그가 요구할 정도이다. ‘왜 가만있는 거야?’ 하고.

잠들기 전에는 그의 눈썹을 쓰다듬는다.

눈썹을 쓰다듬는 데도 규칙이 있다. 절대로 결 반대로 쓰다듬는 법은 없다. 항상 눈썹이 시작되는 쪽에서 꼬리 쪽으로 손가락을 움직인다. 불을 끄고 누워 잠자리에 들면, 깜깜해서 아무것도 보이지 않는 곳에서 아내의 손이 더듬더듬 그의 얼굴을 찾는다. 그러면 그는 얼굴을 내준다. 어떤 땐 아내의 손을 잡아 자기 눈썹 위에 얹어준다. 아내는 잠이 들 때까지 눈썹을 쓰다듬는다. 잠이 들면 아내의 손이 툭, 하고 떨어진다. 잠결에도 그 서슬이 느껴지면 그는 웃는다.

그가 앉았다 일어나거나, 무얼 하느라 왔다갔다할 때 아내는 그의 엉덩이를 툭툭 친다. 엄마가 마치 장하다 우리 아들, 하고 대견해하듯.

그것도 규칙이 있다. 꼭 두 번이다. 한 번도 아니고 세 번도 아니다.

어떤 땐 '한 번 더 쳐줘.' 하고 한 번 더 맞고 지나가곤 한다. 그때도 한 번이 아니라 반드시 두 번이다. 꼭 신발처럼 짝을 지운다.

왜 꼭 두 번이야?

어린애처럼 그렇게 물은 적도 있다. 미완은 대답하지 않았다. 그냥 웃기만 했다. 웃으면서 다시 툭툭 두 번을 두드렸다.

미완은 아침에 일어날 때 꼭 내 발과 대화를 한다.

잠이 깨면 일어나는 듯하다 거꾸로 내 다리를 안고 한 번 더 눕는다. 다리 위에 닿는 아내의 머리가 보드랍고 간질간질하다. 보드라운 감촉이 좋기도 하지만 간질한 것은 참기가 힘들다. 그래도 억지로 참는다. 고양이가 지나가는 듯한 그 짜릿한 느낌을 포기할 수 없기 때문이다. 나는 누워서 아내의 감촉을 즐긴다. 어느 부분에 아내의 배가 닿았는지, 가슴이 닿았는지, 그리고 손이 어디를 잡고 있는지. 눈을 감고 감각을 집중시키면 아내의 자세가 다 보인다.

내 다리를 놀이기구 삼아 잡고 이리저리 구르다가 발을 보고 이렇게 말한다.

"아! 발이다."

그러면 내가 발을 꿈지럭거려준다. 그렇게 해주면 더 좋아하기 때문이다.

"아, 정말! 발이다, 발!"

매일 보는 발이 왜 신기한지. 아내는 웃으며 발바닥을 찔러보고 발가락 하나하나를 건드려본다.

그는 정말 기분이 좋아진다. 발까지도 사랑해주니 그녀가 정말 그를 얼마나 좋아하는지 느껴지기 때문이다. 아내는 발과 한참을 대화한 후에야 "아침 준비 해야지." 하며 일어난다.

그리고 또 있다.

아내는 무서운 꿈을 자주 꾼다. 무서운 꿈을 꾸었을 땐 반드시 그의 손을 찾는다. 자다가 급하게 그의 손을 더듬어 찾으면 무서운 꿈을 꾼 것이다. 그는 아내의 손길이 느껴지면 잠결에도 얼른 손을 내밀어 맞잡는다.

전엔 있을 수도 없는 일이었다. 낮잠을 자는 걸 깨워도 불같이 화를 냈던 그였다. 자고 있는 그를 깨우는 건 누나들도 조심스러워했다. 웬만한 일로는 잠자는 그를 건드리는 사람은 없었다. 그만큼 지랄 맞았다.

그런데 피가 바뀌어버린 게 아닌가 의심이 들 정도다. 미완에겐 그러지 않았다. 잠결에도 어떻게 미완의 손길을 아는지. 그게 미완이란 걸 동물처럼 알아내는지.

물론 미완과 몇 달이나, 아니 며칠이라도 살고 나서 그렇게 된 거라면 피까지 들먹이며 신기해하지도 않겠다. 아내에겐 신혼여행 때부터 그랬다. 그것도 첫날밤에.

첫날밤에 미완이 무서운 꿈을 꾼 모양이었다. 자는데 배 위에 손길이 느껴졌다. 물론 당시엔 손길이라고 느꼈다기보다 뭔가 닿는 걸 느꼈을 것이다. 근데 닿는 순간 그는 '아, 미완이' 하며 그녀의 손을 잡았으니까.

그녀는 손이 잡히자 숨을 약간 가쁘게 쉬더니 한참 후에 다시 잠이 들었다. 그리고 그도 곧 잠이 들었다.

아침에 일어나자마자 미안한 듯이 그렇게 말했다.

"간밤엔 미안했어요. 무서운 꿈을 꾸었어요."

"무서운 꿈? 귀신 꿈? 아직도 그런 꿈을 꾸나?"

"글쎄 말이에요."

"근데 왜 배를 더듬어요."

"배를 더듬은 게 아니라 누군가를 잡고 싶은 거였겠죠."

"남의 얘기 하듯 하네?"

"잠결이니까요."

미완이 좀 부끄러워하며 웃었다.

"그 누군가가 나란 걸 알았던 거야?"

"적어도 믿을 만한 사람이란 건 알았겠죠? 같이 자는 사람이니까."

"자면서도 그걸 아나?"

"무서워서 깨는 순간 아는 거죠."

"그럴 때 옆에 사람이 없으면 어떡하는데?"

"그런 일은 거의 없었어요. 혼자 자 본 일이 없는 걸요."

"무서워서 혼자 못 잔다고요?"

"아니에요. 식구가 많으니까. 방을 혼자 쓸 기회가 없었던 거죠."

"다행이네."

"다행인지 불행인지 모르겠지만, 그래도 늘 혼자 방 한 번 써 보는 게 소원이었어요."

"혼자서 잠도 못 자면서 무슨."

"낮에는 혼자 쓰고 밤에만 누군가 옆에서 같이 자면 되죠, 뭐."

"미완씬 진정한 어른이 아니야. 혼자 잠도 못 자고. 무서운 꿈이나 꾸고. 아직 미성년이야."

"결혼한 미성년도 있어요?"

그 말을 하면서 그녀는 얼굴을 붉혔다. 왜 붉혔는지 알지만 그는 모른 척했다. 속으로만 웃었다.

"손을 잡으면 무서운 게 금방 달아나는 거야?"

"거의 그렇다고 할 수 있죠. 제가 잡은 손이 귀신이 아니라 사람 손이니까요. 이제 살았다 싶은 거죠. 사람 손을 잡았으니 적어도 귀신한테 끌려가진 않을 거잖아요."

"귀신이 더 센 거 아냐? 사람이 귀신을 이기는 거야?"

"그럼요. 사람이 귀신을 이기죠. 기만씨가 이겼으니까 제가 살아났죠."

"그게 그렇게 되는 거야? 어째 으스스한데."

그날 아침, 그는 귀신 흉내를 내며 그녀를 잡는 시늉을 하고 그녀는 기겁하며 도망을 갔다. 도망가는 그녀의 눈빛이 정말 겁에 질려있는 것 같아 그는 다시는 그런 장난은 하지 않았다.

까만 밤하늘에 별이 총총해졌다.

은하수까지 희미하게 보이는 맑은 밤이다.

그는 어깨에 기댄 미완의 머리카락 감촉에 젖어 있다. 여자들이 이런 기분으로 여우 목도릴 하고 다니나보다. 천연 털의 감촉이 이렇게 감미롭구나. 그의 뒷머리를 쓰다듬던 미완의 손은 이제 그의 허리를 둘러싼 두툼한 살을 만지작거리고 있다. 매일 만지면서도 늘 "어머나 당신 살!" 하며 감탄을 해주는 자랑스러운 그의 푸짐한 살이다.

"어떻게 기만씨는 살을 이렇게 멋지고 푸근하게 찌운 거야? 같은 걸 먹는 데 왜 내 살은 별로 싱싱하지 않고 당신 건 이렇게 색이 좋고 윤기가 있는 거지."

마치 정육점에 걸려있는 고기 품평하듯 하는데도 그는 기분이 하나도 나쁘지 않다. 나쁘기는커녕 투실투실한 그의 몸이 자랑스럽기까지 하다. 미완 덕분에 그는 세상에서 가장 소중하고 멋진 신체를 가지고 있다는 턱없는 자부심에 종종 빠지곤 한다.

사람의 마음은 어디까지, 얼마나 변할 수 있는 것인지. 그녀를 만나기 전엔 다이어트가 마음의 숙제였다. 물론 어떤 노력도 하지 않으면서 머리에 이고 있기만 했던 숙제. 샤워를 할 때마다, 옷을 입을 때, 발톱을 깎으려고 쪼그리고 앉을 때, 버릇처럼 살 좀 빼야 되는데, 중얼거렸다. 다이어트에 매달려 산 것도 아니지만 잊은 적도 없었다.

그런데 미완이 그 숙제를 단숨에 없애버렸다. 물론 푸짐한 살은 그대로다. 아니 오히려 더 많아졌다. 하지만 그 살이 이제는 미완이 좋아하는 그의 자부심이 되었다.

"기만씬 정말 이 생활이 불편하지 않은 거예요?"

"아니."

그는 하늘에 총총한 별들을 바라보며 '아니' 라고 했다. 하늘에 맹세컨대 거짓말이 아니다. 사실은 그냥 '아니' 가 아니라 '매우 아니' 라고 해야 맞다. 불편은커녕 이젠 아파트에 살래도 못살 것 같다.

"내가 없어도요?"

"당신이 왜 없어."

"아니, 만약에 말이에요. 만약에 내가 없대도 이 집에서 살 거예요?"

"그런 말을 왜 하는 거야? 난 당신이 가는 곳은 어디든 같이 갈 텐데."

"괜히 갑자기 그런 생각이 들어서요. 당신은 이런 집을 좋아하지도 않는데, 나 땜에 이사 왔는데, 만약 내가 없으면 당신은 아파트로 갈까. 그때도 이집에서 살까."

"생각 중에 제일 쓸데없는 생각."

"맞아요. 쓸데없는 생각. 괜히 고마워서 든 생각일 거예요."

그날 밤 꿈에,

하늘에 있는 그 총총한 별들이 그들이 자고 있는 침대 위로 비처럼 쏟아졌다.

* * *

그는 그 꿈이 태몽 정도 되는 줄 알았다.

꿈을 꿔 본 기억이 없는 그에게 그런 생생한 꿈은 참으로 신기했다.

모든 사람은 다 꿈을 꾼다고 했다. 다만 기억이 나지 않을 뿐이라고. 어쨌거나 그는 어릴 때 언덕에서 떨어지는 꿈을 꾼 것 외엔 꿈에 대한 기억이 없다. 그래서 그 생생한 꿈이 신기했고 뭔가 특별한 계시려니 하고 은근히 기대를 했다. 그런데 태몽은 아니었다. 미완에게 아기 소식은 없었다. 그리고 특별한 일은 일어나지 않았고 곧 잊어버렸다.

지나고 나서 생각해보니 꿈이 사라지는 꿈이었다. 하늘에 총총한 별들과 함께 그의 행복이, 꿈이 몽땅 사라졌다. 미완은 별처럼 반짝이다 어느 날 갑자기 별똥처럼 눈앞에서 사라졌다. 별이 떨어진 하늘에서 눈을 씻고 봐도 별을 찾을 수 없었듯 그녀도 찾을 수 없었다.

미완은 그녀 없이 이 집에 살 거냐고 물었다.

그는 질문에 대한 답을 했다. 3년도 더 지난 뒤에.

미완을 잃은 그날, 밤에 혼자 어두운 뜰에 앉아 들을 사람도 없는 대답을 했다.

'당신이 돌아올 때까지 기다릴 거야.'

* * *

누나들은 동생이 포기할 줄 알았다.

일 년이 지나갈 때까지도 그렇게 믿었다. 미완을 유난히 사랑한 걸 알지만 동생에겐 여자가 많았다. 소질이란 말을 붙이기는 그렇지만 여자를 사귀는 소질이 있었다. 미완을 만나 정착하기까지 동생의 그 난잡함이 마음에 들지 않았지만, 지금의 사태에선 오히려 그 소질이 다행스럽기까지 했다.

곧 잊어버리지 않겠는가. 일 년이 넘도록 행방을 모른다면 그건 잘못되어도 크게 잘못된 거다. 참 괴이한 일이지만 세상엔 괴이한 일이 생각보다 흔하다. 끔찍하고 잔인하고 알 수 없는 일들이 지구상 곳곳에서 늘 일어나고 있다. 살아있거나, 아님 이해할 수 있는 일에 말려들었다면 일 년이면 행방이라도 드러났을 것이다. 포기하는 게 현명하다고 생각했다.

안타깝기야 하지만 기만이 미완이를 마지막으로 생을 끝낸다고는 아무도 생각지 않았다.

그건 그도 마찬가지였을지 모른다. 죽을 때까지, 그것도 50년이나 그녀를 찾아 헤매게 되리라는 걸 알았을까. 기다리게 될 줄을 알았을까. 그도 자신을, 자신의 운명을 똑똑히 들여다보지 못했을지도 모른다. 그럴 줄 알았다면, 그렇게 긴 세월을 가시밭길을 헤맬 줄 알았다면, 차라리 진작에 따라 죽어버렸을지도 모른다.

눈앞에서 죽은 것도 아니고, 어딜 심하게 다친 것도 아니고, 시름시름 앓았던 것도 아니다. 생글 웃던 그녀가 눈 잠깐 돌린 사이 사라져버린 것이다. 그런 거짓말 같은 사실을, 그게 사실인지 끝끝내 믿지 못했지만, 그 사실을 어떻게 수긍하란 말인지.

오늘이라도,

하룻밤만 자고 나면,

지금이라도 그 빵집 앞에 가면,

곧 만날 수 있을 것 같았다.

오늘,

오늘은,

자고 나면 내일은…….

그도 누나들처럼 언젠가는 포기하게 될 거라고, 자신의 마음이 변할 거라고, 아니 변하길 간절히 바랐는지도 모른다. 1년이 가고 2년이 가고 5년이 지났을 때에는 미치거나 변해버리길 바랐을 지도 모른다.

아내가 돌아오기를 기다리며 정원을 다듬고, 줄기차게 돋아나는 풀을 뽑고, 악착같이 아내가 있던 그때의 모습으로 집을 유지하려고 기를 쓸 때는, 돌아올 수 있다는 희망을 실오리만큼이나 가지고 있을 땐, 차라리 자신이 언젠간 집을 포기하듯이 포기하게 될 거라고 생각하고 있었는지도 모른다.

풀 뽑기를 포기하고, 청소를 포기하고, 저녁마다 커피를 끓여 뜰에 나가 앉는 것을 포기하게 되면 아내도 포기하게 될 거라고. 포기되기를 소원했는지도 모른다.

그렇게 되기를 정말 소원했는지도 모른다.

그는 언젠가부터 아내를 기다리는 일을 포기했다. 포기한 것처럼 보였다. 그 전엔, 돌아온 아내가 놀라지 않을까 싶어 날마다 청소를 하고 정원을 다듬었다. 아내가 있던 때와 똑같이 해놓으려고 날마다 부지런을 떨었다. 아내가 있을 때보다 더 열심히 살았다.

오전엔 가게에 나가 종업원 교육을 시키고 꼼꼼하게 주의도 주고 지배인에게 철저하게 지시를 내렸다. 그리고 나선 아내의 사진이 인쇄된 전단지를 싣고 어디든 달려갔다. 행려병자들을 수용한 병원에도 가고 기도원에도 가고 고아원, 양로원에도 갔다. 어디든 가서 안을 살펴보고 전단지를 돌리고 나야 집으로 돌아올 수 있었다.

무조건 매일 아내 찾는 일에 매달렸다가 집으로 돌아왔다. 그가 늘 집으로 돌아오는 시간이었다.

그리고 날마다 기대를 했다. 어쩌면 아내가 현관문을 열어줄지도 모른다. 돌아와 있을지도 모른다. 그래 어쩌면, 하는 심정으로 초인종을 누르고, 한참을 기다리고, 쓸쓸히 현관문에 열쇠를 밀어 넣었다.

그는 열심히 부지런히 성실하게 살았다.

그의 인생에서 그렇게 부지런하고 성실하고 열심이었던 적은 없었다. 1년이 지나고 5년이 흘렀다. 누나들은 놀라고 한편으로 안심했다. 마음을 잘 붙들고 사는구나. 살다보면 언젠간 잊혀지겠지. 빨리 잊고 다른 여자를 만나기만 바랐다.

그는 말이 없어지고 웃음이 사라졌을 뿐 성실하고 절도 있는 남자가 되어갔다. 그리고 외모가 무척 달라졌다. 세 끼를 정확하게 먹는데도 살이 내렸다. 미완이 좋아하고 감탄하던, 두툼하게 잡히던 살이 사라졌다. 얼굴은 각지고 눈은 커지고 코는 더 우뚝해졌다. 더 많은 여자들이 그에게 관심을 보였다. 웃음과 말이 없어진, 군살이 없어진 그는 확실히 여자들에게 더 매력적으로 보였다. 그러나 그의 눈엔 이제 더 이상 여자들이 보이지 않는 것 같았다.

어떤 눈길에도 아무런 반응이 없었다. 그건 그의 결심이 만들어낸 행동이 아니었다. 그에겐 무엇이 하나 빠져나간 것 같았다. 그도 알 수 없는 그 무엇이. 이해할 수 없는 현상이었다.

집으로 돌아오면 지체 없이 옷을 갈아입고 마당으로 나갔다.

꽃밭을 가꾸고, 물을 주고, 탁자와 의자를 걸레질하며 땀을 흘렸다. 정원을 다듬는 일에 몰두했다. 언젠가부터 아내와 대화도 했다.

—미완아, 드디어 칸나 꽃대가 올라와.

—비가 한 번 와야 할 텐데. 나뭇잎에 먼지가 쌓인 것 같아.

—우리 내년엔 고추나 가지 모종을 한 번 심어볼까? 당신 고추를 직접 따보고 싶다 했지?

그런 혼잣말을 하면서 눈물은 흘리지 않았다. 눈물을 흘리면 정말 아내 잃은 슬픈 남자가 될 것 같았다. 그는 혼자 대화를 하고, 때때로 울음이 터져 나오면 눈물을 꾹꾹 씹어 삼키며 하늘을 올려다보고 다시 정원을 휘휘 둘러 보았다. 그러는 동안 눈물은 가슴속으로 사라졌다.

정원 일이 끝나면 집안 청소였다. 아내보다 더 깨끗하게 걸레질을 했다. 청소와 원수가 진 듯이 걸레질에 매달렸다. 청소가 끝난 후에야 저녁을 먹었다.

─오늘은 카레라이스 먹자.

─알아. 카레엔 김치가 어울린다는 거.

그는 아내와 먹던 저녁을 기억해내고 그걸 하나씩 해먹었다.

찜닭을 먹을 땐 포도주와 먹었다.

비빔밥을 먹고 나선 숭늉도 해 먹었다.

빵을 먹을 땐 반드시 토마토를 곁들였다.

크림소스 스파게티를 먹고 나선 커피를 진하게 뽑아 마셨다.

─스파게티를 먹고 나면 커피를 진하게 마시고 싶어요.

─그렇지. 옳은 말씀이고 말고. 내가 뽑아 줄게.

* * *

그는 커피를 뽑으러 일어나다가 그만 울음을 터뜨리고 말았다.

거실 바닥에 엎어지듯 쓰러져 앉은 그는 오랫동안 일어나지 못했다. 막혀있던 둑이 무너진 듯 눈물이 넘쳤다. 울음소리도 감추지 않았다. 그는 소리 내어 미완을 부르며 울었다. 미완이 실종되고 7년이 흘렀다.

귀신이 숨어 있었다면 통곡소리에 진저리를 치며 도망을 갔으리라. 통곡소리는 처절하고 길었다. 듣는 사람조차 슬픔의 파문이 가슴을 흔들어 덩달아 울어버리게 만들만큼 몸서리 쳐지는 울음이었다.

비로소 미완의 실종을 인정하는 울음이었는지.

그녀의 부재를 실감하는 울음이었는지.

이제 그만 포기하고 보낸다는 울음이었는지.

그때부터 입을 닫아버린 그로부터 아무 말도 들을 수가 없었다. 울음을 찾은 대신 그는 모든 것을 잃어버렸다. 웃음도, 말도, 성실함도, 대화도.

그는 더 이상 외출을 하지 않았다. 정원도 가꾸지 않았다. 청소도 하지 않았다. 가게는 누나들 손으로 넘어가고 집안도 누나들의 손에 의해 사람 사는 집처럼 겨우 유지되었다. 누나들이 들여다보지 않았다면 굶어죽었을지도 모른다. 외출을 하지 않으니 음식 재료를 사지도 않았다.

그래도 목숨을 끊을 마음은 없었는지, 아님 그녀를 기다린다는 한 가닥 염원은 남아 있었는지 무언가를 먹기는 했다. 그리고 오랫동안 살아 있었다.

찾는 일을 그만 둔 그에겐 기다림만 남은 것 같았다.

습관이 돼버린 기다림으로 하염없이 기다리고만 있었던 게 아닌지.

기다림이 습관이 돼버렸는지도.

* * *

깎지 않은 수염만큼 무성하게 뜰에는 풀이 함부로 자랐다.

사람의 손길이 필요한 꽃들은 공격적으로 번식하는 풀들에 가려 가느다란 줄기 끝에 한 송이 꽃을 겨우 피우거나 묻혀버렸다.

기다림도 그렇게 풀들에 잠식되는 화초처럼 묻혀갔는지.

얼굴을 덮은 수염처럼 그리움도 덮어버렸는지.

이제 아내가 나타난다 해도 풀어진 그 눈동자로 알아볼 수나 있을까, 할 정도로 노쇠해버린 그는, 벚꽃이 비처럼 쏟아지던 어느 날 아침, 다시는 일어나지 못했다.

그리워하지 않아도 되는 주름투성이 얼굴이 차라리 편해 보였다.

* * *

죽음은 모든 생명체에 깃들어 있는 불치병이다.

그래서 그도 죽었다.

그녀를 만날 수 있다면 500번이라도 다시 태어나겠지만, 그녀 없이 살아야 하는 날이 하루라도 생긴다면 더는 못 견딜 것 같은 슬픔을 안고 죽었다.

그리고 다시 돌아왔다. 그녀에 대한 집착은 그를 다시 이승으로 불렀다. 다시는 살고 싶지 않다고 생각한 세상으로 돌려보내졌다.

그러나 다시 태어난 그는 그녀를 잊어버렸다. 아니 잊어버린 건 그녀지 그의 가슴속에 있는 그리움은 그대로였다. 그는 지독한 그리움만 안고 태어났다. 누구에 대한 그리움인지도 모르는 막연한 그리움은 그를 끝없이 꿈꾸는 듯한 남자로 보이게 만들었다. 그는 그게 무엇인지 알지도 못한 채 수많은 여자를 만나고 사랑하고 버리고 방황했다.

그녀가 눈앞에 있는데도 알아보지 못했다.

제2곡 낯선 사람으로부터 온 책

남자들의 사랑 이야기였다.

지섭은 조금은 충격을 받고 떨리는 마음으로 책장을 넘겼다. 가슴이 왜 이렇게 두근거릴까. 그런 생각조차 할 여유도 없이 숨 가쁘게 눈은 글자 위를 오갔다. 제1장을 다 읽고 나서 비로소 큰 숨을 토해내며 책에서 처음으로 눈을 뗄 수 있었다.

책은 400쪽이 넘었고 지섭은 단숨에 100쪽을 읽었다. 단숨에 이렇게 많이 읽은 적은 없었던 것 같았다. 의지가 아니라 몰입 때문이었다. 제1장이 끝난 곳에 책갈피를 꽂고 책을 가슴에 품은 채 침대에 길게 누웠다.

묘한 기분이었다. 가만히 누워있는데도 무언가를 하고 있는 느낌이었다. 마음이 분주히 움직이고 있었다. 아주 중요한 일을 앞두고 설레어 있는 듯도 하고 재미있는 놀이에 빠졌을 때의 들뜬 감정에 싸인 듯도 했다.

머릿속에서 세 남자가 떠나지 않았다. 그들은 누워있는 지섭의 머릿속에 들어와 이야기를 이어나가고 있었다. 남의 머릿속에서 그들의 삶을 계속 살고 있었다. 지섭은 그들을 생각하고 그들의 이야기를 상상하고 있는 자신을 발견하고 놀랐다.

그의 영혼은 아직도 책 속에 있었다.

작가는 어떻게 마무리를 지었을까.

동성간의 사랑. 생각해보지 않았다. '이들이 같은 남자들이었나?' 하는 생각이 그제야 들었다. 그들의 안타까운 사랑이 책에서 눈을 떼지 못하게 했다. 책은 읽는 동안은 그냥 안타까운 사랑일 뿐이었다. 고독하고 아름답고 숨 가쁜 사랑에 가슴까지 두근거렸다.

지섭은 책 표지를 펼치고 작가 약력을 보았다. 이름은 강사문. 문예지에 소설이 당선되면서 등단. 출간 작품이 두 권. 지섭이 읽고 있는 소설은 세 번째 작품인 모양이었다. 출생년도는 나와 있지 않아 나이는 알 수 없고 사진을 봐도 나이를 짐작할 수 없었다. 웃는 것 같지만 너무 웃음이 얇아 모호한 표정.

"강사문."

이름을 불러보던 지섭은 벌떡 일어났다. 테이블 위에 아직 소포 포장지가 그대로 있었다. 보낸 사람 이름도 '강사문' 이었다. 작가가 직접 보낸 책이란 말인가. 설마! 이름이 우연히 같았던 것이겠지.

지섭은 책장이 있는 방으로 달려갔다. 깊은 곳에 가라앉아 있던 뭔가가 떠올라오는 것처럼 아득한 기억이 그를 일깨웠다. 이 책이 처음이 아니다. 분명 어디서 본 이름이었다. 책장을 샅샅이 살폈다.

팬들에게서 오는 많은 선물 중에 가끔 책이 있었다. 읽으면 좋을 것 같다, 지섭씨가 생각나게 하는 책이다, 너무 재미있어서 보낸다, 연기 하는데 도움이 될 것 같아서, 라는 내용의 메모와 함께.

하지만 솔직히 말하면 그들이 부쳐준 책은 거의 읽히지 못한 채 책 장에 꽂혔다. 인형이 장식장 위에 나열되듯이 책은 책장에 그냥 나열 됐다.

작가가 직접 보낸 책? 강사문?

지섭은 책장에서 ‘강사문 장편소설’ 이란 책 두 권을 다 찾아내었다. 지섭의 기억이 맞았다. 왠지 낯이 익은 이름이었다. 그냥 받아두긴 했 지만 이름이 뇌세포 귀퉁이에 남아 있었다. 그런 걸 기억이라 해야 하 는지 인식이라 해야 하는지. 사문을 기억해 냈다기보다 비로소 인식하 기 시작한 게 아닐까. 그는 사문이란 여자를 모른다. 이름이 머릿속에 있다는 것두 몰랐다. 모르는 여자를 기억해냈다고 하는 게 맞을까. 그 런 생각을 한다. 그러나 생각은 오래 가지 않는다. 손에 들려진 책에 대한 호기심은 더 이상 생각만 하도록 두지 않았다.

언제 보낸 걸까. 포장지가 뜯겨 버리고 책만 있으니 그건 알 길이 없다.

두 권을 들고 다시 침대로 돌아왔다. 책을 들고 와 책갈피 속을 꼼꼼 히 살폈지만 편지 같은 건 들어있지 않았다. 이 여자가 왜 나에게 책을 꼬박꼬박 보냈을까. 팬? 그렇겠지. 그것 말고는 지금으로선 답이 없 다. 상상할 수 있는 가장 당연한 답이다. 책을 보내는 팬들도 있으니까.

《세 남자 이야기》도 그냥 책꽂이에 꽂힐 뻔했다. 다른 책들처럼.

　지난주에 18부작 주말 드라마가 끝났고 오늘은 두 달 만에 늦잠을 잤다. 그리고 이 소포는 조금 전에 매니저가 가져다주었다. 오랜만에 한가했고 그래서 천천히 선물을 펴 볼 시간이 났다. 소포를 뜯어 제목도 보고, 별 할일이 없어 책을 들고 침대에 누웠다. 그냥 심심해서 책장을 넘겼고, 어느 순간 이야기 속에 빠져버렸다.

『여전히 멋있는 창이 죽었다.
　그는 내 삶의 모든 활력과 재미와 충동을 전부 가지고 떠났다. 나는 이제부터 그저 책장이나, 소파나, 탁자처럼 살아갈 것이다. 나는 창처럼 죽지 못한다. 창처럼 멋있게 살지 못한 나는 창처럼 그렇게 모두를 놀라게 하며 죽지 못한다. 그의 얼굴과 그의 말투와 그의 습관을 떠올리며 끝까지 살아갈 것이다. 죽음의 운명이 찾아올 때까지. 어떤 설렘도, 어떤 기대도 없이.
　그는 내 인생의 설렘이었고, 살맛이었고, 축복이었다.
　죽음보다 강렬한 축복이었다.

　난 은행원이었다. 그는 내가 다니던 은행에 가끔 들르던 손님. 나는 오랫동안 그를 몰래 지켜보고 사랑을 키웠다. 물론 창은 꿈에도 내 마음을 몰랐을 것이다.
　나는 그가 은행에 들어서는 순간부터 문을 열고 나갈 때까지 눈을 떼지 못했다. 나중에는 눈을 감고도 그가 어떤 태도로 창구로 가까이 오는지, 어떤 자세로 서 있는지, 어떤 표정으로 거기를 떠나는지까지 알 수 있었다.

창은 나를 알지 못했지만 난 이미 창의 모든 것을 알고 있었다. 그의 표정, 눈빛, 걷는 모습, 창구 앞에 손을 얹고 손가락으로 쉴 새 없이 두드리던 손버릇. 들어 보지 못한 그의 과거 외에 난 모르는 것이 없었다. 은행에 들어설 때의 표정과 걷는 모습으로 그의 기분까지 알 수 있었다.

창이 은행에 들어서면 숨이 멎는 것 같았다. 그렇게 멋있고 잘생긴 남자를 난 지금까지 본 적이 없다. 크면서도 날카로운 눈매와 깊이를 알 수 없는 고독과 열정의 눈빛. 조각 같은 콧날은 날렵하지만 힘이 있었고, 아름다운 입술은 강렬한 눈빛 때문에 결코 여려 보이지 않았다…….』

이야기는 그렇게 시작되었다.

가슴을 두드리는 말들의 연속이었다. 글이 가슴을 두드릴 수도 있었다. 낱말에 심장이 달려 숨을 쉬고 있는 것 같았다. 책장을 넘길 때마다 지섭은 큰 숨을 내쉬고 침을 삼켰다. 자신이 한참동안 숨을 쉬지 않고 있었는지도 모르겠다고 생각했다. 큰 숨을 내쉬면서 그 생각을 했고 그리곤 곧 글 속에서 모든 걸 잊어버렸다.

《홍나비》,《겨울산》

그게 지섭이 찾아낸 강사문의 다른 책들 제목이었다.

우연인지, 의도인지 제목이 둘 다 세 글자였다. 작가는 3이란 숫자를 좋아하나보다. 두 남자, 네 남자도 아니고《세 남자 이야기》도 그렇고. 그런 생각을 하며 책표지를 들추고 다시 약력을 보았다. 생년은 역시 없었고 사진은 달랐다.

《겨울산》은 얼굴을 약간 옆으로 돌린 채 찍힌 사진이 실려 있다. 배경은 아마도 우리나라가 아닌 듯, 여행 중에 찍은 사진인지 모자를 쓰고 먼 곳을 바라보고 있다. 배경 속에 조그맣게 찍힌 얼굴이다. 왜 이렇게 작은 사진을 내놓았을까.

《흥나비》 사진도 역시 여행 중에 찍은 사진인 것 같았다. 작가는 여행광인가보다. 아님 글을 쓰기 위해 다니는 여행일까. 지붕을 괴고 있는 열주들로 봐서 이집트 같기도 하고 인도 같기도 했다. 배경만 역시 장대하고 얼굴은 그저 배경을 찍기 위한 소품처럼 작다. 얼굴을 알고 싶은 지섭은 작은 사진이 그저 답답하기만 하다.

어떤 여자일까. 나이는 몇 살일까. 목소리는 어떨까. 그냥 팬일까. 팬이라면 날 얼마나 좋아하는 걸까. 팬 싸인회 같은 데 온 적은 있을까. 혹 내가 본 적이 있는 사람일까. 얼마나 많은 곳을 여행 했을까. 여행은 혼자 다니는 걸까. 결혼은 했을까. 궁금하기 시작하자 별 생각이 다 났다.

모르는 여자를 궁금해 하고 있다. 그녀의 모든 것을 알고 싶어 한다. 그러나 지섭은 아직 깨닫지 못한다. 사랑이 시작되고 있다는 걸. 사랑의 시작은 호기심이라는 걸, 관심이라는 걸.

모르는 채로 사랑할 순 없다. 모든 사랑은 인식에서부터 시작된다. 상대가 있다는 인식에서부터 사랑의 씨앗은 싹을 틔운다. 지섭은 사문의 존재를 인식한다. 호기심이 생기고 알고 싶어진다. 운명의 화살이 지섭이라는 목표물을 향해 천천히 당겨지고 있다. 그러나 그는 깨닫지 못한다. 화살의 존재를 결코 인식할 순 없다. 시위를 떠나 가슴에 꽂히기 전까지는.

지섭은 다시 읽던 책을 펴들었다.

강사문이 어떤 여자인지 궁금할수록 《세 남자 이야기》도 궁금했다. 주변의 부수적인 것이 본질과 아무 상관이 없다 해도 호기심의 갈망을 포기시키지는 못한다. 강사문이란 본질이 《세 남자 이야기》와 아무 상관이 없다 해도 마찬가지다. 강사문이란 존재에 관심이 가는 자라면 그녀에게서 태어난 《세 남자 이야기》도 포기할 순 없다. 사랑은 존재에 대한 시각부터 바꾸는 법이니까.

『별 대신에 불빛이다.

여기는 호텔 24층. 먼지 덮인 하늘엔 별 하나 없지만 땅에는 찬란한 도시의 별이 밤을 수놓았다. 별빛처럼 아름답다. 밍이 보고 싶다. 그를 품에 안고 있으면 내 가슴이 위로 받을까. 키스를 하지 않은지 꽤 오래 되었다. 밍과 입을 맞추고 싶다. 그를 보고 있으면 마음이 들뜨고 옷 속에 숨은 몸이 붉어지는 걸 느낀다. 이렇게 신경이란 신경과 감각이란 감각이 전부 한곳으로 흘러가는 듯한 감정을 오랜만에 겪는다…….』

제2장은 그렇게 시작되었다. 숨을 죽이고 글을 읽고 큰 숨을 내쉬면서 책장을 넘겼다. 책장을 넘길 때마다 그들의 사랑이 살아서 지섭의 가슴으로 숨을 쉬었고 숨을 내뱉을 때마다 안타까운 사랑의 꽃이 떨어졌다.

『창의 입술과 손은 모래보다 뜨겁다. 뜨거운 입술은 한낮의 태양처

럼 내 얼굴과 몸을 불태우고 지나갔다. 파도 소리가 밀려가는 귓가에
창의 숨소리가 들리고, 대지처럼 무거운 그의 느낌이 모든 소리를 밀어
냈다.』

　점심때가 지나고 해가 넘어갔다.
　지섭의 영혼의 하루 분량은 그들 '세 남자' 가 가져가 버렸다.

『음식 냄새가 거실을 떠돌고,
포도주 향기가 천장을 가로지르고,
그들의 마음의 파편들이 지붕을 뚫고 우주로 날아갔다.
식탁엔 세 남자가 앉아 있었다.』

　소설의 마지막 구절을 읽고도 한참 동안 책을 덮지 못했다.
　재미있는 꿈을 꾸다 잠이 깨버리면 허전하고 아깝다. 허상이란 걸 알
면서도 투정을 부리듯이 매달린다. 눈을 감고 다시 환상이 이어지길
기다려본 경험이 누구에게나 있을 것이다. 잡을 수 없다는 걸 알면서
도 체념하기까지는 시간이 좀 필요하다.
　꿈인 줄 알면서도 계속 꿈을 꾸고 싶었다. 아끼며 즐기고 싶었다. 그
들이 사는 세상 속에 머물고 싶었다. 그들의 사랑과 마음을 같이 하고
싶었다. 책을 덮어버리면 마치 그들과 작별을 하는 것 같아 아쉬웠다.
헤어지기 싫었다. 이 마음을 그대로 지니고 머물고 싶다. 달콤한 아픔
과 묘한 나른함.
　해거름, 한창 재미있는 놀이에 빠져있는 아이를 엄마가 부른다. 해

는 지고 집으로 들어가야 할 시간인 줄 알지만 놀이는 너무나 달콤하다. 내일이면 다시 만날 수 있는 친구들이지만 그 순간 그런 것이 위로가 되지는 않는다. 부르는 엄마가 야속하고 해가 지는 것이 안타까울 뿐이다. 그 순간을 조금만 더, 정말 조금만 더 지속할 수 있다면.

인간만사 회자정리.

지섭은 아끼는 보물단지를 덮듯 천천히 책을 덮었다.

강사문, 멋있다.

책을 덮은 지섭의 관심이 작가에게로 옮겨간다.

어떻게 이런 글을 썼을까. 이런 이야기는 어디에서 가져오는 걸까. 책상 앞에 앉으면 이야기가 그냥 떠오르는 걸까. 한 번도 깊이 생각해보지 않았던 세계다. 알려고도 하지 않았다.

지섭은 자기가 그 세계를 거의 모른다는 걸 그제야 깨닫는다. 대본을 그렇게 외면서도 생각해보지 않았다. 대본은 대본일 뿐 작가와 연결시켜 보지 않았다. 작가는 작가일 뿐 대본과 연결시켜 보지 않았다. 그 세계와 이렇게 가까이 있으면서도 그렇게 철저하게 무지할 수 있었다니. 하긴 밥을 먹으며 농부를 생각해본 적도 없지 않은가. '너 자신을 알라.' 란 말이 그래서 명언이구나. 까맣게 무식하면서 무식한 줄도 모르고 살았다. 오늘 지섭은 드디어 자신의 '무지를 알게 되는' 엄청난 깨달음을 얻는다. 소크라테스는 혼자서 그것을 깨달았구나. 위대한 소크라테스.

위대한 강사문. 지섭이 알지 못하는 세계를 품고 있는 여자. 아침까지만 해도 알지도 못했던 여자였다. 멋진 작가가 그의 팬이다. 지섭은 그 생각을 하며 웃었다.

팬이라면, 어쩌면 얼굴을 볼 수도 있을 거라는 기분 좋은 예감도 들었다. 사람들은 간절한 희망을 예감으로 흔히 착각을 하는 법이니까. 착각이라도 하여튼 기분 좋은 착각이다. 지섭은 착각인지 예감인지 아직은 모르는 황홀함에 가슴이 들떴다.

이틀 동안 두문불출, 그녀의 나머지 책 두 권도 독파했다. 사문은 이제 그에게 낯선 여자가 아니었다. 몹시 친근한 사람이 되었다. 글은 곧 그 사람이라고 하지 않던가. 한 번도 본 적 없는 그 여자, 이틀 전까지만 해도 존재조차 몰랐던 여자, 강사문. 그 이름이 지섭의 가슴에 파문을 일으키고 있었다.

지섭은 그녀를 그렇게 알게 되었다.

* * *

발신인 표시가 금지되어 있는 전화였다.

건방진 놈. 누군지 밝히고 싶지 않으면 전화를 하지 말아야지. 자기 신분은 꽁꽁 싸매둔 채로 무조건 짐의 전화를 받아라? 세상 사람들이 죄다 분부만 내립쇼, 하는 하인쯤으로 보이는지. 아님 신비주의 작전을 쓰는 모양인데 작전 완전 실패다. 그래 봤자 관심도 없다. 호기심도 생기지 않는 신비가 어디 있다고. 발신인 표시 금지 전화에 호기심을 가지는 현대인이 아직도 있던가.

사문은 그저 귀찮은 전화겠거니 하며 받지 않았다. 보험을 권유하는 전화건, 카드 회사건, 어쨌거나 말상대를 해야 되는 게 성가셨다. 더구나 퇴근을 하려는 중이다. 직장인에게 퇴근은 특별한 의미다. 퇴

근이 늦어지는 건 견딜 수가 없다. 할 일이 없어도 엄청나게 손해를
보는 느낌이다.

기다리는 사람도 없지만 빨리 학교를 나가고 싶었다. 집엘 빨리 가고
싶다기보다 그저 학교를 한시바삐 벗어나고 싶은 것이다. 학교란 학생
으로 다닐 때나 가르치러 다닐 때나 마찬가지로 답답한 곳이다. 모든
직장이 모든 직장인에게 답답한 곳인지는 모르겠지만.

전화는 오래 울리지 않고 끊어졌다. 역시 보험이나 카드회사구나.
경험상 그들은 그렇게 전화를 오래 울리도록 들고 있지는 않았다. 대
신 꼭 필요한 전화면 몇 번이고 다시 한다. 카드 갱신이 필요할 때라든
가. 통장 잔고가 부족해 카드 대금이 못 빠졌다든가 하는.

답답하면 다시 하겠지.

사문은 휴대폰을 주머니에 넣고 가방을 메었다.

겨울 해는 짧다. 다섯 시도 되지 않았는데 밖은 벌써 을씨년스럽다.
해만 좀 오래 떠 있으면 겨울도 그런대로 괜찮은데, 그런 생각을 하며
운동장을 잠깐 내려다보았다.

휴게실에서 내려다보는 운동장 풍경은 그럴듯하다. 나무들도 많고
나무 아래엔 색색의 벤치도 놓여있다. 겨울이라 앉아 있는 사람은 없
지만.

휴대폰이 또 울린다. 운동장을 내려다보던 사문은 약간 짜증이 났
다. 놀랐기 때문이다. 바깥 경치에 넋을 놓고 있어 벨 소리가 몹시 크
게 들렸다.

또 그놈인가.

사문은 누군지도 모르는 사람을 두고 '놈' 이라 단정 지으며 주머니

에서 휴대폰을 꺼냈다. 이번엔 발신자 번호가 있었다. 모르는 번호였다. 씹을까. 잠깐 망설였다. '그래도 신비주의는 아닌 모양일세.' 하며 폴더를 열었다.

"여보세요."

사문은 목소리를 가다듬고 전화를 받았다.

교사 생활 10년에 그녀에게 남은 건, 탁해진 목소리와 약간의 옷 그리고 노처녀 딱지다. 아, 그리고 한 가지 더 있다. 방학이라는 보물 덕분에 이루어놓은 소설가라는 타이틀과 책 몇 권.

말을 많이 해야 하는 국어 선생이라 목소리 문제는 심각하다. 아침에 일어나면 예외 없이 목이 잠겨 있고 1교시 수업할 땐 종종 이상한 소리가 난다. 마치 쇠를 긁는 듯한 뒤집어지는 소리가 나면 학생들은 '변신 목소리'라고 웃고 난리다. 그럴 때마다 같이 웃고 말지만 마음은 씁쓸하다. 약간 처량한 기분이 들 때도 있다. 아마 티 없이 웃을 수 있는 그들의 밝음이 주는 상대 효과리라. 하늘이 너무 맑아도 물상(物像)들이 다소 그늘져 보이는 것처럼.

목을 쓰지 않다가 갑자기 첫 마디를 뗄 때 자칫하면 아주 거친 소리가 난다. 그래서 사문은 말을 할 땐 목부터 가다듬는 버릇이 생겼다.

"실례지만 강사문 선생님 휴대폰입니까?"

조심스러움이 느껴지는 정중한 말투. 모르는 남자의 목소리였다.

졸업생인가? 아니 학부모인가? 하지만 학생의 아버지가 전화하는 경우는 드물다. 어머니라면 몰라도. 그리고 목소리가 너무 젊다. 말투에서도 연륜이 느껴지지 않는다. 세월은 목소리만 변하게 하는 게 아니라 어투도 달라지게 한다. 어쩌면 말하는 방식으로 나이를 맞추는 게 더 정확할지도 모른다. 그렇다면 졸업생? 모르는 남자가 갑자기 전화를 했다면 졸업생일 확률이 제일 높다. 변성기가 지나버리면 소년은 어느새 남자로 변한다. 다른 건 몰라도 목소리만은 확실하게.

"네, 그런데요."

"저는 김지섭이라고 합니다. 갑자기 전화드려서 죄송합니다."

김지섭? 누구지? 떠오르는 얼굴이 없다. 분명 졸업생인 모양인데 이름도 얼굴도 깜깜하다. 이름까지 밝히는데 기억이 없다. 미안하고 답답하다. 가끔 있는 일이지만 당할 때마다 참 난감하다.

졸업하고 나면 몇 년 지나지 않아 잊어버리는 얼굴이 더 많다. 크는 중이라 모습이 많이 변하기도 하지만 기억력은 정말 믿을 수가 없다. 한이 쌓이도록 말을 안 들어먹던 얼굴도, 미안할 정도로 착하던 학생도 세월이 가져가 버린다. 얼굴만 남아 있는 졸업생도 있고 이름만 남아 있는 제자도 있다. 심지어 얼굴과 이름이 잘못 맞추어져 기억 속에 들어있기도 하다.

사문은 기억을 되살리는 걸 포기한다. 이럴 땐 솔직하게 밝히는 게 최선이다. 차라리 미안하다며 누구냐고 묻는 것. 그런데 늦었다. 틈이 길었는지 상대가 먼저 말을 한다.

"보내주신 책 잘 읽었습니다. 인사가 너무 늦었습니다."

책? 제자한테 책을 보냈다고?

그런 기억은 없다. 정말 그런 적은 없다. 그럼 도대체 누구란 말인가?

사문은 당황했다. 방향을 잘못 짚었다. 너무 단정하고 있어 다른 출구를 열어놓지 못했다.

"네?"

당황한 마음을 감추지 못한 사문은 대답 속에 심정을 그대로 드러냈다. 상대도 당황을 했다. 잠시 말이 끊긴다.

"전 탤런트 김지섭이라고. 선생님이 저한테 책을 보내주신……."

총을 맞는다는 게 이런 건가. 이마에 땀이 났다. 김지섭이라니. 그 이름을 듣고도 왜 그 생각은 못했을까.

맙소사!

"반갑습니다."

주책이다. 반갑습니다, 라니. 사문은 튀어나온 말을 주워 담지도 못하고 다음 말도 생각나지 않았다. 너무 흥분을 하고 있었다. 속으로 침착, 침착 하고 외치는데 얼굴이 점점 달아올랐다.

"선생님 책을 너무 재미있게 읽어서, 감사 인사드리고 싶었어요."

"죄송해요. 제가 좀 놀라서. 전 선생님이라 부르기에 학생인 줄 알았거든요."

사문은 흥분을 들키지 않으려고 깊은 숨을 몰래 쉬며 겨우 대꾸를 했다.

"학교 선생님이세요?"

"네."

"전 소설가님인 줄로만 알고. 방송국에선 작가 분들을 작가 선생님이라 부르거든요."

"아, 네."

"……."

말이 또 끊어졌다.

지섭도 할 말을 다해버렸다. 더 이상 무슨 말을 해야 할까. 무슨 말이 남아 있을까. 할 말이 없는 게 아니라 할 수 있는 말이 없었다. 처음 하는 전화에, 본 적도 없는 사람에게, 실례가 되지 않을 정도의 말밖에 더 이상 무슨 말을 할 수 있을까. 마음에 있는 말을 다 할 수 있는 처지가 아니라는 걸 지섭은 전화를 걸어놓고서야 깨달았다.

글을 읽고 나니 당신에게 관심이 생겼다, 하기도 그렇고. 당신이 어떤 사람인지, 결혼은 했는지, 멋있다, 하기도 그렇고. 한 번 보고 싶다, 하기는 더구나 그랬다. 그런 생각을 속으로 하고 있는 사이에 말 없는 시간이 자꾸 흘러갔다.

사문도 무슨 말을 해야 될지 적당한 말이 떠오르지 않았다. 마음을 담지 않고 말을 한다는 건 정말 어렵다. 마음에 없는 말. 그저 인사 정도가 있겠지.

사실은 열광적인 팬이라고, 전화가 뛸 듯이 반갑다고, 목소리를 듣게 해주어 너무 고맙다고, 더구나 책을 재미있게 읽었다니 정말 기쁘다고 하고 싶은데, 말을 할 수가 없었다.

그러는 동안 사문은 냉정을 되찾고 있었다.

"재미있게 읽으셨다니 다행이네요."

전화는 사무적으로 끝났다.

눌려진 감정은 다행히 티가 나지 않았다. 사문은 그랬다고 생각했다. 귀가 멍하도록 방망이질 치는 가슴도, 혈관 속을 빠르게 흐르던 피도, 목소리를 흔들진 못했다. 얼굴이 안 보였던 게 다행이었다. 이마엔 땀이 났고 뺨은 달아올랐다.

왜 감정을 들키지 않아야 하는지 사문은 생각하지 않았다. 습관처럼 눌러온 감정. 습관은 무섭다.

사문은 감정이 끓어오르는 순간마다 찬물을 끼얹는다. 언제부터 그랬는지, 왜 그러는지도 모른다. 아니 자신이 늘 감정의 불씨를 재로 덮어버린다는 것조차 깨닫지 못한다. 불을 지핀 건 자신이면서 불길이 이는 순간 습관이 행동을 개시한다. 찬물 끼얹기. 그런 습관은 어디에서 온 건지. 운명을 알고 있는 무의식이 만드는 행위인지. 수호천사의 보호책인지, 악마의 장난인지.

아직은 습관이 고분고분하게 그녀의 말을 듣는다. 천적이 나타나지 않았기 때문이다. 모든 생명에겐 천적이 있다. 사문의 습관을 한순간에 부서버릴 천적은 아직 활동을 시작하지 않았다. 지섭이란 천적의 본격적인 활동은 아직 없다. 때가 무르익지 않았다.

지섭도 사문도, 그것까진 알지 못한다. 그들의 운명을 알지 못한다.

* * *

연예인 팬까페에 가입한 건 처음이었다.

그것도 인터넷이란 게 없었다면 가능하지 않았을 일이다. 인터넷은 발로 뛰지 않아도, 얼굴을 드러내지 않고도 얼마든지 사회 활동을 가능하게 해주었다. 사문이 비록 교사란 신분으로 사회생활을 하고 있지만 그건 생존을 위한 최소한의 활동이다. 생존을 위한 게 아니면 그녀는 그다지 사회적이라 할 수 없다.

그렇다고 스타에 열광해 본 적도 없었냐고? 그건 아니다.

세상 사람들을 '열광하는 사람', '열광하지 않는 사람' 이렇게 두 종류로 나눈다면 사문은 '열광하는 사람' 에 속한다. '열광하는 사람' 을 다시 '혼자 즐기는 부류' 와 '사회적으로 즐기는 부류' 두 종류로 나눈다면 사문은 '혼자 즐기는 부류' 일 뿐이다.

고등학교 때, 많은 친구들이 서태지에 미쳐있을 때 사문도 미쳐있었다. 그러나 한 번도 콘서트엔 가지 않았다. 물론 팬클럽 회원도 아니다. 좋아하는 연예인을 보기 위해 집 앞에 진을 친다든지, 표를 구하기 위해 몇 시간 줄을 선다든지 하는 그런 수고는 한 번도 하지 않았다. 그러면서 열광한다고 할 수 있느냐 한다면 할 말은 없다. 그래도 방법이 다를 뿐 사문은 제 방식대로 열정에 몸을 맡겼다.

앨범이 나오는 대로 사 모으고 CD 플레이어가 닳도록 노래를 들었다. 한 번 듣기 시작하면 아무도 못 말린다. 같은 음반을 몇 달, 심지어 몇 년까지 듣는 경우도 있다. 아마도 같은 노래를 수백 번은 들었을 것이다. 노래의 어디쯤 어떤 숨소리가 나는지까지 알아버린다. 그건 광분이다.

'조용한 광분.' 그래서 사문의 '광분' 의 비밀은 주변에서도 잘 모른다.

늘그막에 이게 무슨 주책이람, 하면서 김지섭이란 탤런트의 팬까페에 가입을 하고 소속사 사무실 주소를 알아내었다.

그가 미치도록 좋았던가?

그것도 아니었다. 차라리 순간적 충동이었다고 해야 맞을 것 같다.

그건 아니다. 사문은 습관대로 또 위장을 하고 있다. 그녀는 자신의 감정을 살짝 덮어버리는 버릇이 있다는 걸 모른다. 늘 가볍게 만들어버리고 애써 위장을 한다. 깊지 않으면 움직이지도 않는다는 걸 모른다. 자신이 그다지 활동적이 아니라는 건 알지만, 어떤 행동 앞에는 무척 깊어진 감정이 있다는 걸 모른다.

그날,

컴퓨터를 켜고 검색 창에 그의 이름을 치고 생전 처음 보는 팬까페에 가입했다. 그리고 주소를 알아내고 책을 부쳤다.

'그건 분명 충동적 행위였다.'

사문은 그 사건을 그렇게 정의했다. 감정이 보이지 않게 포장했다. 그렇게 포장해서 사문이라는 사람의 개인사에 갈무리해 던져두었다. 습관대로 재빨리. 티 나지 않게. 조용히.

미쳐있지는 않았다. 아니 미쳐야 할 사건도, 사연도 전혀 없었다. 물론 미치도록 감동을 받긴 받았다. 푹 빠져 있던 20부작 드라마가 끝나는 날이었다. 완성도 높은 극본에다 연기자들의 훌륭한 연기가 보태져 드라마는 날이 갈수록 물이 올랐다. 드라마에 빠져들면서 지섭이란 배우에게 빠지고 있었는지 모르겠다. 아니 드라마를 보는 동안 주인공과 배우를 구분하지 못하고 있었는지도 모르겠다. 그건 사문의 특기니까. 아무도 모르는 '광분의 비밀.'

예술에 감동을 받으면, 사문은 예술과 행위자를 구분하지 못한다. 노래와 가수를 일치시키고 연기와 연기자를 일치시키고 멋진 춤과 무용수를 하나로 묶었다. 그래서 나중엔 예술에 열광하는 건지 사람에 열광하는 건지 모르게 되어 버린다. 나중엔 자신이 바로 그 사람이 되어 있기도 하다.

그래서 마지막 회, 드디어 지섭의 연기가 끝났을 때 자기도 모르게 일어나 박수를 쳤다. 그 박수가 지섭이라는 연기자에 대한 박수였는지, 아니면 드라마 속 주인공에게 보낸 박수인지는 아직도 모르겠다.

하여튼 너무 감동이 커 감정이 격해졌다. 주체할 수 없는 감동 때문에 벌떡 일어나 박수를 치고, 그래도 흥분을 가라앉히지 못해 컴퓨터를 켰다. 드라마에 대한 감동이 배우에 대한 관심으로 이어졌는지도 모르겠다. 그 다음은 조금 전에 얘기했던 대로다. 검색 창에 이름을 쳐 넣고 까페에 가입을 하고 주소를 알아내고 책을 부쳤다.

책이 꼭 지섭의 손에 들어가리라는 확신은 없었던 것 같다.

팬클럽 회원수가 어마어마했고 그들이 왠지 다 사문처럼 소중한 뭔가를 그에게 보낼 것 같았다. 자신에게 소중하면 다른 사람에게도 소중하리란 착각을 인간은 하니까. 사문도 그땐 그랬다. 지섭이 소중했다. 소중한 사람에게 소중한 무엇인가를 전하여 마음을 전하고 싶었다. 아마 회원들도 모두 그렇게 하리라는 근거 없는 확신.

임청닌 회원수에 놀라기도 하면서 또 그들이 모두 자기 같은 심정일 거라 여겨졌다. 무언가를 하지 않고는 견딜 수 없을 것 같은 감정의 흔들림. 그래서 그들 모두 소중한 무엇인가를 선물했으리라고.

근거 없는 확신은 계속 달렸다.

그 많은 선물을 어떻게 처리할까. 정말 그에게 다 전해질까. 사무실에서 잘라 먹어 버리는 게 더 많을 거야. 뜯어보지도 못하는 선물이 더 많을지도 몰라. 그 많은 걸 다 본다는 게 오히려 거짓말 아닌가.

그런 염려 아닌 염려 끝에 나온 결론이 지섭의 손에 꼭 들어간다는 보장은 없겠구나, 였다. 알다시피 순전히 혼자 내린 결론이었다. 물어보거나 알아보는 수고는 하지 않았다. 지극히 사문다운 행동이었다.

그렇게 결론을 내리면서 체념이 되었는지, 책의 행방이 상관이 없어졌다. 보내는 순간의 감정이 중요했다. 그녀 손을 떠난 책은 더 이상 그녀의 것이 아니다. 나름대로 생명을 가지고 살아가겠지. 운명대로. 책에도 운명이 있을 거니까. 책의 운명은 그녀 소관이 아니었다.

책을 보내고,

솔직히 말하면, 막연히 얼마 동안은 전화가 기다려졌다. 정말 막연히.

어림도 없다는 걸 알면서도 희망이 접히지 않을 때가 있다. 가능성이 1퍼센트도 없다는 걸 알고 있다. 안다고 해서 희망이란 게 무 잘리듯 잘려나가는 건 아니다. 그럴 때 그 기다림이 '막연히' 였다.

사문은 막연하게 전화를 기다렸다. 낯선 전화번호가 뜨면 가슴이 좀 설레기도 했으니까. 그리고 그럴 리 없다고 생각하면서도 전화를 받았다.

그 전엔 낯선 번호가 뜨면 거의 외면했다. 연락을 꼭 취해야 할 사람이면 결국 어떤 방법으로든 연락을 취하게 마련이니까. 문자라도 보내서 말이다. 마음이 가지 않는 일엔 냉정할 수가 있다. 자신과 상관없는 전화라고 확신했기 때문에 냉정할 수 있었다.

시간은 제 할 일을 하며 뚜벅뚜벅 흘러갔고 낯선 번호에 가슴이 설레는 일이 차츰 사그라들었다. 실체가 없는, 반응이 없는 일은 마음에서 빨리 사라지는 법이다. 사문의 감정도 세월을 따라 흘러갔다. 잊혀질 건 잊혀지고 옅어질 건 옅어졌다. 어떤 것은 기억의 오해로 왜곡되어 남기도 하고 어떤 건 환상으로 포장되어 더 화려해지고 과장되기도 하면서.

《세 남자 이야기》를 마지막으로 더 이상 책은 보내지 않았다.

지섭에 대한 생각을 가슴에 묻고는 잊어가고 있다고 단정했다.

* * *

잊혀져가고 있었는지, 화려하게 과장되고 있었는지는 정말 모르겠다.

하여튼, 흐르는 시간 속에 지섭에 대한 마음은 나름대로 어떤 모습을 갖춰가고 있었던 건 틀림없다. 그 모습이 어땠는지는 전화를 받을 때까지 그 모습을 만든 사문도 잘 모르고 있었다.

지섭의 전화란 걸 안 순간 비로소 뚜렷이 그 모습이 드러났다.

그의 목소리다.

지섭의 소리를 듣는 거가 따로 움직였다. 피가 한꺼번에 귀로 몰린 듯 뜨거워졌다. 혼자 붉어지고 소름까지 돋았다. 이해할 수 없다. 듣던 음성이다. 알고 있던 목소리가 아니던가. 몇 번이나 반복해서 봤던 드라마도 있었다. 목소리는 너무나 잘 알고 있었다. 듣기에 참 편안한 음색이라고 생각했다. 그 목소리를 좋아했다. 하지만 전화기를 대고 있는 사문의 귀에만 들리는 그 음성. 너무 달랐다. 너무 생생하고 직접적이어서 옆에 있는 것 같았다. 그리고 떨렸다.

세상에! 한 번도 만난 적이 없는 남자다. 그저 화면 속에서만 보았던 사람. 극본대로 움직인 극중 인물로밖에 본 적이 없는 남자다. 연기 밖의 그를 전혀 모른다. 그런데 사문은 너무 흥분하고 있었다. '사랑'이란 말을 떠올린다는 것조차 웃긴다는 생각이 들었지만 달리 그 감정을 표현할 다른 말이 없었다.

사문은 뛰고 있는 자신의 가슴에다 미쳤다고 소리를 쳤다. 자기의 심장 뛰는 소리가 상대에게도 들릴 것 같았다. 전화가 한 번 온 것뿐이다. 앞서 가도 너무 앞서 간다. 경황없는 중에 그런 생각도 했다.

어쩌다 책을 받았구나, 어쩌다 읽었구나, 그리고 어쩌다 감사 전화를 했겠지, 그런 생각도 했다.

억지 생각을 했다.

마음과는 다른 억지 생각을.

그러나 생각을 위한 생각은 힘이 없다. 마음이 담기지 않은 생각은 생명이 없는 법. 생명이 없는 것은 곧 힘을 잃고 사라진다.

많은 억지 생각들이 머리에서 나오는 순간 힘을 잃었다. 힘없는 죽은 생각이 마음을 돌려놓지는 못한다.

아무리 타일러도 심장은 제멋대로 뛰었다.

냉정하려고 최선을 다하는 이성을 감정은 거들떠보지도 않았다.

달리는 감정을 이길 이성은 어디에도 없었다.

* * *

전화가 끊겼다.

"안녕히 계십시오."

그의 목소리가 귀에 매달려 있었다.

지섭은 끊기 전에 그렇게 인사했다.

그녀는 휴대폰을 코트 주머니에 넣었다.

팔에서 힘이 빠졌다. 휴대폰을 너무 꽉 쥐고 있었다는 걸 깨닫는다.

그의 음성을 귀에 매단 채 교문을 나선다.

찬바람이 매섭게 불어오는데 사문은 추운 줄을 모른다. 달았던 얼굴에 닿는 찬 기운이 오히려 시원하다. 그녀는 휴대폰을 만지작거리며 천천히 걸음을 옮긴다. 좀 길게 걷고 싶었다.

넘어가는 해를 지나가는 구름이 가려버렸다.

태양은 또 구름 속에 숨어 사라지려나 보다.

두 번째 꿈

술과 함께 잠에서 깨어났다.

아직 한밤중인 것 같았다. 커튼이 두텁게 가리고 있기도 하지만 깊은 밤이 틀림없었다. 소니 정은 온몸으로 그렇게 느꼈다. 그리고 그녀가 그를 내려다보며 앉아있는 것도 알았다. 그건 그녀의 오랜 버릇이다.

잠자리를 같이 하는 밤이면 하나는 자다가 깨어나 앉아 그를 바라보며 앉아 있곤 했다. 처음엔 신경이 쓰이고 깜짝 놀라기도 했지만 이젠 버릇이 되어 아무렇지도 않다. 그냥 내버려두고 볼일을 보거나 다시 잠들어버리면 그녀는 조용히 사라지고 없었다.

하나는 소니 정이 유일하게 계속 만나고 있는 여자다. 소니 정에겐 그저 많은 여자 중의 한 여자일 뿐이지만 세상이 다 아는, 엄청난 팬을 가지고 있는 여배우이기도 하다. 그런 인기 배우가 왜 그저 소니를 만나주고 있는지 알 수 없다. 공개된 비밀처럼 알만한 사람은 다 알고 있는 바람둥이, 소니 정의 상대가 되어주고 있는지 모를 일이다.

소니도 가끔 이상하게 생각될 때가 있다.

유하나는 충분히 콧대를 세워도 되는 대스타다. 소니도 그건 인정한다. 물론 그에게 그랬다간 벌써 끝이 났겠지만. 하여튼 그녀는 어떤 요구도, 조건도 없다. 까탈도 부리지 않고 소니가 원하는 때에 만나 주고 그리고 늘 깔끔하게 사라져준다.

보통, 여자들은 하룻밤을 보내고 나면, 아니면 술자리라도 같이 하고 나면 눈빛이 아주 사적(私的)으로 변하는데 하나에겐 그런 눈빛도 없다. 같이 밤을 보내고 난 다음날, 촬영장에서의 키스신도 사사로운 감정에 매이지 않고 배우로 충실할 수 있다. 하나의 눈빛은 그저 여배우 유하나일 뿐이고 촬영에 들어가면 배역에 몰입했다. 그래서 소니 정은 하나와 연기를 할 땐 또 다른 남자로 또 다른 여자를 충실히 사랑할 수 있었다.

두 사람은 감정이입이 잘되는, 역할에 따라 눈빛과 표정을 달리 갖는 타고난 배우였다.

"언제 갈 거야?"

"곧 가야지."

소니는 어둠 속의 여자에게 질문을 했고 대답을 듣기도 전에 자세를 바꾸어 돌아누웠다. 어둠 속의 여자가 한 대답, '곧 가야지'는 소리도 너무 작았지만 소니가 돌아누우며 내는 이불 소리 때문에 그의 귀에까지 가지 못하고 이불 속에 묻혔다.

목이 말랐지만 귀찮았다. 하나에게 부탁하면 기꺼이 가져다주겠지만 아직 그런 심부름은 시켜보지 않았다. 어쩌면 유일하게 하나를 대배우로 대접하는 부분일지도 모른다.

소니는 몇 번 뒤척이다 다시 잠이 들었다. 하나가 자기를 내려다보고 있는 줄 알지만 상관이 없다. 하나에게만 허락된 일이다. 다른 여자는 절대로 자기를 그렇게 내려다보도록 내버려두지 않았다. 그랬다간 그 자리에서 면박을 당한다.

"실례라는 거 몰라?"

소니는 이불을 박차고 일어나 버린다. 여자가 갑자기 당한 일에 놀라거나 말거나 그는 뒤도 돌아보지 않고 나와 버리고 만다. 그리고 그녀와는 영원히 바이바이이다.

＊ ＊ ＊

하나는 자고 있는 소니 곁에 오랫동안 앉아 있었다.

날이 밝기 전에 돌아가야 한다. 다시 누웠다가 잠들어 버리면 곤란하다. 날이 새면 사람들 눈을 피하기 어려워진다. 하나는 사람들 눈이 무서운 게 아니라 소니의 마음이 무서워 기를 쓰고 조심하고 있다.

소니는 결혼을 원하지 않는다. 관계가 드러나선 안 된다. 일이 복잡하게 되는 걸 싫어한다. 두 사람의 관계가 알려지면 그건 특종 중의 특종이 될 것이다. 관계를 부정할 수 있는, 소문을 가라앉힐 유일한 방법은 두 사람이 완전히 관계를 끊는 것뿐일 것이다. 만남은 끝이다.

소문이 나면, 소니도 하나도 끈질긴 기자들에게 24시간 감시를 당할 것이고 관계가 지속된다면 포착되는 건 시간문제다. 그때는 말로 천번만번 아니라고 해도 소용없다.

소니는 분명 관계를 끊자고 할 것이다. 그리고 정말 그렇게 할 것이다.

하나는 그렇게 되는 게 두려웠다. 이런 상태로라도 소니와 가까이 지내고 싶었다. 그녀는 그를 몹시 사랑하고 있다. 어떤 이유에서라도 소니를 잃고는 살 수 없다. 그녀의 병처럼 깊은 사랑을 소니는 모른다. 아니 소니가 모르게 숨겨야 했다.

처음 같이 밤을 보낼 때 소니가 한 말이 있다.

"언제라도 헤어질 수 있지?"

그녀는 한숨처럼 "응!" 이라고 대답했다.

소니를 처음 본 순간부터 그를 원했다. 첫눈에 그에게 반하게 될 줄은 몰랐다. 더구나 소니라니. 모든 사람이 다 괜찮아도 소니는 아니어야 했다. 그러나 운명은 인간의 뜻 따위는 가소롭게 짓밟았다.

소니는 소문이 좋지 않았다.

영화가에선 구체적인 상대여자 명단까지 떠도는 소문난 바람둥이였다. 배우로 발을 들여놓으며 맨 처음 들은 말이 '소니 조심해라' 였다. 그녀에게 관심을 두고 은근히 다가오는 선배 배우들이 하나같이 한 소리였다. 그래서 그녀는 소니를 알기도 전에 '소니' 라는 이름 자체를 혐오했다. '소니' 는 '조심' 이라는 말로도 통할 정도였다.

다행인지 불행인지 소니와는 인연이 없었다.

같이 영화를 한 적이 없었고 마주칠 일도 생기지 않았다. 그녀가 무명이라 영화제에서도 자리를 가까이 할 일도 없었고 나란히 무대에 설 일은 더구나 없었다. 조용한 세월이 흘렀다.

그녀는 두 편의 영화에 단역으로 나왔고 조연으로 출연한 세 번째 영화에서 완전히 이름을 얻었다. 그리고 그 기세로 얻은 주연의 행운, 하나는 처음 주연을 한 그 영화로 소니와 어깨를 나란히 하는 대배우의 대접을 받게 되었다. 여우주연상을 받는 행운까지 주어졌기 때문이다.

운이 좋았다. 매우 빠른 성공이었지만 다른 배우들에 비해 데뷔가 늦었다. 그래서 상을 받을 때 나이는 이미 소니와 같은 29살이었다.

같은 나이에 소니는 배우 생활 10년이 되어가는 중견이었다. 배우로선 한참 선배였다.

하나가 무명에서 대배우가 될 때까지 두 사람은 아주 먼 사람들이었다.

그녀가 여우주연상을 받는 영화제에서 둘은 처음으로 가까이 얼굴을 마주 했다.

운명의 그날, 여우주연상 시상자가 소니였다.

이름이 불려지고 무대 위로 올라간 그녀.

영화에서 보던, 말로만 듣던 소니가 상패를 들고 하나에게 다가왔다. 촬영 중인 영화 때문에 기른 콧수염과 길러서 뒤로 묶은 머리. 검은 양복. 그 안에 받쳐 입은 양복보다 더 까만 셔츠. 셔츠 목에 느슨하게 맨 넥타이. 세상의 멋을 모두 그에게 쏟아놓은 듯한 모습이었다. 영화는 영화일 뿐이라는데, 소니의 영화는 화면에서 끝나지 않았다. 그는 영화 속에서 걸어 나오고 있었다. 아니, 영화가 만들어준, 카메라가 만들어낸 환상보다 더 멋진 모습으로 걸어오고 있었다.

그리고 그녀의 눈 속에 천천히 쏟아지던 그의 눈빛. 그렇게 노리는 듯한 눈빛은 처음이었다. 아니 노골적인 눈빛이던가. 방약무인한 눈빛. 처음 대하는 사람이 아닌가. 예의로라도 그렇게 사람을 보는 건 아니지 않는가. 눈빛이 잘 벼린 단도가 될 수 있었다. 단도직입. 소니의 눈빛은 단도가 되어 하나의 눈을 찔렀다.

다가오는 그를 보는 순간 숨이 멎었다.

그녀는 꼼짝도 하지 못하고 서 있었다. 가까이 오는 소니만 바라보고 있는 꼴로 자리를 지켰다. 눈도, 손도 까딱할 수가 없었다. 움직이면 그 서슬에 그대로 쓰러질 것 같았다. 걸려든 먹잇감에 다가오는 거미처럼, 서두를 필요가 없다는 듯 천천히 다가온 그.

그녀에게 상패를 건네주고, 이를 드러내지 않은 채 미소를 짓고, 가볍지만 강한 손길로 그녀를 포옹했다. 하나는 거미줄에 친친 감긴 나방이 된 느낌이었다. 그의 손이 하는 대로 이끌려갔다. 의지가 사라졌다. 그동안의 '조심'이 거친 파도 아래 모래성처럼 무너지는 순간이었다.

그날 그 순간부터 그녀의 머릿속에는 소니밖에 없었다. '소니 조심'은 '소니 생각'으로 바뀌었다. 바람둥이? 상관없었다. 차라리 다행이었다. 여자를 좋아하니 나도 쉽게 좋아하지 않겠는가, 하는 것으로 위로가 되었다.

손을 뻗으면 내 순서도 오겠지. 그녀의 머릿속에는 소니를 차지하겠다가 아니라 어떻게 하면 소니 가까이 갈 수 있느냐 하는 것뿐이었다. 하나는 그 명단 속의 한 여자가 기꺼이 되기를 소원했다. 그들을 비웃던 시간들은 어디로 가버렸는가. 조심하며 혐오하던 마음은 어디로 꼬리를 감췄단 말인지.

스스로를 비웃었다. 못났다, 어리석다, 자책도 했다. 자신을 비웃음의 주인공으로 만들고 멸시했다. 하지만 그런 자책들은 그녀의 열망을 막는 작은 걸림돌도 될 수 없었다. 댐을 무너뜨리며 흘러넘치는 물을 막고자 거적 하나 던지는 꼴이었다. 그녀는 자책을 그만두었다. 오로지 한 가지 뜻만 품었다. 그에게로 가리라.

뜻이 있는 곳에 길이 있고 소니에게 뜻을 둔 하나에게도 길이 있었다.

그녀는 이제 소니와 마주칠 기회를 놓치지 않았다. 만날 기회가 있으면 눈을 마주치려고 노력했다. 간절했지만 산뜻하고 담담하게 보이려고 노력하면서. 소니는 뜨겁지만 끈적이는 건 싫어했다. 그건 소문이 아니라 하나가 알아낸 정보였다. 관심을 가지면 세심한 관찰력이 생기는 법이다.

같이 영화를 하게 되길 바랐지만 그 기회는 한참 뒤에 왔고 의류 화보 촬영 제의가 먼저 들어왔다. 상대 배우가 소니였다. 그녀는 명실공히 소니와 어깨를 나란히 하는 배우임이 확실했다. 그녀에게 먼저 의향을 물어왔다. 상대가 소니가 될 것이라고 했다.

자신이 스타라는 것이 가장 고마웠던 때였다. 만약 배우가 아닌 팬으로 소니를 좋아하게 되었다면 어떻게 되었을까. 그에게 가까이 갈 길이 있었을까. 도무지 길이 보이지 않았을 것이다. 그건 거의 분명하다. 얼마나 아찔한가. 만약 배우가 아니었다면, 상상하기도 싫은 상상이었다.

배우가 아니었다면 여우주연상도 받지 않았을 것이고 시상식장에서 소니를 만나지도 못했을 테니 사랑이 생길 리도 없었을 거라는 건 고려하지 않았다. 하나는 하나만 알고 둘은 모르는 바보가 되어가고 있었다.

화보 촬영은 고맙게도 해외까지 나가야 하는 일이었다. 적어도 일주일은 그와 같이 있을 수 있었다. 낮에는 같이 촬영을 하고 밤에는 같은 건물 안에 잠들 것이다. 더구나 소니의 눈길을 끄는 여자는 자기밖에 없었다. 스텝들은 모두 남자였고 의상 담당으로 같이 온 유일한 여자는 적어도 물리칠 자신이 있었다. 하나는 유치하다 싶으면서도 여자의 외모를 살피며 행복해했다.

원초적인 것은 모두 유치하다. 원초적인 것을 추구하는 것은 더구나 그렇다. 사랑도, 식욕도, 수면욕도 모두 원초적인 것이다. 태어나는 순간부터 가지고 태어나는 것. 그것이 없으면 생명도 없다. 생명의 유지는 원초적 욕구가 그 바탕이다. 그래서 어린아이도 가지고 있고 어른들도 가지고 있다. 다만 어린아이들이 그 욕망을 감추지 않는 데 비해 어른들은 체면이라는 가면을 쓴다는 것뿐이다. 원초적 본능. 어른들의 감추어진 원초적 본능도 자주 유치하게 드러난다. 사랑 또한 드러나면 유치해진다. 사실은 유치한 게 아니라 삶에 대한 본능일 뿐이지만. 인간 어른은 인간 어린아이와 다르기를 원한다. 아무리 나이를 먹어도 어린아이와 같을 수밖에 없다는 걸 참지 못한다. 하지만 본능은 달라지지 않는다. 그러니 다른 척이라도 할 수밖에. 그게 체면이나. 체면의 가면은 문명의 가면이기도 하다.

촬영 마지막 날.

남녀 모델이 함께 하는 의류 화보 촬영은 애정 영화만큼이나 밀착도가 높을 수 있다. 사진작가가 원하는 느낌이 무엇인가에 따라서. 작가는 강하고 열정적인 애정이 드러나길 원했고 하루 종일 소니와 같이 하는 촬영이었다.

사진도 연기가 필요하다. 하지만 하나의 연기는 연기가 아니었다.

그녀에겐 오래 기다려온 기회였다. 연기를 연기로만 할 수가 없었다. 소니는 연기였을까.

작가가 얼굴을 마주 보라 할 때마다 소니의 눈에서 사랑을 보았다. 아니 느꼈다고 해야 맞을까. 그는 연인처럼 자연스럽게 하나의 얼굴을 만지고 어깨를 끌어당기고 사랑스럽게 가슴에 품었다.

사랑에 빠지기 싫다면 그와는 절대로 연기를 하지 말아야 한다. 소니는 정말 그녀를 사랑하는 눈빛이었다. 작가가 "사랑하는 연인이 돼라."는 순간 소니는 진짜 사랑을 했다. 이마에 닿는 입술은 뜨거웠고 눈빛은 다정하다 못해 달콤했다. 그게 연기였을까.

그게 연기였다 해도 하나의 마음은 달라질 수 없었다. 그녀의 마음은 연기를 할 수 없었다. 목숨을 걸고 오아시스를 찾는 것처럼 기회를 찾았다. 그를 기다렸다. 정말 태양이 이글거리는 사막을 가로지르는 것처럼 목말랐다. 그녀의 메마른 갈증의 원인은 오직 소니였다. 그 남자가 눈앞에 있었다. 다정한 눈빛이 그녀를 감싸고 두 팔이 그녀를 안았다. 까칠한 턱이 뺨에 닿았고 이마에 입술이 스쳤다. 그 상황에 연기를 할 수 있었다면 그에 대한 그녀의 사랑이 거짓이었다.

너무나 들떠 있었다.

감정은 하루 종일 지향 없이 이곳저곳을 날아다녔다. 한순간도 한곳에 머물지 않았다. 해가 지고 촬영이 끝났다. 날아다니던 감정만큼 몸도 지쳤다.

지쳤지만 잠이 오지 않았다.

하나는 커피를 석 잔째 마시고 있다. 그러면 안 된다고 생각하면서도 유혹을 이기지 못했다. 하나는 뭔지 모를 결핍감에 시달렸고 자꾸 커피에 매달렸다. 감정은 아직도 머물 생각이 없는 것 같았다. 붙잡아 맬 수가 없었다.

잠은 이륙하는 비행기처럼 더 멀리 아득하게 달아났다.

12시가 되어가고 있었다.

그런데 노크소리.

"누구세요?"

"소니."

마음까지 살필 겨를이 없었다. 무슨 일이냐, 고 물어야 한다고 내면이 속삭였지만 소용없었다. 하나는 벌써 문을 열고 있었다.

"들어가도 돼?"

칠부 소매의 흰 셔츠와 무릎을 덮는 바지 차림의, 그가 서 있었다. 무거운 가을, 겨울옷에서 벗어난 홀가분한 모습이었다. 그도 하루 종일 계절을 앞당겨 입은 옷 때문에 많이 더웠을 것이다.

"그럼."

촬영하는 동안 둘은 말을 편하게 하기로 했다.

긴장이 좀 되었지만 아무렇지도 않은 척 대답을 했다. 그는 열려진 문을 밀며 먼저 안으로 들어가 소파에 앉았다. 순식간에 주객이 바뀌었다. 하나는 현관문을 닫고 잠시 그 자리에 서 있었다.

"맥주 있어?"

"있을 거야."

할 일이 생긴 하나는 재빨리 냉장고로 가 문을 열었다. 맥주 두 캔을 들고 소니 앞에 마주 앉았다. 맥주를 건네받은 소니는 하나는 쳐다보지도 않고 캔 뚜껑을 따고는 서너 모금 들이켰다. 몹시 목이 말랐던 사람 같았다.

"왜 안 마셔?"

입술에 묻은 맥주를 훑으며 그제야 하나를 바로 보는 소니. 웃음기도 감정도 느껴지지 않는 얼굴이었다.

"마셔야지."

캔을 열기가 어려웠다. 잘못하면 손톱을 망치기 때문이다.

"이리 줘."

소니가 캔을 빼앗아갔다. 맥주를 들고 있던 자세 그대로 소니를 바라보는 하나. 그런 하나를 보고 소니가 빙글, 웃었다.

"언제라도 헤어질 수 있지?"

아무렇지도 않게 그렇게 말하며 소니는 캔을 소리 나게 열었다.

"응."

하나는 바보처럼 그렇게 대답하고 있었다. 아니 그렇게 대답하고 있는 자신을 발견했다. 얼마나 바보 같은지, 도대체 자의식이라곤 없는 여자 같지 않은가. 아직 어떤 일도 일어나지 않았는데 다짐까지 해가며 저 남자와 있고 싶단 말인가. 자존심도 수치심도 저당 잡힌 꼴이라니, 라는 건 억지 훈계일 뿐. 사실 하나에겐 그런 마음이 조금도 없었다. 기쁨인지 아픔인지 모를 흥분만이 가슴을 마구 휘젓고 있었다.

소니는 하나의 맥주를 든 채 일어나더니 하나 곁에 깊이 앉았다. 앉으면서 그녀의 어깨를 감쌌고 그리고 키스를 했다. 맥주를 한 손에 든 채.

거침없는 소니의 행동에 하나도 마음이 편해졌다. 당연한 일인 것처럼 느껴졌을 정도다. 밥을 보고 밥숟가락을 드는 것처럼. 소니는 마치 해야 할 일을 한다는 듯 자연스럽게 키스를 하고 단추를 풀고 옷을 벗기고 그리고 침대로 안고 갔다. 어떤 주저도 망설임도 없었다.

집중과 격렬.

하나가 소니에게 느낀 건 그것이었다. 소니는 세상에 할 일이 오직 그 일밖에 없다는 듯 집중했고 격렬했다. 그렇다고 무시 받는 느낌은 아니었다. 어떤 생각도 그 행위 속에 없는 것 같으면서도 본능적으로 생명을 보호하고 있다는 묘한 느낌이었다.

완벽한 일체감.

그러나 그 느낌은 그때뿐이었다.

소니는 방문 밖을 나서면 완전히 모르는 사람이었다.

낯선 곳에서의 첫날 밤.

하나는 깜박 잠이 들었다 깨었다. 아직 한밤중이었다. 옆에는 소니가 자고 있었다. 그가 그녀 옆에 잠들어 있었다. 행복했고 눈물이 조금 났다. 그에겐 그냥 걸려든 여자겠지만 하나에겐 오랫동안 꿈이고 절망이고 한숨이었던 남자였다. 간절했던 남자였다.

소니는 그렇게 생각할 것이다. 그렇고 그런 여자구나. 아니 헤픈 여자라고 생각할 지도 모른다. 그렇다. 헤픈 여자다. 손쉬운 여자다. 그런 취급쯤 아무렇지도 않다. 그가 그녀를 어떻게 보는지는 중요하지 않다. 그녀에게 중요한 건 어떻게 하면 소니 곁에 있을 수 있느냐 하는 것뿐이다. 헤프다? 자존심 상한다? 그건 배부른 소리다. 사랑 앞에선 지푸라기보다 힘없이 꺾이는 게 자존심이다.

하나는 사랑에 대한 정의를 다시 내려야 했다. 소니를 알기 전엔 그녀도 사랑에 조건이 많았다. 이성과 감정의 적절한 결합. 약간의 밀고 당기기. 적당한 자존심 싸움. 현명하게 사랑을 쟁취하는 법. 그런 걸 삶의 지혜라 생각하며 이야깃거리로 삼았던 적이 있었다. 웃기는 조건들이다. 뭘 모르고 하는 수작들이다. 알지도 못하고 찧고 까불었다. 그런 것들이 다 소용이 없어지는 게 사랑이었다.

그 어떤 조건도 무력하게 만드는, 어떤 결심도 무너뜨리는 것. 내 생각이 없어지는 게 사랑이었다. 나를 버리고 내 속을 다른 사람으로 채우는 게 사랑이었다. 버릴수록 행복한 게 사랑이었다. 버려도 버리는 줄도 모르는 게 사랑이었다.

소니가 몇 번 뒤척였다.

너무 깜깜해서 얼굴은 잘 보이지 않는다. 눈을 떴는지 감았는지.

하나는 소니의 얼굴을 자세히 보기 위해 고개를 숙였다.

"실례라는 거 몰라?"

소니는 이불을 박차고 일어났다. 그녀가 갑자기 당한 일에 놀라거나 말거나 그는 뒤도 돌아보지 않고 방을 나가 버렸다.

쾅!

현관문 닫히는 소리가 났다. 그 소리에 하나의 가슴이 쿵, 내려앉았다.

그가 그렇게 나가 버려 기분이 상했냐고? 그런 자존심이라도 남아 있으면 장하겠지만 기분이 상하긴커녕 울고 싶은 심정이 되었다. 그게 잘못이었구나. 소니가 싫어하는 일인 줄 몰랐다. 정보를 좀 더 알아 둘 걸. 그런 정보는 없었다.

다시는 보지 않겠다면? 지금이라도 가서 빌어 볼까? 그런 행동이 화를 더 돋울 지도 모른다. 안절부절못했다. 얼마나 후회를 했는지 모른다. 왜 그런 짓을 했을까.

사랑 앞에선 모든 게 자기 탓이 되었다.

소니는 첫날밤에 그렇게 나가버렸다.

* * *

돌아오는 비행기에선 소니의 감정을 읽을 수가 없었다.

더 친절하지도, 그렇다고 딱딱하지도 않았다. 지난 밤 일은 그에게서 지워진 것 같았다. 없던 일이었다.

지금은 그런 소니에게 익숙해졌지만 그땐 아니었다. 하나에겐 일대 사건이었던 일이, 아무리 소문난 바람둥이라지만 그렇게 아무렇지도 않을 수 있다는 걸 믿을 수가 없었다. 보고 있으면서도 믿기지 않았다.

화는 풀렸나 보다.

감정을 읽을 수 없는 소니의 표정과 행동을 보고 그렇게 판단했다. 그렇게 나가버린 건 화가 몹시 났다는 증거다. 아직도 화가 풀리지 않았다면 그녀에게 말도 붙이지 않을 것 아닌가. 스스럼없는 행동을 봐서는 화가 나 있지는 않다. 그렇게 유리한 쪽으로 생각을 몰고 갔다. 그리고 '아 정말 다행이다.' 그저 소니의 화가 풀렸다는 데 감사했다.

그게 뭐 그리 큰 잘못인가? 그럴 수도 있지. 자는 사람 얼굴 보는 게 무슨 죽을죄라고. 분명 그렇게 따져야 할 상황이었다. 상식적으론 그렇게 반박하는 게 당연했다. 그러나 소니에겐 상식을 적용할 수 없었다. 소니에겐 상식이 아니라 다른 논리가 특별히 적용되었다. 어쩌면 그녀가 아주 특별한 법에 조종당하고 있는지도 몰랐다. 소니식의 사랑법에.

화보 촬영을 끝내고 돌아온 지 두 달이 지났다.

하나는 참고 참았으며 기다리고 기다렸다. 그가 먼저 아는 척하거나 전화하기를 기다려야 했다. 그게 소니에 대해 그녀가 알고 있는 특별한 상식이었다. 같이 밤을 보냈다 해서 달라질 건 없었다. 친한 척하는 건 금물이었다. 소니에겐 한 번이나 열 번이나 같은 의미였다. 그에겐 오직 현재만 있었다. 알면서도 그동안 전화를 두 번이나 하고 말았다. 그리고 문자도 두 번 보냈다. 문자는 두 번 다 씹혔고 전화 통화는 한 번 됐다. 기다림과는 너무나 대조적으로. 아주 짧게.

"하나."

"알고 있어."

"잘 지내?"

"그럼……. 너도?"

"응."

"잘 지내라."

그리고 끊어졌다.

화가 난 듯한 목소리도. 특별히 상냥한 목소리도 아니었다. 무뚝뚝한 남자 형제들끼리의 전화 같았다. 통화가 된 뒤에는 다시는 전화를 할 수가 없었다. 소니는 끈적이는 걸 가장 싫어한다. 그렇게 끊는 건 별 마음이 없다는 것이리라. 통화가 귀찮은 건지도 모른다. 이제 어떤 일이 있어도 전화를 먼저 해서는 안 된다. 산뜻하고 절도 있게. 하나는 주문처럼 그 말을 외고 다녔다. 전화를 하고 싶은 마음을 피가 나도록 물어뜯었다.

기다리자. 그것만이 길이다. 기다리자. 여기서 잘못되면 영원히 끝이다. 그럴 수는 없다. 그렇게 살 수는 없다.

하나의 인내심이 드디어 결실을 가져왔다.

두 달이 지난 때.

문자가 왔다. 숫자만 적힌 문자였다. 전화를 했다.

"현관 번호?"

"눈치가 없는 건 아니네?"

"언제?"

"언제는 오늘이지."

"오늘?"

"그럼 오늘이지. 너 내일이 있다고 믿냐? 난 내일 같은 건 약속 안 해."

"……."

"알아서 잘 와. 들키지 말고."

하나가 먼저 와 있었다.

그가 문을 열고 들어오자 하나는 당황한 눈빛으로, 거실 소파에 앉아 있다가 벌떡 일어났다. 혼자 사는 남자 집에 스스로 들어와 있다는 게 자존심이 상하는 모양이다. 여자들은 참 웃긴다. 좋으면 좋아하는 거지 스스로 들어오고 끌려 들어오고, 그게 무슨 상관인지.

소니는 여자를 끌고 들어온 적은 없다. 싫다는 여자는 그도 싫었다. 자존심을 세우려는 여자도 사절이었다. 자존심을 세우면 바로 바이바이였다. 그에겐 여자의 자존심이 필요 없다. 그것이 필요한 데 가져가서 요긴하게 써라, 하고 그는 자존심 지참한 여자를 보내버렸다. 그에게 필요한 지참은 이것뿐이다. 나를 원해? 나도. 그게 다였다. 의사 표시 없는 여자를 끈덕지게 유혹한다? 유혹? 그의 사전에 없는 말이었다. 사랑을 하고 싶음 하는 거지 유혹이니, 거절이니, 자존심이니, 그 따위가 왜 필요한지.

자존심이 좀 상한 하나는 아닌 척하려고 노력 중이다. 노력이 가상하다. 발악하는 모습이 귀엽기도 하다.

"늦었네. 난 네가 있는 줄 알았어."

"그럴 거면 번호를 왜 줘."

"아, 그렇구나."

그녀는 확실히 당황하고 있었다. 그를 많이 좋아하고 있는 것 같은데 좀 안됐다는 생각이 든다. 그녀가 생각보다 일찍 와 있었다. 사람들 눈을 피하려면 꽤 늦은 밤이라야 올 수 있을 거라 생각했다.

일찍 끝낼 수 있는 약속이었지만 그냥 시간을 좀 뭉개다 오는 길이었다. 여자를 불러놓고 기다리고 있기가 싫었다. 너무 오래 기다리면 불렀던 걸 후회하고 도로 나가버릴 것 같았다. 그는 기다리는 게 무엇보다 싫었다. 아예 약속이 없다면 몰라도 약속이 잡혀있는 기다림은 참기 어려웠다. 그와 만날 약속을 해놓고 그를 기다리게 하다 바람맞은 여자가 한 둘이 아니다.

"아무도 못 봤어?"

그는 놀란 토끼처럼 서 있는 하나를 안았다. 하나의 몸에서 한숨과 함께 힘이 빠져나가는 게 느껴진다. 이마에 입술을 대자 하나도 팔을 둘러 그를 안았다.

기분 좋은 여자다.

그는 그렇게 생각한다. 두 번째가 더 기분 좋아진 여자는 처음이다. 모든 여자는 처음이 최고이고 갈수록 감이 떨어졌다.

"오래 기다렸어?"

그의 말이 몹시 다정하다. 소니는 하나를 품에서 떼어내어 얼굴을 보며 묻는다. 웃는 얼굴엔 자상과 걱정과 배려가 가득하다. 이런 표정도 있다니. 믿을 수 없는 모습이다.

잠깐씩 보여주는 그 믿을 수 없는 표정. 그건 하나의 가슴에 늘 새로운 불씨가 되어 그를 벗어나지 못하게 하는 올가미가 되었다. 하나는 10년이 넘도록 결혼 이야긴 꺼내지도 못한 채, 많은 여자를 만나는 걸 그저 바라만 보면서 그의 곁에 있었다. 마치 조강지처가 된 것처럼, 투기하지 않는 것처럼 견뎌야 했다. 한 번씩 보여주는 그의 믿을 수 없는 정다운 표정이, 때때로 포기하고 싶은 그녀의 마음에 새로운 버팀목이 되어주었는지도 모른다.

"아무도 못 봤지?"

그가 다시 묻는다.

"아마 그럴 거예요."

"아마 그럴 거예요?"

소니가 하나가 하는 말을 그대로 따라하며 웃었다. 하나도 소니를 따라 웃었다. 갑자기 웬 존댓말이. 너무 오래 만나지 못해 서먹했는지.

긴장을 했는지. 그것도 소니가 따라하자 알아챘다. 하나가 웃자 소니가 더 큰 소리로 웃었다. 흰 이가 드러나는 멋진 웃음이었다.

하나는 행복했다. 비굴한 상황인데도 행복했다. '아무도 못 봤어?' 란 말 속엔 '들키면 끝이야. 알아서 해.' 라는 뜻이 들어있는 걸 알고 있다.

'일이 생기면 난 너 모른다.' 라는 뜻도 들어 있을 것이다. 아무런 책임도 지지 않겠다. 널 보호해 줄 아량은 바라지도 마라. 그런 뜻이 들어있는데도 행복했다. 자존심이 상하는 것보다, 비굴해지는 것보다 그를 잃는 것이 더 끔찍해서, 생각만 해도 아파서, 다른 통증엔 무감각해져 버렸다.

"웃는 게 예쁘긴 하네. 사람들이 그러더라고. 유하난 웃는 모습이 일품이라고."

그 말을 하면서 하나의 입술에 가볍게 입을 맞추고, 그리고 안아 들었다.

"어디 보자. 무게가 그대론가."

소니는 그녀를 안고 침실로 들어갔고 망설임도 없이 집중했고 그리고 격렬했다.

하나가 먼저 눈을 떴다.

해가 뜨기 전에 가야 한다고 걱정을 하며 잠들었더니 잠이 깊게 들지 않았다. 커튼 뒤로 희미한 빛이 느껴진다. 날이 새고 있었다.

그녀는 지금 소니의 집에 있다. 소니의 큰 침대에. 마치 제왕의 침상 같이 높고 넓다.

옆에는 소니가 자고 있다. 겨우 두 번째인데 아주 오래 전부터 그래 왔던 것처럼 당연하다. 가슴이 기쁨으로 차올랐다. 나는 지금 그와 같이 있다. 전율이 온다. 그렇지만 가야 했다. 해가 뜨기 전에.

어두워서 겨우 형체만 분간되는 침실을 둘러본다. 넓은 방엔 침대와 텔레비전밖에 없다. 그래서 방은 더 적막하고 넓어 보인다. 침대가 마치 어두운 바다에 홀로 떠있는 배 같다는 생각을 한다. 홀로 잠들기엔 방이 너무 무겁다.

얼마나 많은 여자들이 여길 왔을까. 기분이 묘해진다. 질투도 아니고 연민도 아닌, 속이 싸한 듯한 느낌. 그 많은 여자들이 적이라는 생각은 들지 않았다. 물론 환영하는 마음도 아니다. 그냥 그의 여자들이 떠올랐다. 당연한 일인지도 모른다.

그녀는 소니가 깨지 않게 조용히 이불 속에서 몸을 빼내어 일어나 앉았다. 소니의 자는 얼굴을 내려다보려다 깜짝 놀란다. 이번에 들키면 끝장이다. 그녀가 황급히 고개를 돌리려는 순간,

"괜찮아."

소니는 깨어 있었다. 물론 그녀가 일어난 것도 알았고, 그를 보려다 놀라는 것도 알았다.

"유하나에게만 허락하지. 짐의 잠자는 얼굴 보는 영광을."

그러면서 돌아누웠다.

"조심해서 가."

* * *

소니는 10년 동안 하나도 변하지 않았다.

끝없이 여자를 만나고 헤어졌다. 물론 외모는 세월 따라 맛이 들었다. 얼굴의 굴곡이 더 깊어지고 머리숱이 좀 줄고 눈가에 주름이 잡혔다. 그러나 굴곡과 주름이 빛나는 외모에 손상을 주지는 못했다. 남자 얼굴의 적당한 굴곡과 주름은 때론 더 풍부한 아름다움을 느끼게 한다. 하나의 마흔과 소니의 마흔은 많이 달랐다. 소니는 도리어 그가 누릴 인생의 정점에 있는 듯 광채가 났고, 하나는 막 물기가 말라가고 있는 꽃병 속의 백합 같았다.

소니는 1년 이상 같은 여자를 만난 적이 없다. 그런데 예외가 있으니 그녀가 유하나다. 10년 동안 그녀를 만나오고 있다. 그것도 소니의 변하지 않는 목록에 넣어야 하지 않을까. 10년이면 긴 세월이다. 10년 동안 끊임없이 여자들을 바꾸고 10년 동안 유하나를 만나왔다. 그러니 하나는 소니의 결혼하지 않은 조강지처인 셈이다. 끝없이 첩을 들여도 투기하지 않는 조강지처. 울며 겨자를 먹을 수밖에 없는 조강지처.

소니는 지치지도 않고 여자를 만나고 헤어졌다. 아무리 재미있는 일이라도 10년을 질주하면 지치지 않을까. 열정에 주는 상이 있다면 과연 상을 받을 만했다. 소니는 여전히 같은 속도로 질주 중이었다.

그런 소니를 오랜 세월 곁에서 지켜보던 하나에게, 어느 순간 그의 무한 질주가 열정이 아닌 방황으로 보이기 시작했다. 이유를 말하기는 어렵다. 그런 느낌이 강하게 왔다고 할 수밖에 없다. 그의 표정에서 보았다고 할 수도 있다. 열정에 빠진 사람의 표정이 아니었다. 좋아하는 일에 빠진 얼굴이 아니었다. 여자를 만나고 다닐 때 소니의 표정은 평소보다 냉정했다. 우울하게까지 보였다.

　무엇이 그를 그렇게 방황하게 만드는지. 결혼을 왜 그리도 기피하는 지. 하나가 보기에 소니는 여자를 좋아한다기보다 방황을 한다는 생각 이 들었다. 역마살이 있는 사람이 한곳에 머물지 못하는 것처럼, 어디 에도 머물지 못하는.

　그러면서 하나를 꾸준히 만나고 있는 건 어떤 심정에서일까. 한 사람 정도는 정해놓고 싶었던 것일까. 고향처럼 누군가가 필요했던 것일까. 그게 누구라도 상관이 없었던 것일까. 아님 '하나'란 여자가 그래도 마음에 들었던 걸까.

　소니는 깊이 잠든 것 같다.

　하나는 자는 소니의 얼굴을 내려다보았다. 짙은 눈썹이 어둠 속에서 더 짙어 보였다. 시선을 모아 자세히 본다. 잘 생긴 콧날과 꽉 다문 입 술이 어둠 속에서 스멀스멀 살아난다.

　곤하게 잠든 얼굴을 보면서 하나는 그가 '가엽다'는 생각을 한다. 요 즘 들어 자주 그런 생각이 든다. 멀리서 소니를 보는 사람들은 아마 짐 작도 못할 것이다. 그의 뒤에 도사리고 있는 허망과 방황을. 잘 생기고 잘 나가고 끊임없이 여자를 바꾸는 운 좋은 배우 소니. 부족할 것 없을 것 같은 대배우의 뒤에 그림자처럼 드리운 공허를. 그들은 결코 보지 못할 것이다.

　하나도 오랫동안, 교만할 만큼 당당하고 화려한 소니의 뒤에 숨은 검 은 구덩이를 알지 못했다.

　연기할 땐 철저한 연기자로, 사랑을 하고 싶을 땐 매력적인 외모를 갖춘 거부할 수 없는 바람둥이로, 사회생활은 냉철하게 해냈다. 여자 문제는, 굳이 말하자면 어디까지나 사생활이었고 문제된 적은 없었다. 소니의 여자들은 뒤에서 소니 이야기를 가십거리로 삼지 않았다. 그래서 여자 문제가 대놓고 드러난 적은 없었다. 방송을 탄 적이 없었다. 어떻게 보면 기적 같은 일이다. 소니를 부러워하는 남자들에겐, 소니는 억세게 복 많은, 잘 생기고 잘 나가는 배우일 뿐이었다.

완벽함.

하지만 이 세상에 완벽한 생명체는 없다. 완벽을 가장할 수는 있어도.

하루 종일 가면을 쓰는 사람도 잠잘 땐 무장해제가 된다. 그렇지 않은 사람이 있다면 그는 잠을 자지 않는 사람이다.

소니도 스물 네 시간 가면을 쓰고 살 수는 없다. 잠잘 땐 어쩔 수 없이 가면이 사라진다. 가면이 벗겨진 소니의 모습.

소니는 누구에게도 자는 모습을 보여주지 않았다. 잠자리를 같이한 여자들이 소니의 자는 모습을 보다가 '불같은 화' 앞에서 혼비백산했다.

하나는 그런 생각을 했다.

소니는 가면 뒤에 숨은 자신의 모습을 들키고 싶지 않은 건지 모른다. 자신의 나약함을 알고 있는지도 모른다. 알지만 인정하고 싶지 않은 자신의 참모습인지도 모른다. 그래서 잠잘 때 무심코 드러날 수 있는 그 모습을 감추고 싶은 건지도.

무장해제 된 소니의 모습을 마음 놓고 볼 수 있는 자는 유하나뿐이다.

왜 하나에겐 허락한 걸까. 하나가 결코 자기를 만난다는 사실을 밝힐 수 없다는 걸 알고 안심했기 때문일까. 알고 있어도 결코 말할 수 없다는 걸 알기 때문일까. 자기를 향한 하나의 절대적인 사랑을 이용하는 걸까. 아님 누군가에겐 자신을 다 드러내고 편하고 싶어서일까. 마음 놓고 편하고 싶은 상대가 필요했을까. 그 상대가 하나인가.

이유가 어떻든 간에 하나는 소니의 '공허'를 알아버렸고 시간이 갈수록 안타깝고 가엾다는 생각이 짙어졌다. 물론 소니에겐 그런 마음을 전혀 내색할 수 없다. 소니는 동정을 참지 못한다. 자신에 대해 아는 척하는 것도, 충고하는 말도 참지 못한다. 하나는 안타까운 마음만 가지고 바라볼 뿐이다.

이제 하나는 소니가 어떤 불쾌한 소리를 해도, 무신경한 척해도 화가 나지 않는다. 마음도 상하지 않는다. 오히려 그럴수록 가슴만 더 아플 뿐이다. 소니는 '공허'할 때 폭언이 더 심해지는 걸 알아버렸기 때문이다.

이런 그를 언제까지 지켜보기만 해야 하는지.

이 상태를 언제까지 유지할 수 있는지.

방법도 없고 방법이 있대도 소니에겐 어떤 방법도 적용할 자신이 없다.

하나는 자는 소니를 두고 조용히 방을 나왔다.

해가 뜨기 직전의 정적이 그녀의 몸을 운명처럼 휘감아 짓눌렀다.

* * *

꿈이었다.

촬영을 마치고 돌아와 씻고 오랜만에 텔레비전을 보았다.

촬영이 예상보다 빨리 끝났다.

상대 배우는 소니다. 그래서 요즘 하나는 소니에게 목말라 하지 않아도 되어 좋았다. 행복한 나날이었다. 촬영이 고된 날이 많지만 영원히 끝나지 않았으면 하는 당치도 않은 소망을 품어 보곤 한다. 소니가 불러주지 않아도, 굳이 약속이 없어도 초조하지 않은 요즘이 그녀에겐 매일 생일이다. 거의 매일, 소니와 촬영이 있다.

오늘도 짧았지만, 서로 어깨를 기대고 허리를 감싼 다정한 연인으로 산책하는 장면을 찍었다. 촬영이지만 달콤한 기분은 어쩔 수 없었다. 소니완 촬영이 아니면 드러내놓고 데이트를 할 수 없다. 한 번도 그러지 못했다. 아마 영원히 기회가 오지 않을 지도 모른다. 그런 생각을 하면 좀 쓸쓸해진다.

역할에 충실해야 하는 배우지만 상대에 따라 연기는 달라질 수밖에 없다. 감정이입이 잘 되면 연기도 자연스럽고 흥이 난다. 특히 사랑하는 연기라면 더 말할 것도 없다. 소니와 사랑하는 연기. 몰입을 위해 감정을 잡을 필요도 없다.

텔레비전을 보다가 끄지도 못한 채 잠이 들었다. 소리 때문에 그랬는지 꿈은 혼란하고 길었다.

소니와 약속을 했다.

그의 집으로 가고 있는 중이었다. 그런데 집으로 가는 길을 자꾸 잃어버렸다. 눈을 감고도 갈 수 있는 곳이다. 내가 왜 이러지. 길거리엔 안개가 몰려왔다. 안개 속을 헤치고 겨우 눈에 익은 길로 들어서면 어둠이 또 길을 막았다.

소니가 기다리는데. 소니는 기다리는 걸 제일 싫어하는데. 시간이 자꾸 늦어진다. 겨우 길을 찾아 놓으면 안개가 길을 쓸어가고, 이제 됐다 싶으면 갑자기 길이 보이지 않았다.

하나는 초조하다 못해 울고 싶어진다. 당황할수록 아무 생각도 할 수가 없고 급기야 독 안에 든 쥐처럼 제자리를 뱅뱅 돌고 있다. 그러면서도 자신을 나무랐다. 정신 차려야 돼. 이건 꿈일 거야. 빨리 깨어나야 해. 하나는 자신에게 소리를 질렀다.

갑자기 그녀는 소니의 방에 서 있다.

─아, 정말 꿈이었구나. 끔찍한 꿈이었어.

소니가 침대 가장자리에 앉아 있다.

침대는 넓고 높다.

─소니.

너무 반가워 자신도 깜짝 놀랄 정도로 큰소리로 그를 부른다.

소니가 고개를 든다.

─미안해. 늦었지? 세상에, 길을 잃어버렸어. 늘 오던 길을.

소니는 아무 대답이 없다. 그녀는 한 걸음 더 다가간다.

─소니.

그런데 소니의 얼굴이 그녀를 향해 있지 않다. 소니는 그녀를 보고 있지 않다. 그녀는 소니의 얼굴 앞으로 가까이 간다. 그 순간 그녀는 그 자리에 얼어붙는다.

소니의 눈이 없다.

그의 눈이 없다. 그녀를 볼 수 있는 눈이 없다. 눈이 있어야 할 자리엔 휑하게 비어있는 무서운 공허가 있을 뿐이다.

그녀가 내지르는, 우주를 울리는 끔찍한 비명.

하나는 자기의 비명소리에 놀라 잠이 깨었다.

꿈이었다.

끔찍했다. 소니는 그녀를 볼 수 없었다. 하나를 보지 못했다. 소니가 눈이 없다는 사실보다 그녀를 발견하지 못한다는 사실이 더 서러웠다. 잠에서 깬 그녀는 서럽게 울었다. 꿈에서는 울지도 못했다. 숨이 멈춰버려 울음도 나오지 않았다.

밤이 깊도록 그녀는 오래 울었다.

꿈인지, 현실인지.

시간도 공간도 섞여버린 그 여자의 방 안에는 꿈속의 그녀도 함께 와 울고 있었다.

* * *

한밤중에 잠이 깨었다.

깊이 든 잠은 아니었지만 두어 시간 잠을 잤다.

촬영이 끝나고 집으로 돌아와 샤워를 하고 나왔더니 아홉 시 뉴스를 하고 있었다. 뉴스를 보다 잠이 든 모양이었다.

촬영이 일찍 끝났다.

하나가 상대역이다. 집으로 오면서 그녀에게 신호를 보낼까 하다 그만두었다. 아침부터 촬영인데 그녀는 새벽잠을 설쳐야 한다. 쉬는 날 없는 촬영이 이제 마흔이 넘은 그녀에겐 너무 강행군이다.

목이 몹시 말랐다.

술도 없이 잠들었는데…….

소니는 중얼거리며 주방으로 갔다. 냉장고 문을 열고 물병을 꺼냈다. 병을 들고 물을 마시며 주방 쪽으로 난 창가로 갔다. 창밖은 밤의 도시가 찬란했다. 도시의 별이 제각각 다른 빛을 뿜으며 반짝거리고 있었다.

눈 아래 펼쳐진 별밭을 보며 물을 한 모금 더 마셨다. 차가운 물이 식도를 타고 섬뜩하게 흘러 내려갔다. 아니 섬뜩한 건 식도가 아니라 식도 옆, 아니 아래, 하여튼 다른 쪽이었다. 가슴을 가로지르는 또 다른 물줄기가 있었다. 그 물줄기는 얼굴을 지나 눈으로 흐른다. 눈으로 연결된 물길.

그러고 싶지 않은데 눈물이 났다.

소니는 눈물을 훔치며 화를 냈다.

제기랄.

슬픈 일도 없는데 눈물이 났다. 시도 때도 없이 덮쳐오는 서늘함과 눈물.

이런 거 정말 싫다.

소니는 자신이 외로운 사람이라는 걸 인정하지 않았다. 조금도 외롭지 않다고 자신에게 각인시킨다. 손만 내밀면 여자들이 얼마든지 있고, 친구들도 많다. 마음만 먹으면 날마다 재미있는 놀이를 할 수 있고 날마다 여자를 얻을 수도 있다. 자기는 돈 많고 인기 있는 잘 생긴 배우다. 행복할 수밖에 없는 남자다.

하지만 그는 혼자 있는 시간을 참지 못했다. 몹시 고독하다는 생각이 들었다. 아니 고독하다는 생각이 드는 걸 참지 못했다. 그럴 리가 없는데 늘 배가 고팠다. 밥을 찾듯이 여자를 찾았고 여자를 품에서 떼는 순간 고독해졌다. 한 여자를 사랑하고 결혼하면 되지 않느냐고? 그런 생각을 해보지 않은 것도 아니다. 마음먹고 결혼 상대를 물색도 해보았다.

그런데 참 이상했다. 결혼할 마음을 먹는 순간 그 여자가 싫어졌다. 얼굴이 못나 보이는 것도, 몸매가 싫증난 것도 아니다. 그냥 무조건 떠나고 싶었다. 강박증처럼 떠나야 한다는 생각에만 목이 탔다. 이유를 찾으려고 해도 납득할 만한 이유를 찾을 수가 없었다. 그저 떠나야 한다. 버려야 한다. 주문처럼 그 말만 머릿속에 들끓었다. 허전하고 목말라 곧 다시 다른 여자를 찾으면서 왜 이유도 없이 버리고 이리저리 떠도는지 그는 알지 못했다.

그도 이제 마흔이 넘었고 언제까지 그렇게는 살 수 없다고, 자제하려고 노력하는 중이었다. 꼬리가 길면 밟힌다고, 언젠가는 다친다고, 지금까지 무사했다고 너무 운을 믿지 말라고, 소속사 사장에게 걱정도 들었다.

맞는 말이었다. 이렇게 계속 살 수는 없다. 그래, 그래야지.

소니는 물병을 식탁 위에 두고 침실로 돌아왔다.

다시 누웠지만 잠이 쉽게 들지 않았다.

철렁.

이번엔 물줄기가 아니라 한 양동이의 물이 가슴 밑바닥에서 출렁거렸다. 구토증도 일었다. 가슴이 울렁거리면 꼭 구토가 날 것 같았다. 기분이 나빠졌다. 참기 힘들 정도로 구토증이 났다.

그는 벌떡 일어나 앉았다.

미칠 것 같은 감정에 휩싸였다. 몹시 흔들리는 배를 타고 있는 기분이었다. 파도도 심하고 멀미도 심했다. 정신까지 배와 같이 흔들렸다.

속이 뒤집히고 마음이 갈가리 찢긴다. 뛰어내리고 싶다. 탈출해야 한다. 벗어나야 한다.

박차고 일어나 뛰어나가고 싶었다.

참아야 한다. 이를 악물었다. 주먹을 쥐고 침대 언저리에 앉아 있었다. 미치지 않고는 견디지 못할 것 같은 울렁증. 소리를 마구 지르고 싶었다. 자기를 휘감고 죄어오는 알 수 없는 감정들을, 소리를 질러 떨쳐내고 싶었다.

이를 물고 소리를 참는, 나오지 못하는 소리 대신 눈물이 흘러넘쳤다.

젠장.

흐르는 눈물을 훔쳐낸 그가 벌떡 일어나 옷을 갈아입는다.

그는 결국 거리로 뛰어나가고 있었다.

아직 눈물 자국이 남아 있는 소니의 얼굴.

어둠이라는 가면이 그의 얼굴을 가리고 있다.

보이지 않는 손이 그의 등을 밀고 있다.

허적허적 걷는 그의 앞에는,

그를 더욱 목마르게 하는 도시가 아귀처럼 입을 벌리고 기다리고 있었다.

제3곡 인연의 비밀

이름을 듣는 순간 지섭은 제 귀를 의심했다.

"강사문씨 말입니까?"

지섭은 새로 시작하는 드라마를 위해 머리를 짧게 잘랐다.

대학생 역할인데 왜 그렇게 짧은 머리를 하라는지 불만이었다. 작가가 누군지, 왜 이따위로 썼는지 욕을 하고 있는 중이었다. 그런데 그 원작자가 강사문이었다.

연출자 입에서 그 이름을 듣는 순간 기절하는 줄 알았다. 잠시지만 귀가 먹은 것 같이 아무 말이 들리지 않았다. 각색한 대본엔 원작자 이름이 없었다. 대본을 읽으며 재미있다고 생각했지만 세상에. 사문씨 소설이었다니.

자기가 모르는 또 다른 작품이 있었다. 지섭은 그녀의 작품은 당연히 자기가 읽은 세 권뿐이라고 생각했다. 왜 당연히 그녀가 자신의 작품을 다 보냈을 거라 생각했는지 모르겠다. 모르는 작품이 있다니, 우습게도 서운한 생각이 들었다. 친분이 있는 것도 아니고, 그녀에 대해 아는 거라곤 소설가라는 것뿐이면서.

그 책은 왜 보내주지 않았을까. 관심이 그만 끊어진 걸까.

그러나 더 이상 생각을 계속할 수 없었다. 연출가는 강사문과 통화 중이었다. 무슨 생각을 더 이상 할 수가 있었겠는가. 신경이 온통 통화에 쏠렸다. 그녀의 목소리가 들리지는 않지만 사문이 전화 저 편에서 지금 말을 하고 있는 중이었다.

* * *

지섭은 사문과 결혼한 뒤에도 가끔 '만약 아니었다면' 하는 생각을 했다.

결혼한 후에도 그녀의 존재가 믿기지 않았다. 그녀가 곁에 있다는 현실이 놀라웠다. 같은 침대에서 잠이 들고 잠을 깨면서도 현실 같지가 않았다. 한동안은 구름 속을 거니는 것처럼 몽롱하기까지 했다. 자다가 깨었을 때, 옆에 누운 사문을 보면 가슴이 철렁했다. 벅차게 좋았다. 사문과 결혼을 했구나, 하고.

결혼 과정이 유별나게 힘들었다는 생각은 하지 않았다. 마음고생도 했고 쉽진 않았지만 그 정도 사연은 사연 축에도 끼지 않았다. 연기 속엔 더한 사연도 째고 썼다. 적어도 그들 사이엔 주변 사람이 걸림돌이 되진 않았다. 두 사람의 마음이 문제였다. 물론 그것도 정확히 말하면 사문의 마음이 문제였다. 그녀의 마음이 돌아서는 순간 만사형통. 그 마음이 참 무지 힘들게 돌아서긴 했지만. 그 다음은 일사천리. 부모님은 그저 잔잔하게 지켜보고 축복해준 것뿐이었다. 그만하면 복 받은 결혼이었다.

사랑은 예술의 영원한 주제다. 그건 인간에게 사랑을 빼면 예술도 없다는 말이 아닌가. 누구에게나 중요한 것인 만큼, 사랑에 관한 이야기는 지구상의 사람 숫자만큼 많을 게 분명하다. 많은 만큼 곡절도 많을 것이다. 사랑에 미치는 것도 모자라 목숨까지 거는 사랑도 있다. 물론 지섭은 연기로 경험한 사랑이지만, 삶은 드라마보다 더 드라마틱하다고 하지 않던가. 우여곡절을 겪더라도 해피엔딩으로 끝나면 그래도 다행이겠지만 다행만큼 세상엔 불행도 많다. 다행히 지섭은 해피엔딩이었다.

원하던 사랑을 얻었고 그 행운이 못내 믿기지 않았는지 되새김질 하듯 과거로 돌아가곤 했다. 씹을수록 짜릿한 추억이었다. 인연의 그물이란 게 있다면 그물의 얽힘은 참 묘한 것이었다.

만약 그 드라마에 출연할 기회가 없었다면 사문과 만나게 되었을까.

만약 연출가와 사문이 만나는 자리에 지섭이 가지 않았다면?

만약 연출가와 사문이 전화하는 소리를 듣지 못했다면?

"강사문 말입니까?" 하고 되묻지 않았다면?

어쨌든 지섭은 사문과 꼭 만나야 할 일이 없었던 사람이었다.

지섭의 질문을 받은 연출가가 "어, 잘됐네. 지섭씨도 같이 가지. 지금 원작자 만나러 가는 길인데" 하지 않았다면 어떻게 되었을까.

＊　＊　＊

사문은 천진한 만화 주인공 같은 표정으로 지섭에게 인사했다. 얼굴이 약간 상기된 것도 같았다. 상기된 낯빛과는 달리 눈빛과 표정엔 감정이 담겨 있지 않았다. 그랬다. 만화 주인공 같은 표정. 대책 없이 맑게 빤히 쳐다보는 만화 영화 속 여자애.

그림으로는 사람의 변화무쌍한 희로애락의 표정을 다 담을 수는 없는지, 주인공의 감정 변화만큼 표정은 늘 그렇지 않았다. 그토록 사랑하는 테리우스를 향해 무어라고 말을 할 때도 캔디의 표정은 늘 호수처럼 담담했다. 웃을 때도 기껏 입이나 크게 벌어질 뿐이다.

사문은 정말 별다른 감정이 없었을까. 아니면 노련하게 감정을 숨긴 걸까. 어떻게 사람이 만화 같은 표정으로 있을 수 있을까. 말도 하고 웃기도 하고 농담도 하면서 말이다. 그저 눈빛만 초롱초롱하게 있을 수 있을까. 정말 만화 속 아이의 기이하고 화려한 눈처럼.

그날, 연출가와 사문이 무슨 이야기를 나누었는지는 별로 기억에 남아 있지 않다. 지섭의 기억 속엔 그녀의 표정과, 목소리와, 말하는 상대에게 쏟아지던 눈빛만 생생하게 남아있다.

몹시 두근거리던 가슴의 기억과 함께.

지섭은 그날을 잊지 못했다. 잊혀지지 않았다.

근엄한 작가의 모습을 상상했던가. 아마 그럴지도 몰랐다. 어떤 모습의 작가를 상상했는지, 상상도 하지 못했는지 모르겠지만, 사문은 갑자기 눈앞에 나타난 신상품이었다. 지섭이 여태 보지 못한, 상상 속에도 없었던, 첫눈에 마음에 들어버린 신상품이었다.

어릴 때, 자동차 문이 열리는 어린애 손바닥보다 작은 미니카를 보고 홀딱 빠져버린 일이 있다. 무조건 그걸 사야 했다. 밤이나 낮이나 그걸 갖고 싶어 안달했다. 다른 건 아무것도 눈에 들어오지 않았다. 무조건 그거라야 했다. 비교할 상대도 대신할 장난감도 없었다.

사문을 처음 본 지섭의 마음이 바로 그것이었다. 까맣게 잊어버리고 있었던 기억. 사문과 헤어지고 난 뒤 갑자기 미니카 생각이 났다. 열병처럼 그 장난감만 생각하고 또 생각하고, 마침내 손에 넣었던 날, 미치도록 기뻤던 기억.

물론 마음을 다스리려는 노력을 해보지 않은 것은 아니다. 사문이 장난감도 아니고 조른다고 살 수 있는 물건이 아니란 건 너무도 잘 알고 있다. 그래서 더 답답하고 마음이 더 미친 듯이 달렸는지도 모른다.

한 번만 더 보면 실망할 지도 모른다. 환상일 것이다. 환상은 깨지기 마련이다. 분명 귀신의 장난이다. 한 번 본 여자일 뿐이다. 수도 없이 그렇게 말했다. 하지만 확인하지 않는 한 환상도 사라지지 않았다. 생각하는 시간이 갈수록 늘었고 생각이 환상을 점점 더 키웠다.

볼 수만 있다면 어떤 방향으로든 마음이 잡힐 것도 같은데 볼 기회를 만드는 것도 쉽지 않았다. 매일 촬영이 있었고, 전화를 할 구실도 없었다.

얼굴을 보기 전엔 생각 없이 전화도 했었다.

그땐 그저 소설에 너무 감동을 했고, 감사하단 인사라도 해야 될 것 같았다. 그녀에 대한 관심이 없었다고 하면 새빨간 거짓말이지만 큰 망설임 없이 전화도 했다. 그런데 이제 얼굴까지 알고, 앉아서 밥까지 같이 먹고 제법 긴 시간 동안 이야기도 했다. 하지만 전화를 한다는 생각만 하면 왜 그렇게 마음이 복잡한지. 생각만 해도 얼굴이 화끈거리고 가슴이 뛰었다.

전화를 할 수도, 안할 수도 없는 미친 듯한 날이 덜컹거리며 흘러갔다. 난기류에 휩쓸린 비행기처럼 위태했다. 믿을 수 없는 시간 속에 지섭은 떠있었다. 붕붕 뜬 채 촬영장을 오갔다. 촬영하는 사이사이 문득 정신을 차려보면 어느새 사문을 떠올리고 있었다. 아니 사문의 눈을 떠올리고 있었다. 사문의 목소리를 떠올리며 웃고 있었다. 더욱 난감한 건 상대 배우를 사문으로 착각하고 연기를 할 때였다. 정신을 차려보면 다른 여자였다.

다행히도 착각 때문에 NG가 나는 건 아니었다. 오히려 감독은 연기 좋다고 칭찬을 했다.

『넌 한 번도 안아보지 못했다. 후회된다. 한 번은 안아 볼 걸. 그게 무슨 큰 죄라고. 널 가까이 하고 싶어 참기 힘든 때가 한 번 있었다. 그렇게 구체적으로 느낀 건 그때가 처음이었다.

미술관 갔던 날. 네가 농담처럼 뽀뽀해 달라고 했던 날.

여학생들의 사진을 찍어 주고 돌아서서 나에게로 올 때, 너에게 매달리고 싶었다. 너의 뺨에 얼굴을 대고 싶었다. 질투가 났던 걸까. 그때 여학생들의 눈빛을 넌 보지 못했지. 생전 처음 보는 나를 원수처럼 보았단다. 네가 탐난다는 이유 하나만으로 날 마귀로 만들어 버리더라. 네가 그녀들과 어울려 서 있을 때의 내 심정을 어떻게 표현해야 될지. 화가 나기도 하고, 서글프기도 하고, 수세미를 삼킨 것처럼 속이 불편했다.

　너도, 여학생들도 내 존재는 안중에도 없었다. 그렇게 보였다. 그때의 네 마음은 모르겠지만 여학생들이야 너에게 정신이 팔려 당연히 내 존재를 느끼지도 못했겠지. 그런 너희들을 바라보고 있는 내가 꼭 못 올 곳에 온 불청객 같았다. 한순간 내가 이 자리를 떠야 하나 하는 생각까지 들었다.

　그렇게 자괴하며 서 있는데 네가 돌아서서 나에게로 왔지. 갑자기 승리자가 된 기분이라니. 하지만 그 기분도 잠시였지. 내게로 쏟아지던, 아직도 잊혀지지 않는 여학생들의 그 눈길. 그런 상황 속에서 웃으며 다가오는 너에게 난 하마터면 달려갈 뻔했다. 다행이었는지 불행이었는지 잔디밭에서 내려서는 걸로 마음을 다스렸지만.

　여학생들 때문에 질투심에 불이 붙었던 것이었을까. 사랑을 하는 데는 질투라는 게 그리 나쁜 것만도 아닌 것 같다. 너와 내가 평범한 연인이었다면 그날의 그 사건이 사랑에 불을 당기는 도화선이 되었을 수도 있었을 테니까.

　충동이라는 것도 아무에게나 주어지는 게 아닌가 봐. 너 그거 아니? 충동이 축복이 될 수도 있고, 자제력이 회한으로 남을 수도 있다는 거. 내가 늘 나쁘다고 생각해 오던 것들과 내가 자랑하던 것들이 뒤죽박죽이 되어 쓰레기통에 버려진 기분이라니……．』

　지섭은 드라마의 원작 소설을 구해 읽었다.

　원작은 지섭을 더욱더 맹목으로 몰고 갔다.

　자제 속에 감추어진 치열한 사랑. 지섭은 자꾸 사문이 보였다. 비록

억눌러야 했지만, 이루어지지 않은 사랑이었지만 드러내지 못한 마음
은 열정적이었다. 주인공의 열정이 지섭의 짝사랑에 부채질을 했다.

원작을 읽어 본, 그리고 사문을 직접 봐버린 지섭으로서, 소설과 사
문을 따로 생각할 수가 없었다. 더구나 사문은 지금 지섭의 마음에 들
어와 그를 휘젓고 있는 여자다. 마음을 가득 채운 여자가 만든 이야기.

어거지로라도 인연을 만들고 싶었다. 특별하고 신비한 운명이라 믿
고 싶었다. 그런 마당에 이런 특별한 상황을 평범으로 만들어버리고
싶겠는가. 인연이라 믿고 싶은 것도 무리는 아니다.

소설《거울 속 바람》은 제자와 여선생의 사랑이야기였다.

지섭은 아전인수로 제자 자리에 자기를 끌어넣었다. 물론 사문은 여
선생 자리였다. 제자의 구구절절한 사랑의 하소연은 어쩌면 그렇게도
자신의 마음과 같은지. 마치 지섭의 속에 들어와 본 듯이 자세하였다.
드러난 자기의 마음이 아프고 끔찍했다.

소설처럼 시제지간은 아니지만 어쨌든 지섭이 연하이고 사문은 여선
생이다. 지섭이 목매달고 있는 현실은 이야기와 닮은 데가 너무 많다.
운명이라 생각하고 싶은 게 당연하지 않겠는가.

연기를 하면 자꾸 사문이 떠올랐다. 주인공 여선생의 말은 사문의 말
이었고 제자의 사랑은 자신의 사랑이었다. 몰입은 기가 막히게 되었
다. 연기를 하려고 감정을 잡을 필요가 없었다.

지섭의 혼란한 마음과는 상관없이 감독은 대만족이었다.

* * *

— 지섭 —

휴대폰 창에 발신자 이름이 선명하다.

반가움에 펄쩍 뛰는 마음. 그 마음의 꼬리를 '당황'이라는 놈이 물고 늘어진다.

전화를 기다렸다. 아주 많이 기다렸다고 해야 솔직하다.

관계를 만들고 싶었던가. 지속적인 만남을 원했던가. 사문은 고개를 흔들었다. 어떻게 해보고 싶다든가, 만나기라도 했으면 하는 기대는 없었다. 그냥 막연하게 전화를 기다렸다. 기다려졌다. 이루어질 수 없는 일이라고, 이루어져선 안 된다고 해서 마음도 접히는 건 아니다. 이성의 판단과 감정의 기대는 늘 나란히 가지 못한다.

막상 휴대폰 창에 그의 이름이 뜨자 반가우면서 한편으로 겁이 났다. 스타는 말 그대로 하늘에 떠 있는 별이다. 하늘에 있기 때문에 아름답고 가질 수 없기 때문에 더 아름답다. 황홀하게 보기만 해야 한다. 별을 손에 넣을 수는 없다. 소유할 수 없다는 전제 아래 마음껏 좋아하고 그리워하고 그리고 마음대로 잊으면 그뿐이다. 그런 생각이었다. 그런 가정 속에서만 좋아했다.

실제로 보고 만나고 인연이 얽혀지는 건 상상 속에 없었다. 상상 속에도 없었던 미지의 땅을 경험하는 일은 어떤 식으로든 용기가 필요하다. 용기를 내야 하는 일에는 누구나 주춤, 겁이 나기 마련이다.

'이게 아닌데…….'

이젠 그 스타가 바로 눈앞에 와 있다. 영상으로만 보던 환영이 아니라 마주 앉아 눈빛을 보고 목소리를 듣고 악수까지 했던, 생생한 물체로 기억 속에 있다. 사문은 처음 만났을 때 헤어지며 나누었던 악수를 떠올린다.

지섭은 좀 길다 싶은 악수를 했다. 싫지가 않았지만 먼저 손을 뺐다. 손에서 힘을 느낀 지섭은 당황한 듯한 표정으로 얼른 손을 놓았다. 그리고 그렇게 말을 했다.

"가끔 전화해도 되겠습니까?"

사문은 대답 없이 웃었다.

쇼팽의 녹턴 벨 소리가 두 번째로 넘어갈 때 통화 버튼을 눌렀다.

"강사문 선생님?"

목소리가 무척 들떠 있었다.

"네, 김지섭씨."

"잘 지내시지요?"

"네."

"작품이 재미있어서 촬영이 재미있습니다. 연기도 잘 되구요."

"다행이네요."

지섭은 초조해진다. 할 말이 많은데 사문의 대답이 너무 짧다. 나름 고민 끝에 한 전화다. 열심히 할 이야기도 준비했다. 상상으로 대화도 만들어보았다. 그런데 상상으로 한 대화보다 사문의 대답이 너무 아니다. 대답만 하고 물어봐 주는 것도 없다. 궁금한 게 하나도 없단 말인가. 그래도 밥도 먹고 이야기도 하고 얼굴을 마주한 사이인데 친한 티라도 좀 내면 안 되나?

섭섭한 마음과 함께 갑자기 화가 난다. 어릴 때처럼 고집이 고개를 내민다. 지섭은 너무 몰리면 막무가내가 된다.

"촬영장 한 번 구경 나오세요. 맛있는 거 사드릴게요."

내친김이다.

"얼굴 한 번 보여 주세요."

마음을 그대로 드러낸다.

"선생님 작품이 재미있어서 연기가 정말 신난다니까요. 감독님이 저한테 신이 들렸대요. 다 선생님 덕분이니까 보답하고 싶어요. 그러니까 한 번 오세요. 네?"

지섭은 혼자 한참을 떠든다.

사문은 도현을 떠올린다. 소설《거울 속 바람》의 모델이 되었던 제자다.

지금 지섭이 연기하고 있는 '영욱'의 모델. 물론 소설 속에서처럼 사건이나 사연이 있었던 것은 아니지만 도현은 사문을 어지간히 괴롭혔다. 중학생의 너무 어처구니없는 도전에 진땀이 났다.

생각이 몸만큼 자라지 못한 소년답게 저돌적이었다. 예민하면서도 거침없었다. 달래고 화내고 하며 세월을 기다렸다. 시간이 흐르길 기다리는 수밖에 방법이 없었다. 이성 문제는 시간이 해결해 주기를 바라며 천천히 기다려야지 억지로 되는 게 아니다. 말리고 누르면 더 솟구치는 법이다. 더구나 이성과 감정, 몸과 마음의 균형이 맞지 않는 나이다.

혹시나 하는 마음에 너무 윽박지르지도 못하고 그렇다고 요구하는 대로 따를 수도 없는 난감한 경험이었다.

고등학교 2학년 때, 다행히 여자 친구가 생기면서 사문은 풀려났다. 거의 4년이나 계속된 신경전이었다. 그 문제만 아니면 걱정도 없겠다 생각했는데 막상 끝이 나버리니 갑자기 할 일이 없어진 것 같이 한 쪽 가슴이 허전했다. 도현이 사랑할 상대는 아니었지만 사실 나무랄 데 없는 아이였다. 달래느라 급급해 바로 보지 못했을 뿐이지 아련한 추억으로 남을 정도로 도현의 그런 마음이 싫지는 않았던 모양이었다. 아마 지금쯤 지섭처럼 멋진 청년이 되어있을 것이다. 잘 생기고 사랑이 넘치는 소년이었다.

지섭을 통해 잊고 있었던 도현을 떠올린다. 어떤 땐 너무 막무가내로 몰아붙여 겁까지 나게 했던, 지나고 나니 눈물겨웠던 도현의 첫사랑. 도현은 첫사랑의 상대를 너무 잘못 골랐다.

『"설탕하고 크림은 선생님 마음대로 넣었다. 어린애 취향에 맞게 달콤하게."

송애는 커피 잔을 영욱 앞에 놓았다. 영욱은 잔을 받으며 '큼' 하고 웃었다.

"너 웃음소리 이상하다?"

"선생님보다 제가 더 큰데요. 어린애 아닌데요?"

"야, 임마. 덩치로 나이 계산하니? 그리고 네가 아무리 나이 먹어도 선생님한텐 어린애야. 네가 오십이 되고 육십 넘어 봐라. 내가 너 어른 대접 해주나."

"그런 게 어딨어요?"

"억울하면 먼저 태어나지 그랬냐? 이 선생님도 우리 어머니 앞에선 아직 어린앤 거 몰라? 세상이란 다 그런 거야. 절대라는 건 없어. 모든 게 상대적이지."

“그게 무슨 말인데요?”

“봐. 대화도 안 되잖아. 그래도 어린애가 아니라고 우길래?”

영욱이 입을 삐죽 내밀었다. 송애는 웃으며 사과를 깎았다. 영욱은 커피를 단숨에 마셔버리고 빈 잔을 쥐고 있었다. 송애는 사과 하나를 다 깎아놓은 접시를 영욱 앞에 밀었다.

“먹어라.”

영욱이 잔을 놓고 포크를 들었다.

“선생님!”

“왜?”

송애는 칼을 놓고 커피 잔을 들며 영욱을 보았다.

“선생님 좋아하는 애들 많아요. 아세요?”

“네가 아니고 애들이?”

“정말이에요.”

영욱의 눈 밑이 조금 붉어졌다. 송애는 기분이 나쁜 건 아니었지만 짐짓 농담으로 받았다.

“넌 당연한 걸 심각하게 말하네? 이렇게 착하고 예쁜 선생 좋아하는 거, 그거 기본 아니니?”

“선생님, 농담 아니에요.”

“나도 농담 아니다. 난 어린애하고는 농담 안 하거든. 엉뚱한 소리 그만 하고 사과나 먹어.”

송애는 커피를 한 모금 마셨다.

“진짠데…….”

영욱이 불만스런 표정으로 사과를 찍었다. 사과를 먹으면서 영욱은 일어나야 할 시간이 훨씬 지났다는 걸 깨달았다. 엄마가 딱 십 분만 있다 오라고 했는데. 시계는 열 시를 가리키고 있었다. 그런데 일어나기가 싫었다. 좀 더 머물면서 무슨 얘기라도 해야 되는데, 할 말은 생각나지 않고 갑자기 마음이 급해졌다……』

생각해보니 사문은 도현의 마음을 한 번도 그대로 받아준 적이 없었다. 그럴 수밖에 없었지만 미안한 생각이 들었다. 자기는 목마른 사랑인데 상대는 사랑이라 인정하기는커녕 장난으로만 대했다.

그렇지만 장난은 아니었다. 도현을 다시 만난다면 그 말은 꼭 해주고 싶다. 사랑은 사랑으로밖에 느낄 수 없다고. 단지 그렇지 않은 척했을 뿐이라고.

"시간 내서 한 번 구경 갈게요."

지섭의 사랑을 장난으로만 받을 수는 없다. 도현을 떠올리며 사문은 그런 생각을 했다.

"정말이세요, 선생님? 약속하셨어요."

지섭의 웃음소리가 휴대폰 밖으로 마구 쏟아져 나온다.

밝은 웃음소리에 또 겁이 난다.

저 웃음소리를 맞받는 그런 웃음을 줄 수 있을까.

도현의 얼굴이 지섭의 웃는 얼굴에 겹친다. 도현은 감정 표현을 많이 하는 아이였다. 웃음도 많았다. 재미있는 이야기에 제일 큰소리로 웃는 아이였다. 잘 생기고 밝고 착실한 학생. 어느 날부터 웃음이 없어졌다. 관심을 끌고 싶어 몸부림을 치면서부터였을 것이다. 몇 달 그러다 말 줄 알았다.

시간이 흐르고 도현도 사문도 지쳐갔다.

사문은 이제야 지쳐가던 도현의 얼굴을 읽는다. 웃음이 없어졌구나. 그 얼굴에 웃음이 사라졌다는 걸 이제야 떠올린다.

＊ ＊ ＊

촬영장엔 갈 수가 없었다.

야외 촬영이 많고 장소도 달라지는데다가 사문도 직장에 매인 몸이었다.

전화 통화만 자꾸 늘어났다.

통화가 점점 자연스러워졌다. 대화만으로도 사람은 가까워지는 모양이었다. 결국 드라마가 끝날 때까지 사문은 가지 못했다. 드라마가 끝나고도 몇 주가 흘렀다.

아무것도 하지 않는데도 마음이 팽팽했다. 틈이 보이지 않는 시간이 흘렀다. 그 몇 주 동안 학교만 왔다 갔다 했다. 친구들과의 저녁 약속도 자꾸 미뤘다. 다른 일을 만들고 싶지 않았다. 그렇지만 사문은 자기가 굉장히 바쁜 시간을 보내고 있는 듯한 착각 속에 살았다. 학교 가는 일 빼곤 지섭의 전화가 오면 통화하는 게 전부였다. 다른 약속이 전혀 없는 시간이었다. 드라마가 끝났으니 촬영장엘 가야 한다는 부담도 사라졌다. 홀가분해야 정상이었다. 그런데 무언가로 꽉 들어찬 사문의 마음은 몹시 무거웠다.

온통 지섭으로 꽉 찬 마음의 무게라는 걸 그녀는 인정하려 하지 않는다. 그 마음을 직시하는 걸 두려워하고 있다. 사문은 원하는 걸 눈앞에 두고도 자꾸 딴전을 부리고 있다.

10시가 넘었는데 전화가 왔다. 집 앞에 와있다 했다.

"어떻게?"

"내비게이션 있잖아요."

내비게에션이란 게 사람 참 놀라게 한다. 은둔이란 말은 정말 옛말 사전에나 실려야 하는 거 아닌가. 숨어서 살았던 건 아니지만 갑자기 사생활이 공개된 것 같은 느낌이 들면서 조금은 황당했다. 황당은 황당이고 사문의 마음은 몹시 분주하다. 화장은 못하더라도 옷은 제대로 입고 나가야 할 것 아닌가.

급하게 잠옷을 벗으며 옷방으로 뛰어간다.

옷을 고르는 손이 떨린다. 사문은 문득 손을 멈춘다. 왜 이렇게 떨릴까. 이럴 일은 아니다. 설렌 일이 아니라고 죄 없는 손에 주의를 준다. 설렌 일이 아니라 화를 내야 하는 것 아닌가? 한밤중에 난데없이 남의 집 방문이라니. 아니지, 집에 들어온 건 아니니까 방문은 아니고. 그건 그렇다 치자. 갑자기 불러내는 건 또 무슨 매너야? 대기조도 아니고. 언제든 부르면 나올 수밖에 없다? 자신만만? 웃기시네.

사문은 아직 자기의 마음을 다 읽지 못하고 있다. 반갑고 설레어 떨리기까지 하는 마음을 애써 무시하려 한다. 하지만 무시는 머리로만 할 뿐이고 손은 여전히 떨린다. 떨리는 손으로 옷을 고르고 성급하게 입고 있다. 그녀는 사실 너무 흥분해 머리로만 '침착하다' 는 걸 느끼지도 못한다.

밖은 바람이 몹시 불었다. 퇴근할 땐 잔잔했는데, 그 생각을 하며 건물을 빠져나왔다. 인적이 거의 없는 아파트 단지 거리. 가로등 불빛에 나무 그림자가 무겁게 흔들린다. 어느새 겨울이 코앞이다. 찬 공기가 스웨터 앞섶으로 파고든다. 사문은 바람을 막아보려 팔짱을 끼고 두리번거리며 건물 모퉁이를 돌아섰다. 어디쯤 있을까.

"선생님."

질문에 대답하듯 지섭이 소리 낮추어 부른다.

짙은 나무 그늘 아래 웅크리고 있는 검은 차.

용케도 숨어있다. 잎이 무성한 나무가 가로등 불빛을 가로막아 아래는 다른 곳보다 몹시 어두웠다.

사문은 숲 속에서 풍뎅이를 관찰하듯 차를 보며 다가갔다.

"여기요."

차창이 가는 초승달처럼 내려진 게 보인다. 사문은 잘못한 것도 없는데 재빨리 차 앞을 가로질러 지섭 옆자리에 앉는다. 스타와 데이트는 이렇게 하는 거구나. 새삼 지섭의 직업을 깨닫는다.

사실 지섭을 만나기 어려웠던 게 시간 때문만은 아니었다. 장소를 정하는 게 더 문제였다. 시간만 나면 아무 데나 약속 장소를 정하고 만날 수 있는 처지가 아니었다. 많은 제약이 둘 사이를 가로막고 있었다. 사문이 미쳐서 지섭 근처에 진을 치고 있지 않는 한 아마도 앞으로도 만남은 어려울 것이다.

사문은 그렇게 생각하고 있었다. 그건 혼자만의 생각이라는 걸 모른다. 혼자만의 판단으로 지섭을 배려했다. 잘못된 판단이, 배려가 아니라 지섭에겐 거의 폭력으로 작용하고 있다는 걸 모른다.

지섭은 상관없었다. 사람들 앞에서 그녀를 만나는 것? 그게 어때서? 좋아하는 사람을 만나는 것이다. 범죄를 저지르려는 게 아니다. 그녀와 가까워지려는 것이다. 하지만 아직 그녀의 마음을 몰라 조심해주는 것뿐이다.

뺨에 기습적인 뽀뽀, 란 걸 당하고 사문은 차에서 내렸다.

두 시간 가까이 앉아 있었지만 기억에 남는 이야기는 없다. 전화로는 제법 많은 이야기를 했었다. 이야깃거리도 끊이지 않았고 자연스러웠다. 그런데 같은 공간에서 얼굴을 보면서 둘은 말이 없어졌다. 그러면 지루했던가. 아니었다. 시간은 빨리 갔다. 그렇다면 말할 필요를 느끼지 못했단 말인가. 말이 없어도 만족한 상태였던가. 잘 모르겠다. 사문은 밀폐된 공간이라 좀 어색했지만 같이 있는 게 싫지는 않았다.

지섭은 아주 편해 보였다. 말은 별로 없었지만 자주 웃었고 즐거워보였다. 물어보지 않아 정확한 건 알 수 없었지만. 그걸 물어보면 사문의 마음도 물어볼 것 같아 질문하지 않았다.

둘이서만 처음으로 같은 공간에 있었던 시간.

시간은 언제나 누구에게나 똑같이 흐르는 게 아닌지 모른다.

두 사람 앞에 흐르는 시간은 몹시 빨랐다.

사문도, 지섭도 그렇게 느꼈지만 아무도 그 말은 하지 않았다.

열두 시가 지났고 헤어져야 했다.

"또 봐요." 하며 지섭이 손을 내밀었고 사문이 그 손을 잡았다. 크고 따뜻한 손. 기분이 좋다, 고 느끼는 순간 지섭의 손에 힘이 들어갔고 얼

굴이 가까이 왔다. 어, 하는 사이에 뺨에 입술이 닿았다. 너무 갑자기,
빨리 일어난 일이라 볼이 마치 침에 쏘인 기분이었다.

사문은 아무 반응도 못 보이고 차에서 내렸다. 무슨 반응을 어떻게
보여야 할지 판단이 서지 않았다. 생각하면 별것 아닌 작별 인사다.
서양 사람들은 밥 먹듯이 하는 인사. 그러나 여긴 서양이 아니다. 그
건 아니다.

우리가 사귀고 있는 건가?

이렇게 되는 건가. 어디까지 가는 거지.

결단을 내려야 하는 게 아닌가.

환상에서 벗어나야 한다.

사문은 습관처럼 그렇게 하려하고 있다. 스타에 광분하다 빠져나왔
던 것처럼. 혼자 한 사랑처럼 혼자 끝내려 하고 있다.

'광분의 비밀' 이 활동하고 있다.

습관이 내린 판단인 줄 모르는 사문은 충분히 이성적으로 내린 판단
이라 믿고 있다.

그 판단이 만든 울타리가 지섭이라는 폭풍 앞에 힘없이 무너질 거라
는 걸 그때는 까맣게 몰랐다.

혼자 하는 결심은 늘 단단한 법이니까.

바람이 불지 않을 때의 울타리처럼.

사문은 지섭의 입술이 닿았던 뺨을 만지며 하늘을 올려다보았다.

바람에 나무가 몹시 흔들리는 밤이었다.

세 번째 꿈

내가 어떻게 그녀의 손을 뿌리치고 어두운 물속을 헤쳐 나왔는지 기억이 나지 않는다. 그 상황이 기억나지 않는 것보다 더 괴로운 것은 내가 그녀를 어떻게 버릴 수 있었느냐는 것이다. 아무리 무의식, 본능적이라 하지만 난 나를 용서할 수가 없다. 더욱 용서가 안 되는 것은 살아난 후에 그녀를 다시 따라가지 않았다는 사실이다.

따라가지 않았을 뿐 아니라 가증스럽게도 다른 여자와 결혼해 아이까지 낳았다.

평생을 그녀에 대한 죄책감을 안고 살았으니 그만 용서를 받아도 되지 않겠느냐고? 턱도 없는 소리다. 목숨은 결코 죄책감 따위로 상쇄될 수 없다. 한 번이라도 자기의 목숨을 고의로 끊으려고 해봤던 자라면 그 따위 말을 지껄일 수 없다. 생명을 포기하던 순간의 그 절박함. 세상이 멈추면서 동시에 어지러울 정도로 빨리 돌아가는 듯한, 몸을 이루는 수많은 세포들의 절박한 경련과 폭발할 듯 팽팽해지는 파열 직전의 느낌을 당해보지 않아서 하는 소리다.

그건 모든 세포가 기억하는 격렬한 경험이다. 그 기억들은 지워지지 않는다. 몸이 사라지지 않는 한 지워지지 않을 문신과 같은 것이다. 생명의 본질은 그렇게 다급하고 강렬한 것이다.

연희는 그렇게 다급한 생명을 끊었다. 오직 나와 같이 있겠다는 그

염원 하나로 비명 같은 공포의 바다를 건넜다.

물론 영원히 같이 있겠다, 며 세상을 떠날 결심을 할 때만 해도 나는 '생명'을 몰랐다. '생명'은 내 의지 안에, 뇌의 조종 속에 있는 내 똘마니인 줄 알았다. 내가 끊겠다면, 주인인 내가 칼을 휘둘러버리면, 무처럼 아무 소리 없이 잘려질 줄 알았다.

그런데 아니었다. 살아가는 일에는 그렇게 순종적이던 생명이 끊어버리려 하자 도리어 그가 나를 버렸다. 주인을 버리고 스스로 발악했다.

펄떡이는 생명을 강제로 해체시켜버리는 것은, 마치 러시아워의 교차로 신호등이 갑자기 고장나버려 도로를 교란시키는 것처럼 우주의 기운을 교란시키는 것이다. 교란된 우주의 기운과 함께 영혼도 파열되는 것이다.

파열된 영혼.

그녀의 영혼도 그렇게 되었을 것이다. 그녀는 나를 알아보지 못할 것이다. 나는 그녀를 영원히 못쓰게 만들어 버렸는지 모른다.

그런 내가 용서를 받아도 된다고?

나는 용서를 바라지 않는다. 나를 용서해 줄 자는 이제 어디에도 존재하지 않는다.

이승에도,

저승에도.

지난 20년 동안 나는 파렴치한, 비겁한 놈이란 비난 속에 살았다.

내 죄에 비하면 그 비난도 차라리 가볍다.

영원히 함께 하겠다며 뛰어든 물속에서 나만 살아 나왔다. 나 혼자 살겠다고 헤엄을 치고 바위에 기어올랐다. 연희는 수영을 할 줄 몰랐다. 그 사실이 죄책감을 더 무겁게 만들었다. 연희가 헤엄을 칠 줄 알았다면 어떻게 되었을까. 연희도 살아 나왔을까. 나는 그 생각을 골백 번도 더 했다. 아무 소용없는 생각을. 그 생각보다 차라리 내가 수영을 할 줄 몰랐다면 얼마나 좋았을까, 하는 생각이 잠시 위로가 되어줄 수는 있었다. 그 생각을 하는 동안은 난 연희의 손을 잡고 어두운 바다를 같이 건너갔으니까. 혼자 살아 있지 않으니까.

그때는 그 길밖에 보이지 않았다.

같이 죽는다는 생각을 하고 나니 다른 길은 보이지 않았다. 연희와 잠시도 떨어져서는 살 수 없을 것 같았고 연희도 아마 그랬을 것이다. '아마' 라고 한 것은 내가 연희의 사랑을 못 믿어서가 아니라 함부로 단정 짓지 않겠다는 조심스러운 표현이다. 마음은 복잡하고 자유롭고 묘해서 단정을 한다는 것이 얼마나 건방진 짓인 줄 알기 때문이다.

나는 그 사건 이후로 마음에 대해서 오랫동안 생각해왔다. 그 전에는 마음은 내 마음대로 되는 것이며 내 지시를 따르는 것이라고 생각했던 것 같다. 나는 연희와 같이 죽기로 마음을 먹었고 변치 않으리라 약속 했기 때문에 변한다는 생각을 꿈에도 하지 않았다. 아니 꿈에도 하지 않았다고 생각했다. 그런 마음이 변했다.

무의식적으로 그랬다고 변명하고 편해지기는 싫다. 무의식도 마음 이고 내 의식이었다. 발견하지 못했던, 의식하지 못했던 마음의 변화 가 분명히 있었다. 분명하고 선명하고 명쾌하게 알았다면 그런 실수는 하지 않았을 것이다. 나는 마음을 다 몰랐던 것이다.

나는 사건이 있은 후 오랫동안의 생각 끝에 겨우 '모른다' 는 것 하나
를 알아냈을 뿐이다. 지금도 마음에 대해서 알고 있는 것은 자신도 자
신의 마음을 다 모른다는 것, 그것뿐이다.

내 마음도 모르면서 그때 연희의 마음을 함부로 단정 지을 수는 없
다. 연희가 어떤 마음이었는지 모르지만, 하여튼 연희는 물속에 혼자
남아있었고 그리고 약속대로 세상을 떠났다. 결과만 봐서는 연희의 마
음은 변하지 않았다. 그래서 내가 비겁한 놈인 건 분명하다.

사람이 하나 죽고 나서야 대학 1학년생들이 결혼한다는 게 아무것도
아닌 것일 수 있다는 걸 우리 집과 연희네는 깨달았다. 뒤늦은 깨달음
이었다. 결코 되돌릴 수 없는 통탄의 깨달음.

물론 연희와 나의 어리석은 결정도 너무 철부지였다는 걸 나중에야
알았다.

부모들이 결혼을 반대해도 눈을 피해 얼마든지 만날 수 있다, 는 그런
쉬운 것이 그때는 너무나 큰 장벽이고 공포였다. 죽는 것에 비하면 아
무것도 아닌 '몰래 도망가기' 같은 것도 왜 해보지 않았는지. 그냥 '같
이 살아버리기' 는 왜 못했는지. 세월이 흐르면서 든 그런 것들이 당시
에는 모두 불가능해 보였다. 연희도 나도 무지스러울 만큼 순진했고
세상을 몰랐고 부모의 마음도 몰랐다. 죽을 각오로 덤비는 자식을 이
기는 부모가 없다는 걸 몰랐다. 우린 그저 어른들이 야속했고 세상이
모두 적이었고 우리의 사랑은 적들에 둘러싸인 가련한 포로였다.

연희와 나는 대학 신입생 때, 영어 회화 동아리에서 만났다.

나는 남자 중학교, 고등학교를 나왔고 그때까지 여자 친구를 가져본 적이 없었다. 내가 다른 또래보다 이성에 대한 눈뜸이 늦었는지, 우리 집이 지나치게 엄했는지는 모르겠다. 물론 엄하다 해서 연애를 못하는 게 아니란 것은 알고 있다. 부모의 눈을 피해 얼마든지 여자를 만나고 연애를 하는 친구들을 많이 보았다.

엄마는 늘 입버릇처럼 여자는 대학 가서 사귀어도 늦지 않다. 지금은 그저 공부만 해라. 지금 만나는 여자는 다 그렇고 그렇다. 좋은 대학 들어가면 더 좋은 여자들이 줄을 선다, 는 말을 했고 나는 그대로 따랐다. 어쩌면 여자 친구가 없었기 때문에 그 말을 따를 수 있었는지도 모르겠지만.

내가 그렇게 얌전하게 엄마의 말씀에 순종해서 스무 살이 되도록 살 았던 것에 비해 연희와의 사랑엔 지나치다 싶을 만큼 과감했다. 지금 생각해보면 어처구니가 없을 정도다.

우린 만난 지 한 달 만에 모텔에 드나들었다. 연희도 나도 첫사랑이 었다. 어쩌면 둘은 처음이라 과감할 수 있었는지도 모른다. 비교할 상 대도 경험도 없는 우린, 감정이 이끄는 대로 가는 게 사랑이라고 믿었 는지도 모른다. 이성에 눈을 뜬, 사랑이라는 걸 하게 된 스무 살 청춘은 고삐 없는 말 위에 앉은 채로 질주를 시작했다.

서로가 너무 필요했고 하루라도 보지 않으면 죽을 것 같았다. 같이 있으면서도 늘 목이 몰랐다. 밤이 되면 헤어지기 싫어 몸부림을 쳤고 학교에서도 늘 둘이 있을 장소만 찾았다. 거의 매일 늦게 집에 들어갔 다. 그래도 우리 집에선 걱정은 해도 심각하게 생각하지 않았다. 대학 신입생이란 으레 술을 자주 마시고 미팅을 하고 괜히 밤늦도록 학교

와 술집을 어슬렁거리는 법이라고 생각했다. 형들이 그랬고 그리고 나는 남자였다.

그러나 연희네는 우리 집처럼 될 수는 없었다. 여긴 대한민국이고 연희는 대한의 딸이기 때문이다. 매일 밤늦게 들어오는 딸을 걱정하지 않을 부모는 없다. 그리고 연희 부모가 혹시, 하고 염려하는 대로 연희는 벌써 선을 넘은 건 사실이었다. 손을 써야 했다면 이미 늦은 셈이었다.

하여튼 연희에겐 야간 '통금령'이 내려졌고 연희가 그 사실을 내게 알렸다. 물론 지킬 의지가 없다는 걸 알고 있었다. 연희는 관심 없는 광고 전단지를 읽듯, 남의 이야기하듯 사실을 통보했다.

연희와 내가 지금 만났더라도 상황은 많이 달라졌을 것이다. 20년 동안 세상은 많이도 변했다. 그렇게 철통같았던 사람들의 생각이 그렇게 빨리 변할 수 있다는 게 신기할 뿐이다. 생각만 바뀌면 아무 일도 아닌 일을 두고 연희와 난 목숨까지 걸었다. 진리를 수호하는 일도, 국가와 민족을 구하는 일도 아닌 일에 하나밖에 없는 목숨을 걸었다.

누구를 원망하는 것도, 탓하는 것도 아니다. 물론 원망하는 시간들이 있었다. 부모를 원망하고 세상을 탓하기도 했다. 그러나 시간은, 모든 원인을 내가 만들었다는 걸 깨닫게 해주었다. 원망의 화살이 나 자신에게로 향했다. 어른이라 자부하며 내가 내린 결정이었다. 연희를 사랑한 사람은 나였고 사랑하는 데 세상의 허락을 구하지 않았다. 영원히 함께 하겠단 결심으로 세상을 버릴 선택을 한 것도 나였다. 누가 시킨 것도, 떠민 것도 아니었다. 혜안이 없었던 어리석은 내가 저지른 끔찍한 실수였다.

이런 끝없는 넋두리는, 연희를 죽게 만들었던 어리석은 나를 질책하는 회한의 다른 표현일 뿐이다.

부모와 약속한 귀가 시간을 연희가 지키지 못한 건 물론이다. 원래 지킬 수 없는 약속이었다. 연희에게 난 산소와 같았고 나도 마찬가지였다. 산소 없이 살 수는 없었다. 아무리 무서운 불호령이 기다리고 있어도 사랑 앞에선 불호령도 물호령으로 변질했다.

부모가 작정하고 추궁했고 연희는 사랑을 고백했다. 물론 나와의 깊은 관계도 비로소 확연하게 드러났다.

사랑의 질주가 덜컥거리기 시작했다.

우린 벌써부터 모텔에 드나들었고, 부모들이 알기 전에도 모텔에 드나들었다. 그러나 그들이 안 순간부터 사랑은, 모텔은 절대로 가면 안 되는 것이 되고 말았다. 연희의 사생활은 심하게 감시를 받았다. 그렇디고 있었던 일이 없어지는 것도 아닌데 이해할 수가 없었다. 연희네 집에서 나는 덮어놓고 '나쁜 놈'이 되고 말았고 우리 집에서도 연희는 '그런 여자'가 되고 말았다.

결혼을 하기 전의 남녀관계는 그 자체로 부모의 마음을 불편하게 하는 모양이었다. 많은 걸 포기하며 자식을 키우는 부모는 은연중 자식에 대한 소유욕까지도 함께 키우는 것인지. 그래서 당신 소유인 자식의 짝도 당신 마음에 드는 걸로 직접 고르고 싶은 건지. 부모가 정하지 않은, 본 적도 없는 자식의 짝은 무조건 불편한 것인지.

거기에서 끝났더라면 우리의 사랑은 힘들지만 이어갈 수는 있었는지도 모른다. 조선 시대도 아니고, 불륜도 아니고, 그저 사회가 만든 순서를 좀 바꿨을 뿐이었으니까. 감시를 피해 힘겹게 가끔 만나고 그러다 졸업을 하고 직장을 얻으면 자연스럽게 인정을 받게 됐을지 모른다. 결혼할 수 있었을지도 모른다.

그런데 운명은 한 발짝 앞에서 우리를 기다렸다.

연희가 아이를 가졌다. 두 집안의 기분이 불편한 가운데 임신 사실이 드러났다. 정확히 말하면 드러난 게 아니라 우리가 기뻐하며 알렸다. 하늘이 우릴 도운다고 생각했다. 임신까지 했으니 어쩌랴. 허락하지 않겠는가. 결과에 대한 눈곱만큼의 의심도 없었다. 무지했는지. 지나치게 단순했는지. 어쨌든 우리 둘의 생각은 완벽하게 합치했다. 우리는 각자의 집에 사실을 밝히고 결혼하겠다고 했다.

예상은 완전히 빗나갔다.

직업도 없이 결혼은 어떻게 하고 애는 낳아서 무슨 돈으로 키우겠느냐. 아직 한창 나이에 애한테 발목 잡혀서 인생을 망치려고 하느냐. 군대도 갔다 와야 하고 아직 갈 길이 한참인데 미쳐도 보통 미친 게 아니다. 내 자식이 이렇게 모자라는 놈인지 몰랐다. 실망을 시켜도 유만부동이지. 네가 완전히 돌았구나. 세상이 그렇게 네 멋대로 되는 줄 아느냐. 세상 만만하게 보지 마라. 죽어라고 뛰어도 될까 말까인데 자식에 마누라까지 업고 무슨 일을 하겠느냐. 좋은 데 취직만 하면 여자는 쎄고 쎘다.

좋은 대학만 들어가면 여자는 줄을 선다고 노래를 하던 엄마의 입에서는 그런 말들이 쏟아져 나왔다. 나는 여자가 줄을 서기를 바라지도 않았지만 엄마는 연희 하나도 인정하지 않았다.

나는 성인이고 결혼한다고 해서 공부를 접는다는 것도 아니다. 졸업하고 취직할 때까지만 도와주면 되지 않겠느냐고 항변했다. 부모는 기가 막혀할 뿐이었지 더 이상 다른 행동은 없었다. 손 놓고 사태를 보고 있었던 것 같았다.

그런데 연희네는 우리 집과 사정이 달랐다.

연희는 집에 갇혔고 난 연희와 연락이 끊겼다. 설상가상 우리를 맺어줄 고리라고 철석같이 믿었던 아이를 반강제로 데려가 낙태시켜 버렸다. 낙태 소식을 들은 우리 집의 반대도 갑자기 강력해졌다. 낙태는 엄마도 좀 놀라운 모양이었다. 아이까지 있으니 하며 주저되던 마음까지 돌아서게 만들었다.

낙태 소식은 연희 엄마로부터 우리 엄마에게 직접 전달되었고 엄마에겐 확실하게 반대할 빌미가 생겼다.

"네가 ㄱ 집에서 어떤 취급을 받고 있는지 똑똑히 보았지? 네 애까지 없애버린 거 봐라. 이제 끝났다. 속 차리고 군대나 가거라."

나는 하늘이 무너지는데 군대나 가란다. 그리고 아기는. 세상에 어떻게. 그 애가 무슨 죄가 있다고. 불쌍한 연희. 연희는 어떡하고 있을까. 연희를 생각하면 미치고 환장하겠는데 엄마는 더구나 군대나 가란다.

형은 학교에 휴학계를 내러 간다고 협박하고 연희는 볼 길이 없었다. 이러다 군대를 가게 될지도 모른다. 군대? 연희를 못 본다? 지금 이 상태로? 연희를 안 보고 산다? 그리고 영원히 남남이 된다고?

그때 내가 만약 군대에 보내졌더라면 탈영을 했을지 모른다. 분명 그

랬을 것이다. 연희가 아니면 죽어버린다고 생각했으니까. 죽음 앞에
탈영은 아무것도 아니었을 테니까.

　나는 미친놈이 되어 있었다. 날마다 연희집 앞에 진을 쳤다. 연희 집
대문이 보이는 골목에 숨어 진을 쳤다. 내가 보이면 연희 아버지도 오
빠도 날 그대로 서 있게 두지 않았다. 몇 번 끌려 쫓겨나고서야 방법을
달리 했다. 골목을 찾아 숨어들었다.
　나는 숨어서 그 집에 드나드는 사람들을 지켜보았다. 문이 잠깐이라
도 열려있는 때가 있겠지. 스물 네 시간 내내 신경을 쓰고 있을 수는
없을 것이다. 분명 허술한 구멍이 있다. 그때는 번개같이 뛰어 들어가
연희를 찾아내야지. 연희를 불러야지. 얼굴이라도 한 번 보고야 말겠
다. 내가 애타게 찾고 있다는 걸 연희에게 알려줘야 한다. 그 생각뿐이
었다.
　그러나 그런 기회는 오지 않았다. 식구들은 잠시도 문을 열어두고 다
니지 않았다. 날 경계를 해서 그랬는지. 습관인지는 모르겠지만.
　연희 집 앞을 지킨 지 열흘이 지났다. 내 꼴은 노숙자로 변해갔다.

　그날,
　몇 시가 되었는지도 모른다. 시계도 없었고 난 밤이 깊도록 서 있다
잠깐 집에 갔다 올 뿐이었다.
　달도 없이 아주 깜깜했고 거리에는 사람 하나 없었다. 괴이한 정적이
한밤중임을 느끼게 해주었다. 밤에도 색깔이 있다는 걸 당시 난 알아
갔다. 해가 없다고 같은 밤이 아니었다. 시간에 따라 어둠의 깊이가 시

나브로 달라졌다.

　나는 지쳐서 쭈그리고 앉아 졸고 있었다. 집에 가야겠다고 생각하고 있었다. 잠깐 가서 몸을 누이자. 그런 생각을 하며 졸고 있었다. 몸은 생각대로 일어나지지 않았고 잠이 꼬박 들었다 깨어나곤 했다.

　사면이 고요한 밤.

　소리가 들렸다.

　귓바퀴가 날카롭게 반응했다.

　잠이 완전히 달아났다.

　나는 눈에 힘을 모아 대문을 살폈다.

　집 앞에서 무엇이 힐끗, 하고 움직였다. 사람이었다. 연희네 대문에서 누군가가 나오고 있었다.

　연희!

　나는 벌떡 일어났다.

　정말 연희였다 뛰어가려는데 발이 따라오지 않았다. 저린 다리에 감각이 없었다. 내가 그 자리에 서서 허우적거리는 동안 연희는 주위를 살피며 조심조심 집에서 멀어지고 있었다.

　"연희야!"

　연희가 그 자리에 우뚝 섰다. 주변을 두리번거렸다.

　"나야."

　그제야 연희는 내 위치를 찾았다. 깜깜했지만 우리는 알았다. 얼굴을 분간할 수 없을 정도로 깜깜해도 우리는 알았다. 연희는 바람처럼 달려왔고 헉, 울면서 내게 안겨왔다. 어두운 골목에서 서로를 부스러뜨릴 듯이 안고 서 있었고 잠시 후 서둘러 그곳을 떠났다.

있는 돈을 다 털어 여관방을 얻었다.

될 수 있는 대로 집에서 멀리 가야 된다고 생각하며 걷다보니 바닷가까지 갔다. 그 바다는 데이트하면서 수없이 온 곳이기도 했다. 바다가 없는 지방 애들은 도대체 데이트는 어디서 할까, 하고 웃었던 생각이 났다.

해질 무렵, 손을 잡고 바람 부는 모래밭을 걸으면 얼마나 기분이 짜릿한지 모른다. 바람에 날리는 연희의 머리카락이 코를 간질이고 웃고 있는 입 속에도 들어왔다. 휘날리는 치맛자락이 내 다리를 자꾸 스치면 난 참지 못하고 연희를 졸랐다.

바닷가엔 웬 모텔들이 그리도 많은지. 모든 것의 존재 이유는 반드시 있는 것이고 나는 그 이유를 아는 사람이었던 것이다.

그 시절 내가 완전히 성인이라고 생각했다. 경제적 독립이 진짜 어른이 되는 조건이라는 걸 그때는 몰랐다. 어른이 되는, 가장 힘들고 중요한 일은 시작도 하지 않았는데 난 아둔하게 연희와 모텔을 드나들며 어른이라고 착각하고 있었다.

여관방에 들어가자마자 우리는 마음 놓고 서로를 안았고 한참을 울었다.

누가 먼저 그런 말을 했는지 잘 모르겠다. 분명히 기억하는 건 누구 입에서도 '죽음'이란 말이 나온 적은 없다는 것이다. 그냥 '영원히 같이 있자. 함께 하자. 이제 절대로 헤어지지 말자'고만 했다. 그 말들이 서로에게 당연히 '같이 죽자'로 소통이 되었던 것이 신기하다. 우린 다른 말을 하면서 같은 소통을 했다.

답이 그것밖에 없었다.

도망가서 산다는 생각을 하기엔 우린 너무 연했다. '도망'보다 '잡히면 어쩌지'에 더 지배를 받았고 '잡히면 또 못 만나게 될 텐데'가 이성을 마비시켰다. '다시는 헤어질 수 없다'는 절박함이 서로를 안고 있는 몸과 영혼에 마약처럼 퍼졌다.

우리는 한숨도 자지 않았다.

영원한 잠을 코앞에 둔 사람들이었다. 마지막 의식을 치르듯 집중했다. 서로가 무엇을 원하는지 몸이 알아서 움직였다. 연희의 손과 팔과 다리와 발은 뱀처럼 내게 휘감겨왔고 나는 능숙한 조련사였다. 오직 할 일이 한 가지밖에 없는 것처럼, 서로의 몸을 완전히 기억해야 하는 임무라도 맡은 것처럼 안고 또 안았다.

아직 바다는 어두웠다.

하늘은 바다보다 연한 빛으로 우리를 내려다보았다.

물결이 밀려와 발아래 바위에 부딪쳤다.

겁이 났던가. 가슴은 두근거렸다. 파도 소리가 몹시 크게 들렸던 기억도 남아 있다. 그러나 그 기억도 정확하지는 않다. 어떤 땐 아무 소리도 안 들리는 적막 속에 서 있었던 것 같기도 하다. 생각? 생각은 없었다. 아니 생각은 있었겠지만 시시각각 흩어졌다. 너무 흩어져 생각이라고도 할 수 없는 것들이 끊임없이 머리를 스치고 지나갔다. 정말 죽는가? 그런 마음도 떠올랐다 사라졌다. 뛰어내리려고 바위에 서 있으면서도 죽음은 실감하지 못했다. 그 순간에도 나는 살아 있었다. 살아서 삶 속에 있었다. 이미 몸은 붕붕 떠서 발이 바위를 떠난 느낌이었지만 죽지 않은 마음은 몸과 밖을 드나들며 흩어지고 모였다.

연희는 어땠을까. 무슨 생각을 하고 있었을까. 연희의 마음은 역시 알 수 없다. 여관을 나서면서부터 우린 한 마디도 하지 않았으니까.

연희와 나는 손을 꼭 잡고 있었다. 둘 다 아무 말도 하지 않았다. 하늘과 바다만이 비장하게 우릴 지켜보고 있었다.

우리가 서 있는 바위는 그다지 높지 않았다. 뛰어내리면 금방 바닷속일 것이다. 어릴 땐 자주 뛰어내리던 높이였다. 난 바닷가에서 나고 자라 물은 무섭지 않다. 그런데 연희는 수영을 못한다. 바보같이.

우리는 누구의 눈에도 띄고 싶지 않았다. 해가 뜨기 전에, 바닷가에 사람들이 나오기 전에 사라지고 싶었다. 조용하게 둘이서만 마지막을 함께 하고 싶었다.

곧 빛이 있을 것이고 해가 혀를 내밀 것이다.

손을 꼭 잡은 채 뛰었다.

하얀 달 같았던 연희의 얼굴이 기억의 마지막이다.

우리는 서로를 쳐다보았고 호흡을 멈추었고 뛰어내렸다. 꼭 잡은 손이 신호였다. 손의 느낌으로 뛰어내릴 타이밍을 감지했다.

완벽한 호흡이었다.

완벽했다고 생각했다.

뛰어내릴 때만 해도.

둘의 마음은 같았고, 나는 연희와 함께라면 지옥이라도 괜찮았다.

차갑고 어두운 바닷속이 지옥보다 더 끔찍한 곳이라도 상관없어야 했다.

차가운 바다가 못 견딜 정도로 끔찍했던 것일까.

살아서 병원에 누워있을 때의 내 심정은 그야말로 지옥이었다. 나는 그것이 지옥이라고 생각했다. 경찰 조사를 받았고 자살방조죄가 한동안 세상의 유행어가 될 정도로 난 유명해졌다. 신문마다 기사가 나고 세상은 날 비겁하다고 손가락질을 했다.

그 생지옥 속에서도 난 연희를 따라가지 않았다. 의지를 상실했다. 살려는 의욕도 없었지만 죽으려는 노력조차 하기 싫었다. 나는 그저 부모가 하는 대로 떠밀려 다녔다.

연희 어머니의 통곡 소리는 아직도 생생히 기억한다. 입원실 문 밖에서 통곡을 했다. 물론 병문안을 온 건 아니었다. 자식을 앞세운 마당에, 더구나 그 자식을 죽게 한 놈이 고울 리가 없었다. 그저 무엇인가를 확인하고 싶었을 것이다. 아니면 믿고 싶지 않았을 것이다. 믿을 수가 없었을 것이다.

"아이고 이럴 줄 알았으면 그냥 살게 할 걸. 목숨보다 중한 게 어디 있다고. 연희야─, 이 나쁜 것아─."

하며 울었다.

우리 집은 나 때문에 이사를 했다.

식구들은 동네를 다닐 수가 없었다. 모두 죄인이 되었다. 나는 휴학계를 냈고 얼굴을 아는 사람들이 없는 곳으로 이사를 갔다. 신문이나 텔레비전엔 얼굴이 나가지 않았기 때문에 스스로 밝히지 않으면 내가 '바로 그놈' 인 줄 몰랐다.

하지만 그 사건을 기억하고 있는 사람은 내가 죽을 때까지도 남아 있을 것이다. 그 시절 신문을 보고 뉴스를 봤던 사람들 기억 속에 '사건'은 살아 있을 것이다. 그 기억이 언제 그들의 밖으로 툭 튀어나올지는 아무도 모른다. 그들이 살아있는 동안은 결코 완벽하게 묻을 수 없다는 건 잘 알고 있었다.

나는 길을 가다 낯선 사람이랑 눈만 마주쳐도 '혹시' 하고 움찔했다.

나를 아는 사람이 아니면 내가 그 사건의 주인공이라는 걸 알지 못한다. 그러니까 내가 아는 사람이라야 나와 사건을 결합시킬 수 있다는 걸 알면서도 난 움찔했다. 난 죄인이었다. 그게 죄인의 굴레다.

한 순간도 거기에서 벗어난 적이 없었다. 이사를 하고 세월이 흐르고 샌드위치 가게를 열고 결혼을 하고 아이를 낳아 기르는 동안, 한 순간도 연희에게서 벗어나지 못했다.

차라리 연희가 다른 이유로 죽었다면 적어도 놓여나는 순간은 있었을 것이다. 잊어버리는 순간도 있고 잊혀지는 날이 왔을지도 모른다. 연희는 정말 물귀신이 되어 내 어깨에 매달려 있었다.

연희의 혼이 찢기고 흩어져 구천을 떠돈다면 내 영혼도 마땅히 그렇게 되어야 한다. 파렴치한 내 영혼이 구제될 필요는 없다.

연희를 따라 가지 못했기 때문에 내 죄는 두 배 세 배로 늘어났다. 결혼을 하지 말았어야 했다. 나는 결단코 어머니 말을 듣지 않았어야 했다. 결혼을 하고 애를 낳고 살면 다 잊혀진다는 어머니의 속삭임에 넘어가지 말았어야 했다.

결코 용서받을 수 없는 죄를 안고도 나는 행복하고 싶었다.

마음 한 구석에 뱀처럼 똬리를 틀고 있던 인간의 근원적인 욕망, 행복하고 싶다는 욕망이 한 순간 자제심을 흩어버렸다.

그때 나는 밤마다 검은 구덩이로 뛰어드는 악몽에 시달렸다. 끝도 없는 어둠 속으로 떨어지는 순간 몸을 떨며 잠에서 깨어났다. 잠을 잘 수가 없었다. 모순되게도 잠을 잘 수 없는 고통 속에서 가장 살고 싶었다. 편안하고 행복할 때 삶에 대한 욕구가 치솟는 게 아니라 죽을 것 같은, 생명이 위협받는 고통 속에서 삶의 욕구가 더 강해졌다.

너무 괴로워서 연희에 대한 죄책감이 흐려져 버렸는지도 모른다. 생각을 하고 결단을 내릴 의지조차 없었는지도 모른다.

어머니는 지치지도 않고 나를 달랬다. 끝없이 달래는 어머니의 속삭임에 나는 요람에 담긴 아기처럼 방긋, 하고 웃게까지 되었다. 부드러운 속삭임에 차차 친숙해지고 보살피는 손길에 길이 들었다. 무조건 모든 걸 맡기는 아이처럼 드디어 어머니의 손길에 순순히 이끌려갔다.

아내는 나의 과거를 전혀 모른다.

다행히 아직까지도 들키지 않았다. 나를 위해서가 아니라 아내를 위해서 진정 그녀가 끝까지 모르기를 바란다. 비겁한 남편에 대한 모멸감에 아내의 영혼까지 괴롭게 되는 걸 바라지 않는다.

내 과거를 모르고 있는 아내는 행복하다. 그 행복이 수렁 위에 깔린 마른자리라는 걸 모른다. 아내의 행복이 커질수록 내 수렁은 점점 깊어지고 넓어진다.

아내는 내가 여자보다 더 섬세한 감수성을 가진 남자라고 생각한다. 그리고 감동한다.

나는 아내를 안을 때마다 운다. 아무리 노력해도 고쳐지지 않는다. 한 번은 너무 참다가 결국 통곡을 해버린 적이 있다. 그냥 눈물만 흘리는 정도를 넘어 참았던 눈물과 함께 감정이 터지면서 통곡이 돼버렸다. 아무 변명도 하지 않았지만 아내는 자기를 너무 사랑하는 섬세한 남편의 어쩔 수 없는 감정의 폭발이라고 믿었다. 내가 무안할까봐 물어보지도 않았고 등만 토닥거려 주었고 아무에게도 말하지 않았다.

아아! 생각만 해도 끔찍하다.

만약 아내가 내 눈물의 진실을 알아버린다면.

나는 아내를 안을 때마다 연희를 안는다. 아무리 생각을 고쳐먹으려고 해도 되지 않았다. 첫날밤부터 그랬다.

아내는 예쁘고 상냥하고 착한 여자였다. 혼담이 오가고 결혼 날짜가 잡히고 결혼식을 하면서 난 연희를 잊어가고 있었다. 아니 그런 줄 알았다. 꿈에 연희가 아니라 아내가 나타나기도 했다.

드디어 정신없는 결혼식이 끝나고 둘만의 신혼여행.

나는 가증스럽게도 행복했다. 그리고 아내를 보면서 행복한 미래를 꿈꾸었다. 아내의 옷을 벗길 때만 해도 나는 행복하고 평범한 신랑이었다. 손끝이 떨리었다. 가슴이 심하게 뛰었고 마음이 급해졌다. 아내의 어깨가 드러나자 그녀를 안았고 맨살의 감촉이 손바닥 가득 느껴지는 순간 나는 연희를 안고 있었다. 처음엔 느끼지도 못했다. 아내가 연희로 바뀌었다는 걸.

나는 15년 전으로 돌아가 있었던 것이다. 그리고 15년 만에 연희를 다시 안았다. 하마터면 연희야! 하고 부를 뻔했다. 입이 벌어지려는 순간 정신이 돌아왔다. 아내는 침대에 얌전히 누워 있었다. 잠옷이 아직 허리께에 걸쳐진 채.

한숨 같은 숨이 터져 나왔다. 머리를 흔들었다. 연희를 떨쳐버려야 했다. 눈을 감고 있는 아내의 이마에 입을 맞추며 다시 아내를 안았다. 아내가 팔을 돌려 등을 안았고 연희가 뱀처럼 나를 휘감아왔다. 나는 눈을 감아버렸다. 연희와의 마지막 밤이 15년의 세월을 건너뛰어 왔다. 연희는 울면서 내게 매달렸다. 나는 살뜰하고 격렬하게 연희를 다시 안았다. 하나도 잊혀지지 않았다. 그녀와 하던 손장난, 동작, 매끄러운 살의 감촉, 감정이 북받쳤다. 그것이 슬픔이었는지, 기쁨이었는지, 그리움이었는지는 아직도 잘 모르겠다. 나는 그냥 격렬한 감정에 떠밀려 눈물을 흘리고 말았다. 내 눈물에 아내는 좀 놀라는 것 같았지만 아는 척하지 않았다.

첫날밤에 눈물을 흘리는 여자들이 있는 것처럼 나는 그런 남자이겠거니, 여자처럼 섬세한 남자구나. 그리고 그 눈물은 자기에 대한 사랑의 깊이라고 믿었으리라. 좋을 대로 생각했으리라. 착한 아내는 그렇게 좋은 쪽으로 생각했으리라.

* * *

내 미래는 어떤 모습일까.

어떻게 살아가게 될까.

죄는 얼마나 더 커질까.

아내는 언제까지 거짓 속에서 행복할까.

진실이 밝혀진다면 나와 아내는 어떻게 될까.

또 우리의 딸, 민희는 어떻게 될까. 아버지의 진실을 알게 될까. 알게 될 운명을 가졌다면 그 아이의 미래는 어떤 모습일까. 아버지의 진실이 어떤 상처가 될까. 그 상처가 삶을 송두리째 뒤흔들진 말아야 하는데. 그렇게 되게 할 순 없는데. 그럴 수는 없는데.

내 죄는 날마다 커지고 있다.

샌드위치를 만들어내는 것만큼 날마다 쌓이고 있다.

어린 딸을 보며 종종 낙태된 아기를 생각한다.

내 머리 속에는 늘 연희와 아내와 민희와 태아가 뒤섞여 있다.

아내에 대한 사랑이, 아내를 보는 눈길이 순수했던 적이 없다. 민희에 대한 사랑이, 민희를 보는 눈길이 순수했던 적도 없다. 내 마음은 늘 반쯤 뜯겨버린 빵이다.

누구에게도 온전히 성실할 수 없다.

누구에게도 떳떳하지 못하다.

나는 그들 모두에게 날마다 죄를 짓고 있다.

결혼을 하지 말았어야 했다.

더 이상 인연을 짓지 말았어야 했다.

잊혀진다고 없어지는 것이 아니다.

잊혀진다는 어머니의 말을 듣지 않았어야 했다.

연희를 잊을 수 있는지는 몰라도 죄는 없어지지 않는다.

그 일은 생생하게 존재한다.

우주는 똑똑히 기억하고 있다.

단단한 에너지의 결합체인 생명. 그리고 강제로 분해시킨 에너지의 억지 분열을, 비명을 우주는 똑똑히 기억하고 있다. 연희의 비명은 우주의 기운 속에 각인되어 있다가 언제라도 보란 듯이 진동을 일으킨다. 나는 그 견디기 힘든 진동 하나만으로 끝냈어야 했다. 또 다른 비명을 만들면 안 되었다. 아내와 딸은 비명으로 흩어져서는 안 된다.

그들의 영혼은 목숨을 걸고서라도 지켜야 한다. 지켜야 한다, 고 마음은 피를 쏟지만 내겐 힘이 없다. 거대한 에너지의 흐름을 막을 힘이 없다. 나조차 거미줄에 걸린 가여운 곤충처럼 그저 버둥댈 뿐이다.

버둥댈 뿐이다.

혼신의 힘을 다해 버둥댈 뿐이다.

행여 줄이 끊어져 훨훨 날아가게 되기를,

염원을 하며 버둥댈 뿐이다.

제4곡 그녀의 집, 그리고

사람을 알아가는 데 시간이 그다지 중요한 것이 아닌지 모른다.
사람을 사랑하는 데 시간이 그다지 중요한 것이 아닌지 모른다.

　사랑을 하게 되는 데 일정한 시간이, '얼마만큼' 이라는 절대적인 시간이 필요할까. 그렇다면 사랑은 이 생에서의 인연만으론 이루어지지 않는 게 분명하다. 그러니까 보자마자 사랑에 빠진다는 건 거짓말이다. 그들이 세세생생 만나고 또 만나 충분히 알고 이해해왔던 생이 분명히 있었다. 많은 시간이 필요 없는 그들의 밀착력과 공감이 바로 그 증거이다. 사람들이 '운명' 이라고 말하는 속엔 바로 그런 진실이 숨어 있는 게 아닐까.

사문은 지섭을 안으면서 그런 생각을 했다.

기껏 뺨에 살짝 뽀뽀만 당해봤다. 당해봤다, 는 말에서 짐작하겠지만 뺨에 한 지섭의 뽀뽀조차도 그녀의 뜻은 작용하지 않았다. 기분이 상했던 건 결코 아니지만, 그만큼 서로에게 익숙하지 않았다는 뜻이다. 깊은 포옹도 해 보지 않은 남자다. 더구나 자랑은 아니지만 아직 한 번도 연애다운 연애를 해본 적도 없는 사문이다. 그런데 사귀고 있다고 할 수도 없는 남자를, 전화나 주고받고 얼굴이나 보고 밥 먹고 차나 마셨던 게 다였던 그를, 깊이 안고 있다.

도대체 마음으로 한 사랑은 사랑이 아니냐고 한다면 할 말은 없다. 그렇지만 몸도 익숙해지는 덴 시간이 필요하지 않는가 말이다. 마음으로 모든 사랑이 깊어지고 익어간다면 짝사랑은 어떻게 설명해야 될까. 몇 년을 가슴에만 담고 사랑을 했대도 만나자마자 몸이 따라가는 건 아니지 않는가. 그건 또 다른 문제인 것이다. 직접 만나면 아주 달라 보일 수도 있다. 몹시 낯설어 보일 수도 있고 한순간에 마음이 닫힐 수도 있다.

이렇게 항변하는 그녀가 그를 집에다 데려다 놓고 더구나 잠자리를 제공하고 거기에다 동침이라니.

분명히 미쳤다.

'운명'이라고 말해 버리지 않는다면 사문은 지금 미친 것이다.

지섭이 막무가내로 밀고 들어온 것도 아니다. 아니 자고 가야 할 이유도 없었다. 지섭이 돌아갈 길이 가로등도 없는 위험한 오지도 아니고 밤을 새워 달려가야 할 정도로 먼 곳도 아니다. 더구나 그가 가능성의 소망을 내비친 것도 아니다. 속으로 꿈을 꾸고 있었는지는 모르겠지만.

그의 마음을 알고 싶다.

그는 그런 꿈에 젖어 있었을까. 간절한 소망에 빠져 있었던 것일까.
간절한 소망을 내가 느낀 걸까. 그 소망이 마음에서 마음으로 전해진
것일까. 사문은 지섭의 마음을 몸에서 찾으려는 듯이 그를 안았다.

* * *

카레라이스가 간단하고 빠르다.

무엇보다 그게 제일 자신 있었다. 특별한 솜씨가 없어도 카레가 알아
서 맛을 내주니까. 특별히 카레 향을 싫어하는 사람이 아니라면 냄새
도 그럴듯하다. 음식을 하면서 냄새를 뽑느라 기를 쓰지 않아도 되고
다른 반찬이 없어도 무방하다. 먹고 난 뒤의 분위기까지 고려한다면
이것보다 괜찮은 선택도 없다. 아무리 맛있어도 생선이나 찌개는 식사
후의 분위기까지 맛있게 만들진 않는다. 배가 부르고 나면 이상하게도
거북한 냄새로 변해버린다.

사문은 때마침 떠오른 선택에 지나치게 만족하고 있다. 사실은 다른
걸 할 엄두도 나지 않고 솜씨도 되지 않는 자신을 합리화하는 중이다.

요리엔 자신이 없지만 나가서 사먹을 형편이 아니라서 할 수 없었다.

감자와 양파가 들어있는 묵직한 봉지를 들고 아파트 단지 내로 들어
서는데 기쁨이 몰려왔다. 누군가에게 먹을거리를 만들어 준다는 것이
가슴을 벅차게 했다. 정확하게 말하면 누군가가 아니라 바로 지섭이기
때문이다. 사문은 답을 알면서도 굳이 답을 고치려 들지 않는다. 괜히

갓길을 빙빙 돈다.

가슴까지 벅찰 일인가? 내 속에 현모양처의 피가 흐르나? 그런 생각을 하며 혼자 웃었다. 지나가던 사람이 있었다면 아마 힐끔거렸을 것이다. 혹시? 하면서.

세상에 큰소리칠 일이 있기나 할까. 혼자 사는 집에 남자를 초대했다. 더구나 식사를 준비한다? 이런 사태가 벌어지기 전에 혹시 누군가 물었다면 이렇게 장담하지 않았을까. 혼자 사는 집에 미쳤니? 절대 그럴 일 없다, 고.

남자를 위해, 아 맞다. 아버지는 빼고. 반찬거리를 사는 건 처음이다. 당연히 요리를 하는 것도 처음이다. 카레를 요리에 넣어준다면. 아니지, 카레도 분명히 요리다. 학교 다닐 때 그렇게 배웠다. 카레라이스는 일품요리라고.

요리를 한다? 누군가를 위해? 소원해보지 않았던 일이다. 아니 상상해보지 않았던 일인가? 그런데 기쁘다. 흥분되기까지 한다. 참 별일도 다 있다. 흥분이라니. 요리가 무슨 청룡 열차라도 된다는 말인가. 상사문, 정신 차리자. 정신을 차리다니, 내가 언제 정신을 잃기라도 했단 말이냐? 아님 말고.

혼자 하는 연기에 푹 빠져 웃고 찡그리며 수위실을 지나 엘리베이터 앞에 선다. 그러느라 수위 아저씨가 인사하는 것도 보지 못한다.

집에 누군가가 있다. 나를 기다리고 있다. 나쁘지는 않다.

독립한 지 어언 6년이다. 그동안 외로웠냐고? 한 마디로 대답하자면 '노' 다. 그런 생각한 적 없다.

선생 노릇은 생각보다 중노동이다.

천진한 학생들 앞에서 책을 들고 가르침을 펴는 우아한 모습. 천사처럼 선생을 바라보는 학생들, 을 떠올리며 교사를 꿈꾸는 지망생이 있다면 알려주고 싶다. 재를 뿌리는 것이 아니라 올바른 정보를 주는 것이다. 어떤 일에든 실상을 정확히 알고 각오를 한 후 덤벼야 성공할 확률이 높은 것 아닌가. 어차피 직업으로 택해야 한다면 잘 알고 덤벼야 한다는 뜻이다. 보람? 물론 있다. 특히 다른 직업보다 그 면에선 할 말이 많다. 모든 직업엔 빛과 그림자가 있겠지만 교사라는 직업의 빛은 좀 특별하다. 미래와 가능성만 가진 사람을 상대한다는 것. 그 무한한 가능성이 특별한 빛이 아닐 수 없다. 그들이 내는 빛이 가끔 너무나 가슴을 뜨겁게 하기도 한다. 어떤 직업보다 벅차고도 뜨거운 보람을 주는 건 사실이다.

하지만 사람들이 직업을 포기할 땐 빛 때문이 아니라 그림자 때문에 포기하는 것 아닌가. 그러니까 힘든 점도 당연히 고려 사항에 넣어야 한다는 뜻이다.

기본으로 선생은 몇 시간을 큰 소리로 떠들어야 하는 수업이 있다. 에너지 소비가 엄청나다. 이해가 안 되면 큰 소리로 딱 10분만 연설해 보라. 그러면 즉각 감이 올 것이다. 먼저 목젖이 뻣뻣해지며 나이가 좀 있으신 분들은 입술가로 거품도 일 것이다. 힘을 주느라 발음이나 안 꼬이면 그나마 다행이고. 이런 시간을 배에 힘을 주어가며 몇 시간이나 견뎌야 하는 게 수업이다. 우아한 모습을 유지하기란 참으로 힘들다.

그런데 어디 선생이 수업만 하는가. 어떤 날은 수업 시간이 차라리

한 숨 돌릴 시간이 될 만큼 정신없는 날도 있다. 얘들아! 1분만 숨 좀 돌리고 시작하자, 하면서.

잡무라고 불리는 일들이 사람 제대로 잡는다. 말이 잡무지 일거리가 수업을 능가할 때가 많다. 잡무는 계획을 세워 차근히 할 수 있는 일들이 아니다. 교육청 요청에 날짜 맞춰 조사하거나 만들어 보내줘야 하는 것도 있고 온갖 단체에서 보내는 행사 참여 협조 공문들. 글짓기를 지어 보내라, 표어·포스터를 뽑아 달라, 독서 감상문 대회, 시 낭송회에 학생을 보내 달라, 등등.

수업 비는 시간에 천천히 하면 되지 않느냐고. 그럴 수만 있다면 장광설을 왜 늘어놓겠는가. 비는 시간이 사실 얼마 되지 않는데다가 모든 공문은 마감 날짜가 있고 한꺼번에 몰릴 때가 많다는 것. 더구나 공문이 절대적으로 많다는 데 문제가 있다. 교재를 들고 앉아 있는 시간보다 공문 들여다보는 시간이 훨씬 많으니까.

불시에 일어나는 안전사고가 없으면 그나마 다행이다. 학생들은 날개 달린 천사가 아니다. 소리 없이 조용하게 살지 않는다. 또래 수백 명이 같이 생활하는 데가 학교다. 어찌 장난이 없고 싸움이 없고 사고가 없겠는가. 다친 학생 데리고 병원에라도 한 탕 뛰어야 되는 날은 그야말로 제삿날이다.

결론적으로 말해서 퇴근할 땐 파김치가 된다는 말이다.

외롭니, 어쩌니, 뭘 할까, 를 한가롭게 생각할 기운이 남아 있지 않다. 그저 빨리 집에 가서 편한 옷 입고 좀 눕자. 그 생각뿐이다.

가끔은 물론 결혼? 생각할 때도 있다. 하지만 곧 머리를 가로 흔든다.

결혼해서 애 있는 선생들은 어찌 하는고. 그냥 쓰러지고 싶어도 애들

밥은 해 줘야 할 테고, 시집과 얽힌 행사가 있는 날도 있을 것이다. '피곤함'을 제사나 어른 생일의 불참 이유로 점잖게 이해해 줄 집이 얼마나 되겠는가. 그녀들은 생활을 자기 컨디션에 맞출 수는 없을 것이다.

생각만 해도 괴로운지고. 결혼! 오 마이 갓, 하면서 혼자만의 집에 들어선다. 그리고 조용히 홀로 그녀를 기다리고 있는 적막에 오히려 감사한다.

그렇게 생각하고 살아왔으니 지금의 이 들뜬 묘한 기분은 사문에겐 완전 신세계 발견이다. 이런 기분을 상상해본 적은 없다. 왜 생각해보지 않았을까. 왜 괴로운 것만 상상했을까. 내가 그렇게 염세적인 사람이었던가? 주변에 감동을 줄 만한 훌륭한 결혼 모델이 없었던 것인가. 아님 행복한 것보다 고통을 더 오래 기억하는 질 나쁜 뇌를 가졌는가.

그러나 신세계에 마음이 뺏긴 사문의 반성은 거기서 끝난다. 혼자 생각하고 혼자 대답하는, 혼자 놀기의 달인인 그녀. 한 번 시작하면 한 두 시간은 거뜬하게 같은 생각 속에 빠져버리던 놀이가 그만 끝나 버린다. 몹시 들떠있는 감정이 한 생각에만 골몰하도록 버려두지 않는다. 드문 일이긴 하지만 그녀는 그걸 깨닫지도 못한다. 평상심을 떠난 들뜬 기분은 들뜬 상상 속으로 그녀를 몰아간다.

감정이나 기분을 상점에서 사 올 수 있다면 재미있을 것 같다. 처음 느끼는 이런 기분이 묘하지만 신선하고 즐겁다. 살 수 있는 거라면 자주 사서 애용하고 싶다.

기분을 상점에서 산다? 아주머니, '애정' 1킬로그램만 주세요. '짜릿함'도 좀 주시구요. 혹, '기분 신상품' 나온 건 없나요? '행복한' 상품 나오면 꼭 알려주세요.

참 쓸데없는 생각이다. 인정한다. 그렇지만 생각만으로도 재미있다.
사문은 혼자 생각에 낄낄거리며 현관에 키를 꽂는다.

키를 돌리기도 전에 문이 덜컥, 하고 안에서 열린다. 누가 열고 있는
지 번연히 알면서도 순간 깜짝 놀란다.
"어서 오세요, 선생님."
지섭이 조금 연 문틈으로 얼굴을 내밀고 장난스럽게 웃는다. 반갑다!
사문의 가슴이 그렇게 말한다.
"잠이나 자고 있을 줄 알았는데."
"잠도 잤죠."
지섭이 현관으로 들어서는 사문의 손에 들려있는 검은 비닐봉지를
받아든다.
"이게 뭐예요?"
"감자랑 양파."
대답하는데 갑자기 볼이 화끈거린다. 조금 전까진 분명 즐거웠다.
누굴 위해 밥을 하려고 장을 보았다는 것이. 근데 지금은 부끄러운, 아
니 부끄럽다기보다 괜한 짓을 하고 있다는 마음이 드는 것은 무슨 조화
속인지. 하여튼 마음이 복잡하다. 문 하나를 사이에 두고, 방금 전 문
밖의 기분과는 너무 다르다.
'뭐야, 돈을 제대로 주고 산 상품이 아니었나. 그 묘한 즐거움은 어
디로 가버린 거지. 벌써 유효 시간이 끝났단 말인가.'
사문은 자기 안에 있는 또 다른 자신과 입씨름을 한다. 혼자 오래 살
다보니 생긴 버릇인가 보다. 대화보다 혼잣말에 더 익숙하다니.

"혹시 저 저녁 해주시려는 건 아니겠죠?"

지섭이 봉지를 열어 그 속을 들여다보며 웃던 얼굴 그대로 사문을 본다. 활짝 웃는다. 눈가에 주름이 잡힐 만큼. 그 웃음을 보는 순간 마음이 또 바뀐다. 상품의 효능이 돌아온다. 아직 유효 시간이 남았나 보다. 행복하기까지 하다.

맛있게 해줘야지.

"굶겨 보낼 순 없잖아요. 그렇다고 나가서 사먹을 형편도 아니고. 기대는 하지 마세요. 그저 카레라이스일 뿐이니까."

"와―."

지섭은 더 이상 말을 잇지 못한다. 오래 있을 수 있겠구나, 그 생각이 제일 먼저 났다.

사실 하루 종일 그녀를 기다리면서 퇴근 시간이 다가오는 게 좋지만은 않았다. 그녀가 올 시간이 다가온다는 것은 그가 집으로 가야 할 시간이 다가온다는 뜻이기도 했다. 늦게까지 있을 수는 없었다. 혼자 사는 집이고 더구나 어쩔 수 없는 상황이어서 그렇지 집으로 들어오게 한 것도 놀랍고 고마웠다. 그 정도에서 만족해야지 하며 억지로 마음을 접어놓았다. 포기하는 연습을 했다. 저녁을 먹게 된다고 해도 간단한 배달 음식이 되겠지. 너무 늦기 전에 가는 게 당연했다. 상황이 당연하다고 마음도 당연히 따라주는 건 아니지만.

하여튼 그랬는데, 저녁을 해 준다니 이런 보너스가 기다리고 있을 줄이야. 소리 지르며 춤이라도 추고 싶은 심정이었지만 지섭은 감탄사로 기쁨을 마무리한다. 점잖게.

아직은 경거망동할 때가 아니다. 사문은 가벼운 남자를 싫어할 지도 모른다. 여자의 마음을 들여다보는 건 정말 어렵다. 선생님들은 어떤 타입의 남자를 좋아할까. 지섭은 좀 까불고 싶은 걸 꾹 참는다. 꼭 선생님 마음에 드는 남자가 되어야 한다.

* * *

맹세컨대 정말 그럴 생각은 아니었다.

아, 물론 마음이 없었다면 거짓말이다. 좋아하는 여자한테 욕망을 느끼지 않는 남자는 있을 수도 없지 않는가. 더구나 같은 공간에 둘만 있었다. 없던 마음까지 불러일으킬 수 있는 상황이 아닌가. 하지만 난 진짜 그녀를 사랑했고 그녀와 영원히 함께 하고 싶은 남자였다. 그녀의 마음을 얻고 싶은 남자였다. 순간의 욕망으로 일을 그르칠 정도로 생각이 모자라는 인간도 아니거니와 아직 그런 적도 없었다. 충동에 말려 이성을 잃어버리는 행위 같은 건.

불타는 가슴을 누르고 밟으며 애를 태웠던 건 인정한다. 그러나 터뜨리지 않아야 한다는 굳은 마음으로 앉아 있었다는 건 정말이다.

향기로운 카레라이스를 먹고, 카레 냄새가 정말 향기로웠다. 음식 냄새가 향기로울 수 있구나, 지섭은 그런 생각을 하며 저녁을 먹었다. 밥을 먹은 게 아니라 꽃을 씹어 먹은 것 같은 저녁을 끝내고 소파에 앉았다.

의자가 둘밖에 없는 식탁에 앉아 저녁을 먹었다. 식탁은 작았고 고개를 조금만 기울여도 그녀의 머리가 닿을 만큼 가까웠다. 신혼집 가구는 작아야겠구나, 그런 생각을 하며 그녀 몰래 조금 웃었다. 이대로 결

혼을 해버린다면 얼마나 좋을까. 이게 신혼이라면. 그런 생각을 하다
혼자 놀라 굵은 감자를 씹지도 않고 삼켰다. 식도가 아파 눈물까지 조
금 났지만 지섭은 또 밥을 퍼 넣었다. 밥을 먹는 동안 그녀는 거의 말이
없었다. 지섭도 말이 자꾸 밥과 함께 삼켜졌다. 알아들을 수 없는 노래
와 수저 달그락거리는 소리만 났다. 노래의 주인공은 장국영이었다.
그녀 때문에 그의 노래를 알게 되었지만 그때까지만 해도 〈영웅본색〉
이란 영화 주제가 외엔 들어본 적이 없었다. 아니 가수라는 것도 몰랐
다. 식탁에 앉기 전에 그녀가 음악을 켰다. 노래 들으며 밥 먹는 것 괜
찮죠? 하면서. 영어도 우리말도 아닌 노랫말이 생소해서 그녀를 보자,
장국영이에요. 했다.

　그녀는 말이 없었고 노래를 들을 수밖에 없었다. 목소리가 참 부드럽
구나, 그런 생각을 했던 기억이 아직도 있다.

　사문은 커피를 끓여갈 테니 소파에 가 있으라고 했다. 지섭은 말 잘
듣는 아이처럼 네, 하고는 거실로 나갔다.
　거실로 커피향이 흘러나왔다. 향기로웠다.
　이 집에선 모든 것이 향기롭구나.
　향기가 좁은 거실을 휘젓고 사문의 방문 앞에 머물렀다. 사문의 방.
문은 굳게 닫혀있다. 그렇지만 지섭은 그 방 안이 궁금하지 않다. 즐겁
게 떠올리기만 하면 된다. 비밀을 알아버린 방. 사문은 몰래 본 걸 눈
치를 채게 될까. 내가 그 비밀을 말해버리는 날이 올까. 그녀는 퇴근해
서 아직 자기 방에 들어가지 않았다. 옷 방에 가서 옷을 갈아입고 바로
부엌으로 갔다.

지섭은 사문의 방을 떠올린다. 한참 동안 서성거리며 머물렀던 공간. 행복에 겨워 마구 웃었던 바로 그 방. 그 방의 주인은 오늘 지섭을 위해 카레라이스를 해주었다. 그리고 지금은 커피를 만들고 있다. 향기로운 커피를.

그 새 노래에 익숙해진다. 노랫말보다 음에 귀가 쏠린다. 가사를 알아먹지 못해도 즐기는 데 큰 지장이 없는 게 노래인 건 분명하다.

사문이 커피 두 잔을 탁자 위에 올려놓았다. 그리고 0.1초쯤 머뭇거렸다. 분명 머뭇거렸다. 아주 짧은 순간이었지만 사문은 머뭇거렸다. 어쩌면 지섭은 머뭇, 하는 사문의 마음을 보았는지도 모른다. 겉으로 보기엔 커피를 탁자 위에 놓고 바로 소파에 앉았다.

소파는 2인용이지만 두 사람이 앉으면 서로 어깨가 닿을 수밖에 없을 만큼 앙증맞다. 신혼부부 방에나 놓으면 딱 좋을 소파다. 혼자 앉거나 다정한 신혼부부가 앉기엔 문제가 없겠지만 아니라면 유죄의 소파다.

어쨌든 사문은 지섭의 옆에 앉았고 지섭이 약간 엉덩이를 들어 옆으로 물러나 앉았지만 두 사람은 아주 다정한 사이가 되어버렸다. 짜릿한 긴장. 사문에게서 망설임이 느껴졌다.

"연하게 뽑았어요."

사문은 예사로 말하려고 했지만 목소리가 약간 들떠 나온다.

침착하자. 지섭이 눈치 채진 않았겠지.

그러지 않으려 해도 자꾸 신경이 쓰인다. 체온까지 느껴지게 닿아있는데 신경이 안 쓰인다면 이상하겠지만.

근데 싫지가 않다. 아니 솔직히 말하면 감미롭다. 이 위태위태한 상황을 이렇게 표현하는 게 맞는지 모르겠지만. 이상하게 몸에 힘이 빠지면서 날카로움이 마비되는 듯한 나른함. 그 나른함이 감미롭게 느껴진다.

사문은 감정을 들키기 싫어 커피잔을 든다. 한 모금 마신다. 커피를 마시면서도 지섭의 체온만 느낀다. 커피맛을 모른다. 맛도 모르고 습관처럼 또 한 모금 마신다.

커피가 체온을 올리나?

지섭은 덥다고 생각한다. 커피를 마시는 순간 갑자기 더워졌다.

둘은 커피만 마신다. 맛도 모르면서.

지섭의 마음은 몹시 허둥대고 있다. 커피가 흥분을 시키는 거라 생각한다. 카페인 작용이라고. 하지만 자기도 그건 믿지 않는다. 지섭은 바로 자기 전에 커피를 마셔도 아무 일 없다. 흥분은커녕 커피 때문에 잠을 못 잔다는 말은 더구나 이해할 수가 없다.

맛도 느끼지 못하는 커피를 다 마셔버렸다. 마음은 더 허둥댄다. 바쁜 일도 없고 할 일도 없는데 발이 달린 것 같이 마음이 뛰어다니고 있다. 발 달린 마음이 속도를 내고 심장이 쿵쿵 소리를 낸다. 심장 소리가 사문에게도 들릴 것 같다.

지섭은 심장을 진정시키려 애쓴다. 애쓸수록 더 쿵쿵거리고 귀까지 울린다. 귀로 소리가 터져 나올 것 같다.

무엇인가 터져 나오려는 순간 지섭은 팔을 돌려 사문을 안는다. 잠시 이성이 팔을 거두어들이라고 외쳤지만 이미 늦었다. 팔은 단단하게 사문의 어깨를 두르고 입술은 벌써 사문의 입술에 가 있었다.

미쳤구나!

지섭의 품 안에서 사문은 외친다.

사문은 지섭을 밀어내지 않는 자신에게 놀란다. 얼굴도 돌리지 않고 지섭을 받아들이고 있다. 두렵지도 않다. 아니 두렵다. 그런데 그 두려움이 황홀하다.

내가 이런 여자였나?

생면부지까지는 아니지만 낯선 남자다. 아직 데이트 같은 데이트도 해보지 않은 남자다. 이래도 되는 건가. 생각은 생각일 뿐, 팔을 돌려 지섭의 허리를 안는다. 팔에 가득 느껴지는 그의 부피와 체온. 아무 생각도 하기 싫었다. 그냥 하고 싶은 대로 두고 싶었다. 누가 물어도 이성적인 대답은 곤란하다. 합리적인 대답은 기대하지 마시라고 미리 말해두고 싶다.

운명이라 생각하기로 했다.

사문은 운명이라 생각했고 지섭은 인연이라 생각했다.

사문은 처음부터 지섭의 여자였다. 처음 보는 순간 알았다. 눈빛이 낯설지 않았다. 눈빛에서 아련한 기억을 보았다. 낯선 사람의 눈빛이 아니었다. 그녀의 가슴에 얼굴을 묻으며 지섭은 한숨을 쉬었다. 몹시 흥분하고 있는데도 마음이 턱, 놓였다. 해야 할 일을 드디어 해낸 듯한 안도감. 뼛속 가득 느껴지게 그녀를 안는데 눈물이 나도록 가슴도 아팠다. 감히 사랑한다, 는 말도 못하게 그녀를 사랑한다는 걸 느낀다. 이렇게 될 줄 알았다. 결국엔, 시간이 거꾸로 흐르더라도, 그의 여자가 그리고 그녀의 남자가 될 줄 알았다.

확신에 찬 지섭의 손길은 익숙하고 망설임이 없었다.

$$* \quad * \quad *$$

"지섭씨, 고기 그만 먹어."

"왜?"

갈비찜으로 젓가락을 가져가던 지섭이 의아한 눈길로 사문을 본다. 사문은 식탁에 마주 앉아 아까부터 지섭이 먹는 것만 지켜보고 있었다. 지섭과 식사 때를 맞추기 힘들어 사문은 먼저 먹어버렸다.

같이 먹는 때보다 혼자 먹을 때가 더 많다. 달랑 두 식구에 따로 먹게 되는 게 썰렁해 시간을 맞춰보려 애를 써 봤지만 포기하고 말았다. 위장만 극기훈련이지 소득이 없었다. 지섭의 불규칙한 귀가 시간을 맞추려 한 게 애당초 잘못이었다.

사문은 밥을 차려주곤 늘 지섭이 다 먹을 때까지 말동무를 하며 앉아 있었다. 오늘도 지섭은 사문의 호위를 당연히 여기며 식사 삼매에 빠졌다. 마음 놓고 좋아하는 갈비찜을 즐기고 있는 중이었다.

"나 또 죽일라고?"

"……."

사문이 턱에 손을 괸 채 피식, 하고 웃는다.

그런 의미였어?

의미를 알아챈 지섭의 얼굴이 붉어진다. 입 안엔 음식이 잔뜩 들어있다. 웃음을 참고 밥을 먼저 삼켜야 했다. 끅끅거리며 억지로 웃음을 참고 있던 지섭.

"푸하하."

밥알이 튀고 지섭은 터져나오는 웃음을 참지 못한다. 눈물까지 글썽

하다.

"아, 사문씨 정말. 으하하, 왜 그렇게 웃겨."

"왜 그렇게 좋아해? 남자들은 은근히 자기가 변강쇠이길 바라나 봐."

사문은 사방으로 튄 밥알과 웃는 지섭을 번갈아 바라본다. 웃는 지섭과 자기는 아무 상관도 없다는 듯이, 무심한 표정으로.

"웃기잖아."

지섭은 겨우 웃음을 멈추고 밥을 삼키며 눈물이 글썽한 눈가를 닦는다. 얼굴엔 아직도 들뜬 웃음이 가득하다.

사문은 지섭을 자주 박장대소하게 한다. 은근히 농담이 많은 여자였다. 농담을 던져놓곤 눈도 깜짝하지 않고 웃는 상대를 말갛게 쳐다보는 사문. 상대는 웃지도 않고 쳐다보는데 지섭은 왜 웃음이 더 나오는지 모르겠다.

"뭐야. 사문씨가 웃겨놓고. 밥 다 튀었잖아."

"그게 뭐 그렇게 웃을 일이라고. 그렇게 웃는 지섭씨가 이상한 거지."

결혼한 후로 둘은 서로 그렇게 불렀다. 사문씨, 지섭씨.

지섭만 호칭을 바꾼 셈이다. '선생님'에서 '사문씨'로. 지섭은 뭐라 불러도 상관없다 했지만 사문은 싫었다. 제자랑 사는 것도 아니고. 연인 같은 짜릿한 느낌도 없고. 지섭이 '사문씨'로 불러주는 게 좋았다. 사문은 지섭이 부르는 '사문씨'의 '씨' 속에 묘한 설렘을 느낀다.

"오해하지 마. 내가 체력이 없는 거지. 지섭씨가 변강쇠란 뜻은 아니니까."

결혼한 지 3년이 지났다.

이 정도면 신혼은 거의 끝난 거 아닌가? 그러나 지섭은 아직도 지칠 줄 모르는 신혼이다. 사실 사문은 아, 피곤해! 할 때가 종종 있다. 싫증이 난다. 열정이 떨어졌다, 의 차원이 아니라 정말 단순히 몸이 몹시 고단할 때가 있다는 뜻이다.

부부 사이의 일을 어디 함부로 물어볼 데도 없고 좋아죽겠단 지섭을 달래며 밀어내는 것도 쉽지 않다. 친구들 얘기 들어보면 내 푸념은 복에 겨운 소리다. 모든 남자가 지섭씨 같지는 않은 모양이다.

지섭은 그날, 운명의 날부터 지금까지 변함이 없다. 그런데 난 열정만큼 체력이 못 받쳐준다. 내가 옹녀만 돼준다면 서로 변함없는 건 마찬가진데 말이다.

남들이 입을 모아 행복한 여자라 하니 그 말은 고이 접수한다. 불행하다는 생각을 해보지 않은 건 사실이니까. 그것도 얄미운 말이다. 지섭이 들으면 섭섭해서 고기가 목에 넘어가지 않을지도 모른다. 솔직히 말하면 넘치게 사랑 받고 있다. 지섭은 푸근하고 관대하다. 볼수록 멋지고 겪을수록 성격도 좋다. 그렇다. 가장 흔하고 정직한 말로 해버리자. 그를 몹시 사랑하고 있다.

그날이 없었다면 어떻게 되었을까. 결혼을 하게 되었을까. 생각만 해도 아찔하다. 세상에 태어나서 가장 멋진 실수였다. 사문은 알고 있다. 그런 일이 없었다면 아직도 같은 정도의 관계만 유지되고 있을 게 분명하다. 아니면 서서히 멀어져 밋밋하게 끝이 나 버렸거나. 그와 남남이 된다고? 생각만으로도 머리끝이 선다. 미쳤다. 진짜 사랑도 소설

속에서처럼 하고 끝내려했다. 그렇게 되지 않은 건 하늘의 도움이었던
가. 어떻게 지섭을 안을 수 있었을까. 그날은 살짝 혼을 빼놓았던 걸까.

지섭을 안으면서 사문은 자신에게 미쳤다, 고 외쳤다. 그때 미치지
않았다면 지금은 정말 미쳐있을지 모른다.

지섭의 사랑은 겁이 날 정도였다.

그날, 그녀의 집에서 그녀의 마음을 알았다. 사랑에 확신을 얻은 지
섭. 표현과 행동에 거리낌이 없어진 엄청난 사랑. 그걸 어떻게 다 숨기
고 있었을까. 너무 엄청나 받아들이면 안 될 것 같은, 황송할 정도여서
마치 내 것이 아닌 것 같았다.

지섭과 사문 앞에는 잉꼬부부란 수식이 붙어있다. 잉꼬부부 김지섭,
강사문. 지섭은 그 수식어에 매우 흐뭇해한다.

잉꼬란 말이 공공연하게 쓰이게 된 계기가 있긴 하다.

여행지에서 찍힌 사진 한 장이 인터넷에 떠돌면서부터이다.

둘이서만 미얀마 여행을 갔다. 거기에서 찍힌 사진 때문이다.

국내에선 마음 놓고 길거리를 다니기도 힘들었다. 그러니 여행은 더
말할 것도 없다. 꼭 둘이서만 마음 놓고 느긋하게 여행을 해보고 싶었
다. 사문과 지섭은 신혼여행도 못 갔다. 시간 날 때 길게 가자 약속하
고 포기했다. 결혼할 땐 지섭의 일정이 너무 빽빽했다.

사실 사문은 결혼을 천천히 하자고 했다. 그때, 지섭은 너무 바빴고
보기에 안쓰러웠다. 그렇게 무리하게 결혼 일정을 잡을 이유가 하나도
없었다. 사문 생각엔 그랬다. 너무 무리하는 것 아니에요? 천천히 하는
게 어때요? 사문은 진정 지섭의 여건과 건강만 생각해서 한 말이었다.

하지만 지섭이 다른 걸 못했으면 못했지 결혼은 못 미룬다고 펄쩍 뛰었다. 먹던 과자를 뺏긴 아이 같이 막무가내라 사문은 더 말을 하지 않았다. 그에겐 어떤 이유도 결혼을 미룰 이유가 될 수는 없어 보였다.

지섭의 소원대로 결혼식은 예정대로 진행되었고 새신랑 지섭은 결혼식 다음날 촬영장에 있었다. 촬영장 나가면서 비로소 정신이 들었는지 몹시 미안해했다. 사문은 첫날부터 소박맞은 신부처럼 혼자 덩그러니 신혼집에 있어야 했다. 몹시 바쁜 신랑은 나중에 아주 멋진 신혼여행을 다녀오자고 날마다 사문 앞에서 다짐했다. 물론 사문이 화를 낸 것도 투덜거린 것도 아니다. 결혼을 막무가내로 서두른 게 걸렸기 때문이다. 하루라도 빨리 사문을 옆에 두고 싶었던 욕심 때문이었다고 나중에야 밝혔다.

바쁜 일이 끝나고 드디어 고대하던 여행을 가게 되었다. 결혼한 지 일곱 달이 지났을 때였다. 둘은 머리를 맞대고 여행지를 골랐다. 첫째 조건이 우리나라 사람이 많이 가지 않는 곳이라야 했고, 그 다음은 유명한 여행지가 아니어야 했다.

어려웠다. 시간을 빼는 것보다 여행지 선택이 더 어렵다며 웃었다. 우리나라 사람이 가지 않는 곳은 없었다. 그리고 유명한 여행지가 아니면 개인으로 가기가 매우 곤란한 곳이었다. 조용할지는 몰라도 안전하진 않았고 편안할 진 몰라도 번잡함을 피할 순 없었다. 지섭도 사문도 저돌적인 사람들이 아니었다. 그것도 선택에 큰 걸림돌이었다. 안전과 편안함, 번잡하지 않음, 을 모두 만족시킬 곳이 어디 있겠는가. 조금씩 포기하고 감수도 하면서 찾은 곳이 미얀마였다.

드디어 무사히 비행기를 탔다.

낯선 곳에서 둘만의 여행이 시작되었다. 사문은 지섭의 허리에 마음 놓고 팔을 둘렀다. 둘이서 다정한 티를 있는 대로 마음껏 내며 다닐 수 있다는 것만으로도 행복했다.

그동안은 집 안에서만 내 남자였다. 밖에만 나가면 사문은 행동이 굳었다. 결혼을 했고 탓할 사람도 없겠지만 낯모르는 시선들 앞에서는 마음도 손도 오그라들었다. 남의 눈을 의식한다는 것은 예의에 해당된다는 생각이 들었다. '눈을 의식한다' 가 그런 의미로 다가올지 몰랐다. 하고 싶은 대로 할 수는 없었다. '자연스럽다' 와 '목불인견' 의 차이가 뭘까. 마음 가는 대로 하는 게 자연스러운 것이라 여겼는데. 자연스러운 게 목불인견이 될 수도 있었다. 때와 장소를 가려야 한다는 말은 이 경우에도 해당되는 것 같았다. 내키는 대로 사랑을 표현할 수는 없었다. 하여튼 행동에 많은 제약이 있었다.

얼굴이 팔린 사람과 결혼하지 않았다면 그런 제약에 매이지 않았을지도 모른다. 그랬다면 물론 마음 가는 대로 데이트 하는 것이 이처럼 간절한 소원이 되지도 않았을 테지만.

무엇을 보러 가는 중이었는지는 확실하게 기억이 나지 않지만, 배를 타고 강을 거슬러 가는 중이었다.

바위를 깎아 만든 아주 큰 불두(佛頭)를 봤던 것 같기도 하다. 불교 유적이 많은 나라였다. 그리고 국민들 거의가 불교도라고 했다. 자연이 아니면 대부분의 볼거리는 불상과 사원이어서 어디서 무엇을 봤는지 그만 다 섞여 버렸다. 그저 아주 섬세한 불상(佛像)과 화려하고 아름다운 사원을 보았던 기억뿐이다. 사원과 불상의 모습들이 비슷해서 나중엔 다 하나가 되어버렸다. 그들이 들으면 화를 낼지도 모르겠다. 불심이 강한 그 나라 사람들에겐 불상 하나하나가 세세한 의미로 다가와 따로따로 보이겠지만 사실 사문은 보는 게 목적이 아니었다. 자세히 마음을 다해 보지 못했다. 마음은 내내 다른 곳에 있었다. 불상이 아니라 살아 움직이는 남자, 지섭에게. 다른 게 보일 리가 없었다.

목적지가 중요하진 않았다. 배에서 내려 10분 정도만 걸으면 유명한 볼거리가 있다고 설명했지만 둘 다 새겨듣지 않았다. 그저 조용한 배를 타고 강을 유람한다는 게 중요했다. 승선 시간은 왕복 2시간 정도. 딱 알맞았다.

더 신났던 건 손님이라곤 둘 뿐이라는 점이었다. 둘이라도 운행을 한다 했다. 배를 전세 낸 셈이다. 그런데도 그다지 큰돈을 요구하지도 않았다.

배에는 선장과 또 한 사람의 직원뿐. 어쨌든 오직 둘만을 위해 존재하는 사람들이다. 직원은 배가 출발하자마자 차를 내놓았다. 그리고 필요할 때 언제든 찾으라는 손짓을 하곤 선실로 들어갔다. 마냥 착한 웃음을 남기고.

둘만 남은 갑판. 하늘과 물밖에 없는 공간. 자유의 날개가 솟아나는 기분이었다. 개인 요트로 바다를 여행하는 사람들의 심정을 알 것도 같았다.

해가 제법 기울었고 강바람이 서늘했다.

갑판에는 해변의 일광욕을 위한 침대 의자처럼 등받이가 거의 눕혀져있는, 나무로 만든 커다란 의자가 나란히 놓여있었다. 비스듬히 누워서 강바람을 맞으며 지는 해를 바라보기에 딱 좋은 의자였다.

배 위에서 노을을 감상하다니.

둘은 느긋하게 의자 하나씩을 차지하고 누웠다.

그때의 경치와 상황과 기분은 사진처럼 머리와 가슴에 선명하게 남아 있다. 떠올릴 때마다 웃음이 난다. 편안하고 행복하고 그윽한 추억이다.

강물은 잔잔하고 바람은 시원하고 하늘은 눈부시지 않았다.

세상이 고요했다.

물이 뱃전에 찰싹거리며 부딪치는 소리가 평화로웠다.

그동안의 일들이 슬라이드 쇼를 하는 것처럼 한 장씩 지나갔다.

처음 지섭을 보던 날, 악수를 하던 기억. 좀 짜릿했다. 아니 황홀했다.

갑자기 당한 뽀뽀. 침을 맞는 것 같은 느낌으로 남아있던 기억.

다가오는 그를 밀어내려고 번민하던 밤들. 왜 그랬을까.

휴대폰에 들리던 그의 울음소리. 얼마나 마음이 아팠는지 모른다. 사실은 당장 달려가고 싶었다. 달려가 안아주고 싶었다.

학교 앞에 서 있던 그의 차. 지섭을 발견했을 때의 그 흥분. 가슴이 터질 것 같았다. 그리고 그날 밤. 제발, 하는 몸짓으로 밀어붙이던 지섭. 간절함과 사랑이 손길마다 숨결마다 묻어났다.

사문은 바람과 강물에 몸을 맡기고 흔들리다 지섭을 돌아보았다.

지섭은 '행복나라 만족왕자'였다. 내려 쓴 모자가 이마를 덮고 눈 위에 옅은 그늘을 지웠지만 눈을 감고 있다는 건 알 수 있었다. 눈을 감은 얼굴이 웃고 있었다. 퍼지는 행복이 뺨 위로도 입술 위에도 번져있다.

편하게 늘어뜨려 놓은 긴 팔과 긴 손가락. 반바지 아래로 드러난 늘 씬한 종아리. 귀에 꽂힌 이어폰. 지섭은 노래 듣는 걸 아주 좋아한다. 어딜 가든지 MP3는 필수다.

밖에서 지섭을 이렇게 세세히 뜯어보긴 처음이다. 사문이 눈에 새기 듯 보고 있는 걸 아는지 모르는지. 카메라와 눈길에 익숙해서 보고 있 어도 아무렇지도 않은 건지. 아님 음악에 완전 취해 있는 건지. 지섭은 만족왕자 표정으로 계속 행복한 중이다.

참으로 잘 생긴 청년이었다. 잘 생긴 청년이 사문 옆에 길게 누워 있 다. 그 청년이 남편이었다. 거기까지 생각이 미치자 너무 기분이 좋아졌 다. 한없이 좋아진 기분은 무언가를 하지 않고는 못 배기게 만들었다.

사문은 의자에서 벌떡 일어났다. 그리고 누워있는 지섭의 무릎 위로 기어올랐다. 손님이 둘밖에 없었기 때문에 할 수 있었던 행동이었다. 그때 사문은 자유롭고 행복한 영혼이었다. 지섭은 눈을 떴지만 웃으면 서 사문이 하는 대로 두었다. 둘뿐이었으니까. 지섭도 매우 자연스러 웠다.

사문은 무릎 위로 올라가 지섭의 가슴 위에 엎드렸다. 마치 엄마 배 위에 엎드려 잠든 갓난아이 같은 자세로. 머리를 지섭의 가슴에 얹고 두 팔로 그를 안았다. 지섭은 사문이 편하게 안기도록 자세를 잡아주 었다. 그리고 뺨을 더듬더니 이어폰 한 쪽을 빼 사문의 드러난 귀에다 꽂아주었다. 장국영의 '몽사취생(夢死醉生)'이라는 노래가 흘러나오 고 있었다.

사문 때문에 지섭도 가수인 장국영을 좋아하게 되었다. 그 전엔 그냥 영화배우로만 알고 있었다. 사문은 장국영의 발매 음반 대부분을 갖고 있는 열혈 팬이다. 소설을 쓸 때는 거의 그의 노래를 틀어놓고 작업을 한다. 많은 영감을 주는 목소리를 가진 남자다. 죽어버려 더 이상 다른 노래를 들을 수 없다는 게 참 안타깝다.

지섭의 한 팔은 사문의 등 위에 그리고 다른 팔은 그의 다리 위에 구부려 포개져있는 사문의 무릎 위에 있었다. 무릎에 닿은 손이 따뜻했다. 그의 손은 늘 사문의 체온보다 높다.

밀착감과 안정감.

먼 과거 아기 때의 행복이 이런 게 아니었을까.

장국영의 노래와 지섭의 심장 뛰는 소리가 묘하게 어울렸다. 아름답게 올라가는 고음에선 지섭의 심장도 소리를 낮추었고 부드러운 저음에는 부드럽게 화답했다.

영혼이 담긴 듯한, 사랑하는 가수의 노래를 들으며 지섭을 안고 있다는 게 좀 미안한 생각이 들었던 기억도 난다. 그 생각조차 곧 사라지고 말았지만.

등 뒤로 바람이 지나가고 발아래엔 강물이 흐르고 저 높은 곳에선 구름이 흘러갔다.

둘은 목적지에 도착할 때까지 그렇게 있었다.

그런데 그 장면이 사진으로 찍혀 인터넷을 뜨겁게 장식한 것이다. 지금도 어떻게 누가 찍었는지 정확히 알지 못한다. 짐작만 할 뿐이다.

목적지에서 돌아오던, 스치며 지나간 배 한 척이 있었다. 그 배에 한국인 관광객이 타고 있었던 모양이었다. 그렇게 추측할 수밖에 없었다. 사진이 찍혔다면 그 배에 탄 사람이 찍은 게 틀림없었다. 배는 강 중앙을 달리고 있었고 강폭이 제법 넓어 강가에 있는 사람이 찍었다고는 생각할 수 없었다. 사람을 잘 알아볼 수도 없는 먼 거리였으니까.

어쨌든 사진은 멋졌다.

지섭도 사문도 그렇게 생각했다. 사진 속에 편안함과 만족감과 행복까지 담겨있었다. 그 사진을 보면 그때의 행복이 그대로 가슴에 느껴졌다. 모든 물체엔 영혼이 있다는 말이 사실인 모양이었다. 사진엔 당시 사문과 지섭의 행복한 영혼이 들어있었다.

행복한 사진이었다.

그 사진은 행복의 상징처럼 오랫동안 사람들의 입에 오르내렸다.

그리고 그 사진으로 지섭과 사문은 '대한민국 공식 잉꼬부부' 가 되었다.

* * *

"정말 그만 먹을까?"

웃음을 멈춘 지섭이 의미심장한 눈길로 사문을 본다. 사문은 대꾸하기도 싫다는 표정으로 지섭을 흘긴다. 흘기는 눈길에 지섭의 체온이 올라간다.

예쁘다.

"사문씬 흘겨볼 때 정말 웃기는 거 알아?"

"할 말 없으니까 엉뚱한 소리는."

엉뚱한 소리 맞다. 흘겨볼 때 웃기는 게 아니라 섹시하다. 살인적으로. 정말 고기를 너무 먹었나? 아, 폭발할 것 같다.

지섭은 벌떡 일어나 사문의 입술에 뽀뽀를 해치운다.

“돼지!”

사문이 입술을 손등으로 훔친다.

“이런 날씬한 돼지가 어딨어?”

“밥 먹고 고기 먹던 입으로 하니까 그렇지. 이도 안 닦고. 아, 정말 적응 안돼.”

“자꾸 그러면 고기 더 먹는다. 오늘 이 고기 다 먹어버린다?”

“정말 돼지야.”

지섭은 고기를 좋아한다. 어디 고기뿐인가. 먹는 걸 탐하는 편이다. 먹는 걸 워낙 좋아해서 늘 체중 조절에 신경을 써야 한다. 배 나온 배우는 얼굴 안 생긴 배우보다 더 슬프다. 요즘은 얼굴보다 몸이 얼마나 배우답냐가 더 중요한 시대다. 지섭이 마음 놓고 먹는다면 몸은 눈덩이처럼 금방 불어날 것이다. 하지만 배우의 몸으로 그렇게는 살 수 없는 일. 지섭은 알아서 절제하고 가끔씩 포식을 한다. 아마도 오늘은 포식을 하자고 마음먹은 날인지 엄청나게 먹었다.

먹는 만큼 힘도 쓰는 지섭이다. 그리고 건강하다.

내 탓인가?

둘 사이엔 아이가 없다. 병원에선 이상이 없다 했다.

지섭은 정말 아이를 기다리지 않는 걸까.

말로는 늘 ‘사문씬 나 하나로 만족 못해? 난 정말 대만족인데. 애가 왜 꼭 있어야 해? 애는 사랑의 결과지 조건은 아냐. 사문씬 내겐 무조건이야. 절대적이라고’ 한다.

친구들은 말은 그렇게 해도 속으론 기다릴 거라 했다. 자기 자식 기다리지 않는 남자 없다고. 부부 사이가 너무 좋으면 애가 어렵단 말도 들었다. 하지만 사문은 주변에서 걱정할 땐 좀 신경을 쓰다가 곧 잊어버린다. 사문에게 절대적 영향을 미치는 지섭이 전혀 스트레스를 주지 않기 때문이다.

그리고 글을 쓴다는 것도 그 문제에 오래 신경을 쓰고 있지 못하게 하는 하나의 원인이 된다. 소설을 쓰는 일은 그게 참 좋다. 어떤 걱정도 소설 속을 뚫고 들어오진 못한다. 번민은 책 읽는 틈도 비집고 들어오고 영화 보는 눈에도 비집고 들어오지만 글을 쓰고 있는 머리엔 들어오지 못한다. 완전히 다른 세계에 갇혀버리는 기분이다.

지섭은 천하태평이고 그 태평한 기운의 영향을 받아 사문도 가끔 생각할 뿐이다. 애타게 기다린 적은 없다.

"사문씨, 너무 먹었어. 먹은 만큼 칼로리 소비해야 되는데."

지섭이 드디어 수저를 놓는다.

"진작에 내 말을 듣지."

눈을 흘기는 사문을 보고 지섭이 또 웃음을 터뜨린다.

그게 뭐 그리 웃을 일이라고.

사문은 식탁 위의 그릇을 들고 개수대로 간다. 그 뒤를 지섭이 몰래 따라붙고 있다. 만면에 웃음과 이룰 가능성이 분명한 희망을 가득 담은 채.

네 번째 꿈

그는 호텔방에 혼자 남았다.

내일이면 집으로 가야 한다고, 친구들은 또 밤거리로 나갔다. 마지막 밤을 그냥 보낼 수 없다면서.

나가 봐야 가게나 기웃거리고 쓸데없는 물건이나 살 걸 알면서도, 그저 힘이 넘치는 그들은 남은 힘을 쌓아둔 채 호텔방에 앉아 있기가 무료했다.

그게 마지막이 될 거라는 걸 알았으면 나갔을까.

또 혼자 남은 그는 그들을 보냈을까.

마지막인 걸 알고 나갈 수는 없다. 그걸 알 수는 없었다. 친구들도 그도, 알지 못했다. 코앞에 닥친 운명도 보이지 않았다. 셋은 보이지 않는 운명 속으로 의심도 없이 걸어 나갔다.

어쩌면 죽은 그들보다 혼자 남은 그에게 더 가혹한 운명이었는지도 모른다. 삶은 자주 살아남은 자들에게 더 가혹할 때가 있다.

혼자선 동서남북도 분간 못하는, 거리에 나서면 바보 같은, 특히 어둠을 무서워하는 겁 많은 그에게, 문 잘 잠그고 있으라고 당부, 또 당부를 하고 나간 그들이 그를 배반하게 될 줄을 알았을까.

그의 보호자라 자처하며 지나친 책임감까지 갖고 있었던 그들이 그런 실수를 저지르게 될 줄을 꿈에나 알았을까.

너무 덥다.

뉴질랜드는 지금 겨울이란다. 우리나라만큼 그리 춥지는 않은 겨울. 낮에는 더울 때도 있단다. 빨리 더위를 피하고 싶은 마음에 지금은 겨울이 그립다.

정오가 조금 지나 집을 떠난다.

오후 다섯 시에 공항 근처 호텔 '미래' 에 여장을 푸는 것으로 여행은 시작되었다. 비행기는 내일 오전 10시 15분 발이다. 새벽에 출발하면 비행기 시간에 충분히 댈 수 있지만 그러면 전날부터 밤잠을 설칠 것이고 시작부터 너무 피곤한 여행이 될 것 같아서이다.

호텔방엔 더블베드 하나와 싱글 하나가 있다. 아마 더블베드에 철호와 내가 자게 될 것이다. 더블이지만 덩치 큰 둘이 같이 쓰는 건 무리다. 가벼운 난 무조건 혼자 쓰는 침대에선 탈락이다. 누가 나와 더블을 쓰느냐인데 철호가 무난하다.

나는 몸부림이 심하다. 친구들 말에 의하면 거의 물속에서 허우적거리는 꼴이란다. 그것도 빠져죽기 직전에 미친 듯이 발광하는, 것보다 더하다나. 그래서 웬만한 사람은 내 곁에서 잠을 못 잔다. 가능하면 사방 1m 안으로 침입하지 않는 게 좋다. 잘못하면 발광하는 발길에 채여 죽을 수도 있다. 아니면 맷집이 무지 좋든지.

그러나 이렇게 피치 못할 상황에서는 할 수 없이 철호가 희생양이 되어야 한다. 철호가 민상이보다 잠귀도 어둡고 발길에 채여 깨더라도 5초 뒤면 잠에 빠져드는 좋은 잠버릇을 가졌기 때문이다. 생긴 건 두꺼비 같은 민상은 보기보다 예민해서 옆에서 꼼지락거리기만 해도 굵은 눈을 번쩍 뜬다. 그리고 한참을 눈알을 굴리며 잠을 못 이룬다.

저녁을 먹고 들어와 나는 더블베드 한 구석을 차지하고 줄곧 누워 텔레비전을 보았다. 민상은 여행 일정을 살피고 캠퍼밴, 호텔 예약 계약서를 점검하더니 계속 무언가를 정리 또 정리. 철호는 호텔에 컴퓨터가 있어 장장 자기 전까지 4시간 동안 그 앞을 지켰다.

7월 30일

일본 나리타행 비행기를 탔다.

크라이스트 처치까지 바로 가는 비행기가 없어 나리타 공항에서 환승을 해야 한다. 개인으로 환승해보긴 처음이다. 여행사 단체 여행에 끼어갈 땐 그저 직원이 시키는 대로만 하면 되었는데, 자율은 자유와 부담을 합친 말인 것 같다. 영어도 일어도 능숙하지 못한 우리는 어리버리 애를 좀 먹는다.

자신이 없기는 셋 다 마찬가지인데 난 항상 뒷전에 머물러 있다. 습관이 돼버렸는지 우리 중 누구도 이상해하지 않는다. 당사자인 나조차도.

민상이 제일 앞장서고 철호가 그 뒤를 따른다. 둘은 힘을 합쳐 어떻게든 길을 찾고 나는 당연한 듯이 그 길을 편히 간다. 둘의 합동 작전으로 공항 속에서 공항을 옮겨가며 겨우 뉴질랜드행 비행기표를 바꾼다.

무슨 공항이 그리도 넓은지. 나 혼자 버려두면 비행기를 타기는커녕 길을 잃어버리지만 않아도 장하단 소릴 듣겠다.

호텔을 떠난 지 몇 시간인가. 아침이 벌써 아득한 과거 같다.

오후 6시에 뉴질랜드행 비행기에 오른다. 활주로가 복잡해 탑승한 지 1시간이 지나서야 겨우 이륙을 한다.

드디어 우리는 뉴질랜드로 간다.

말도 많고 탈도 많았던 뉴질랜드 여행 계획.

여행사 단체 여행에 따라다녀 본 적밖에 없었던 우리에게 뉴질랜드 캠퍼밴 여행은 나름 엄청난 모험이었다. 영어를 제대로 하는 사람도 없고 그 흔한 배낭여행을 해본 사람도 없고 더구나 우리나라완 도로가 반대인 운전을 해야 한다.

나는 처음부터 턱도 없다, 하고 계획을 짜건 말건, 홍분을 하건 말건, 아는 척도 하지 않았다. 저러다 말겠지. 저것도 재미있는 놀이지, 하면서.

그런데 어쩌다 일이 여기까지 오게 되었는가? 놀라지 마시라. 이 여행을 로켓 발사대에 세워 발사시킨 사람이 바로 나였다.

습관처럼 셋이 모여서 저녁을 먹고 놀고 있던 그 토요일 밤.

둘은 또 컴퓨터 앞에서 여행사 홈페이지를 뒤지고 뉴질랜드 여행 체험담을 찾아보며 홍분하고 또 홍분했다. 경치가 엽서 같다느니, 산꼭대기에 눈이 덮인 산들이 기본이라느니, 일본이 자랑하는 후지산이 뉴질랜드엔 동네 개만큼 흔하다느니, 초원을 보려면 스위스가 아니라 바로 뉴질랜드로 가야 한다느니 하며 떠들어댔다.

민상은 캠퍼밴 내부 사진을 보고 아파트 같다고, 바로 자기가 원하던 여행 스타일이라고 침을 튀겼다. 집을 끌고 다니는 기분이 어떨지, 달리다 서는 곳이 바로 내 집인 기분이 어떨지, 초원이 바로 정원이고 더구나 마당엔 양까지 뛰어논다고 너스레를 떨었다. 철호는 가서 보고 좋으면 그만 눌러 살자, 우리가 살기엔 이 땅은 스케일이 너무 작다, 고 민상이 큰 덩치까지 끌어넣으며 심하게 맞장구를 쳤다.

그들은 어쩌면 그렇게 마음으로 즐기다 끝내려 했을지도 모른다. 어차피 내가 안 가면 가지 못할 여행이었다. 친구 셋 중에 하나를 뺀 여행을 굳이 밀어붙여야 할 정도로 그곳에 꼭 가야 할 일이 있는 것도 아니고, 셋이 여가를 즐기려 늘 떠나던 여행이었다.

브레이크 거는 사람이 있었기 때문에 마음 놓고 가속기를 밟으며 호기를 부렸던 모양이었다. 난 그들에게 걸림돌인 동시에 안전한 디딤돌이기도 했다.

"알았어. 가자. 그런데 조건이 있다. 비행기 시간이 아침이면 꼭 그 전날 떠나서 공항 근처 호텔에서 하루 묵는 거다. 난 밤잠 설치면서 여행 못 다니는 거 알지?"

"정말?"

그게 그들이 보인 반응 전부였다. 정말? 소리엔 힘이 하나도 없었다. 조금 전까지 날뛰던 것에 비하면 너무 맥 빠진 반응이었다. 설치던 기세대로 가자면 민상이 그 기차 화통 같은 목소리가 내 고막을 찢어야 마땅했는데.

어쨌든, 그렇게 되어 여행 계획은 착착 진행되었다. 비행기 표를 예약하고 캠퍼밴을 예약하고 여행 중간쯤과 마지막 날 묵을 호텔을 예약했다. 캠퍼밴이 숙소가 되겠지만 중간 중간 호텔에서 묵어야 빨래도 하고 여러 면에서 편리하다는 정보를 적극 접수했다.

모든 예약이 끝나고 떠날 날짜만 기다리고 있을 때 둘은 솔직한 심정을 밝혔다.

놀랐다, 고. 네가 가자 할 줄 몰랐다고.

사실은 '가자' 고 했을 때 겁이 덜컥 났다고. 그렇지만 그렇게 날뛰다가 못 간다, 하기도 그렇고 '부딪쳐 보자' 하고 둘이 나 몰래 '파이팅' 을 했다고 했다. 눈물겨운 자존심이었다. 과하게 날뛴 걸 알고는 있었던 모양이다.

그렇게 된 것이다. 나는 날아가는 시늉만 하며 놀고 있는 로켓 꽁무니에 불을 붙여버린 것이다.

둘이 눈물겹게 마치 무용담 풀듯이 그 애길 할 때 속으로 좀 웃었다. 여행은 셋이 가는데 왜 둘이서만 걱정을 하고 책임을 진다고 난린지. 난 왜 빼놓는 건지. 같이 걱정하고 용기를 북돋우고 해야 되는 거 아니냐고. 우린 친구 사이인데. 고등학교 동기 동창. 나이도 동갑이고, 각자 알아서들 독립된 경제를 꾸리고, 여행 경비도 동등하게 내는데 말이야. 내가 아무런 역할을 못한다는 건지. 아님 특별대우를 해준다는 의미인지.

불평인 것 같지만 사실은 전혀 아니다. 말만 그렇지 그게 우리 관계다. 여행과 길에 관한 한 100% 그들의 책임이었다. 언제부터 그렇게 되었느냐고? 원인을 캐자면 세월을 제법 거슬러 올라가야 한다. 그런데 지금은 더 이상 생각하기가 싫다. 하루 종일 너무 피곤했다. 멍청히 앉아 있든지 자든지 해야 한다. 그것 외엔 다른 걸 할 여력이 없다.

비행기가 원하는 고도에 진입했고 벨이 울린다.

난 비행기 타는 게 몹시 괴롭다. 좌석은 좁고 공기는 나쁘고 거기에다 음식 냄새까지. 안 먹고 살 수는 없지만 닫힌 공간에서 풍기는 음식 냄새. 생각만 해도 벌써 비위가 상한다.

밤새 바다 위에 떠있을 생각을 하니 답답하다. 10시간 후에나 우릴 땅에다 내려놓겠지. 몇 백 명이나 싣고 그토록 오래 하늘에 떠 있다니. 인간은 참으로 신기한 것도 만들어내었다. 하느님은 그보다 더 신기한 새를 만들었지만.

어쨌든 10시간의 괴로운 몸부림이 시작되었다.

7월 31일

드디어 땅이다. 내가 제일 좋아하는 땅이다.

나는 하늘에 떠있는 것도 싫고 물 위에 떠 있는 것도 싫다. 발로 밟든 바퀴로 구르든 땅에 닿아 있어야 안심이다. 중력이 없으면 땅이란 게 아무 의미도 없다고 하니까 그저 지구가 고맙고 중력이 고마울 뿐이다.

투신자살을 하려면 지구만큼 좋은 곳도 없으리라. 달에서는 투신을 해봤자 뛰어내린 만큼 도로 튕겨 올라가지 않으면 다행이겠지. 죽겠다고 눈 질끈 감고 뛰어내렸는데 도로 튕겨 올라가면 얼마나 황당하겠는가. 하여튼 자살하려는 마음까지 저버리지 않고 알뜰히 살펴주는 지구라는 땅이 나는 좋다.

우리나라 시간으로는 아침 6시. 뉴질랜드는 우리보다 3시간을 먼저 살았다니 여긴 9시다. 이제 시계를 새롭게 고쳐 살아야 한다.

어제 아침 호텔을 떠나 오늘 아침에야 겨우 원하던 나라의 땅을 밟는다. 24시간만의 공간 이동.

춥다.

끔찍한 더위를 탈출했는데 추위라니. 그런데 우린 아직 여름옷 차림. 여름 바지 사이로 제법 매섭게 스며드는 찬바람이 장난이 아니다. 겨울이라도 푸근하다더니 어디서 이런 엉터리 정보를 입수한 거야? 내 얼굴은 금방 새파래진다. 난 더위에도 추위에도 약한 몹쓸 지구인이다.

철호가 새파란 내 입술을 보더니,

"조끼라도 벗어 줄까?"

했는데 거절했다. 등은 망사에 소매통은 넓어 암홀이 허리까지 처지게 생겼다. 괜히 번거롭기만 할 뿐 도움이 되지 않을 것 같다. 내가 싫다고 고개를 흔들었더니,

"그래도."

하면서 한 번 더 권한다. 철호는 반드시 두 번을 권해보고 나는 한 번에 끝낸다. 두 번 같은 말을 하면 화가 난다. 역시 두 번째 권할 땐 대답도 않고 고개를 돌려버렸다.

덩치로 봐선 철호의 한 주먹거리도 안 되는 내가 왜 이렇게 건방진 것인가. 답은 간단하다. 우린 친구니까. 친구끼린 힘자랑을 하지 않으니까. 어떻게 친구가 되었냐고? 운명이다. 친구는 덩치 크기로 맺어지는 게 아니라 운명으로 맺어지는 것이다. 이것이 내 답이다.

철호는 처음 만났을 때부터 나의 보호자같이 굴었다.

나는 예쁘다. 철호를 처음 만났을 땐 예쁜 소년이었다. 물론 서른이

된 지금도 예쁘다.

철호와 민상이와 난 고등학교 동기다. 우린 고등학교 1학년 때 같은 반을 하면서 운명이 결정되었다. 친구는 운명으로 맺어진다 하지 않았는가.

우리 학교는 남녀공학이었다. 여학생과 남학생이 반반인 1학년 2반에서 난 제일 인기가 좋았다. 참 이상했다. 같은 종끼리는, 그러니까 여학생끼리는 자기보다 더 예쁘면 서로 질투를 하면서 나의 미모는 질투하지 않고 기뻐하고 찬양했다. 난 정말 예쁘게 생긴 모양이었다. 덩치도 여학생들에게 섞일 정도였고, 물론 키는 좀 더 컸다. 174㎝다. 남자로 큰 키는 아니지만 170이 넘는 여학생은 잘 없으니 키는 지지 않았다. 러브레터도 엄청 받았다.

남학생들도 나를 좋아했다. 남자들이야 시각이 워낙 동물적이니까 역시 예뻐서 그랬을까. 물론 내가 바보는 아니니까 다른 감정으로 좋아하는 놈들이 있다는 것도 알고 있다. 슬쩍슬쩍 괴롭히는 놈들도 있었으니까. 그렇지만 난 그들이 생각하는 성 정체성 때문에 고민한다는가 남다르다든가 하진 않았다. 외모만 그렇지 난 남자고 한 번도 여자이고 싶다든가, 여자 같다는 생각은 해본 적이 없었다. 야동을 탐하고 누드 사진에 침 흘리는 똑같은 남자였다.

하지만 내 의지와는 상관없이 괴롭힘을 당할 때가 있었는데, 철호는 그때부터 내 보호자가 되었다. 철호와는 어떻게 가깝게 되었냐고? 글쎄 아까도 말했지만 친구는 운명으로 맺어진다고 하지 않았는가. 나는 그냥 철호가 좋았고 철호도 그냥 내 보호자가 되었다. 철호의 보호를 기분 좋게 받았다.

민상이? 민상이는 5월인가 6월에 시골서 전입 온 촌놈이었다.

민상이가 전입해 올 무렵엔 학급 상태가 거의 안정되어 있던 시기였다. 여자는 예쁜 순서대로 서열이, 남자는 힘 센 순서대로 서열이, 거기에 성적과 집안 배경이 또 조금씩 우리들의 서열에 관여했다. 다른 건 잘 모르겠고 철호는 힘에서는 1학년 2반 짱이었다. 그랬으니 내 보호자가 될 수 있었지 수컷들 세계에서 어디 설득이니, 부탁이니 하는 게 통하기나 하던가. 날 괴롭히고 싶은 놈들은 철호의 힘 앞에서 사실 꼬리를 감추고 있었던 것이다. 어쨌든 난 철호 덕에 거친 야생의 세계에서 온전한 보호를 받으며 고등학교를 마쳤던 것이다.

민상이는 아무리 시골에서 왔지만 티가 나도 너무 티가 나는 촌놈이었다. 시골에 산다고 해도 그렇게 새까맣게 타도록 방치하고 사는 사람이 요즘 어디 있다고. 유럽에 살고 있는 아프리카 사람도 희어진다는 판에 말이다. 알고 보니 원래 피부색이 많이 검은 편이었지만, 처음 올 땐 정말 굉장했다. 큰 얼굴 속에 들어있는 이목구비가 모두 컸다. 눈은 소 눈처럼 굵고 코는 복주머니만하고 입술은 타히티 원주민이었다. 게다가 타히티 사람처럼 검기까지 했으니.

민상이가 전입오던 날 철호가 내 귀에 대고 속삭였다.

"마오리 원주민 같지 않냐?"

그 말을 민상이 듣고 말았다.

민상이 큰 눈을 희번덕 부릅뜨고 웃고 있는 나와 철호를 번갈아 흘겨보았다. 나는 웃음을 감췄고 철호는 '뭐?' 하는 표정으로 민상의 눈을 맞받았다.

싸움은 눈 깜짝할 사이에 벌어졌다.

점심시간이었다. 말릴 선생님도 없었고 말릴 만한 사람도 없었다. 남자들이야 원래 싸움이 나면 원을 만들어 구경하는 족속들이다. 말리고 싶지도 않았겠지만 철호의 앞을 막을 학생은 더구나 없었다. 그리고 민상은 오늘 전입해 온 외로운 시라소니였다.

"이 새끼 말 다했냐?"

"이 진상 새끼가."

그날부터 민상의 별명이 진상이 되었다. 철호가 잘못 부른 게 아니라 일부러 그렇게 불렀다고 나중에 나에게만 살짝 얘기해주었다.

"뭐? 진상?"

용쟁호투란 그걸 두고 하는 말이었다. 누가 이겼다고 할 수 없을 정도로 둘은 엉망이 되었다. 민상은 코뼈가 주저앉고 철호는 이가 한 대 나갔다.

민상은 전입 온 날 바로 우열을 가릴 수 없는 서열 1위에 올랐다. 그리고 친구를 먹었다. 철천지원수처럼 싸웠던 둘은 그날로 친구가 되었다. 역시 내 생각대로 친구는 운명이다. 병원에 같이 다니며 치료를 하고 둘 다 부모에겐 말하지 않았다. 학교에서도 두 사람의 진술대로 단순한 싸움으로 처리하고 별 문제 삼지 않았다.

둘이 친구를 먹는 바람에 덕분에 난 보호자가 둘이나 생긴 셈이다.

공항에서 캠퍼카 대여점까진 차로 5분.

털북숭이 남자가 우릴 데리러 왔다.

공항 내에 캠퍼카 대여점 사무실이 있었다. 전화만 놓여있는 무인 사무실. 그래도 영어가 우리 중 가장 나은 민상이 전화통에다 뭐라 했는지 10분쯤 기다리니 털북숭이 남자가 나타났다. 생긴 건 곰인데 웃음은 천진하다. 털보 남자는 몰고 온 차에 우릴 싣고 캠퍼카 대여점에 내려놓았다.

우리의 본격적인 좌충우돌은 거기서부터 시작되었다.

예약은 해 놓은 상태지만 빽빽하게 영어로만 되어 있는 서류에, 영어로만 지껄이는 걸 다 알아들을 수는 없다. 보험 계약서에 대한 설명과 차종에 대한 설명인 것 같은데 세세한 건 모르는 채 '예스 예스' 할 도리밖에 없는 그들. 여기서도 나는 뒷전이고 민상의 굵은 눈은 더 굵어지며 끔벅끔벅한다. 철호는 옆에서 눈치로 때려잡고 하여튼 우리 앞에는 4인용 캠퍼밴 한 대가 떨어졌다.

직원이 우릴 차로 데려가 사용 방법을 설명한다.

가스통 있는 자리와 열고 닫는 방법, 물 채우고 오수 비우는 방법, 냉장고 사용 방법 등을 열심히 설명한다. 여전히 빠른 영어로. 둘의 표정을 보니 귀는 아예 닫은 것 같고 눈만 열심이다. 그래도 아까보다는 낫다. 직접 물건을 보고 만지며 설명하니까. 덜 황당한 눈치다.

여기서도 안내원을 따라다니며 설명을 듣는 건 둘이고 나는 처음 보는 뉴질랜드의 하늘과 멀리 보이는 눈 덮인 산을 감상한다. 어차피 운전은 내 일이 아니고 기계 조작도 내 일이 아니며 길 찾는 건 더구나 내 일이 아니다. 둘이 알아서 잘 하겠지.

늘 이런 식이다. 한 번씩 '이래도 되는 건가' 하고 날 돌아보지만 오래 생각하지 않는다.

공기는 기가 차게 맑다.

그런데 춥다. 짐 풀어서 겨울옷 꺼내 입어야 되겠다.

설명이 끝났는지 민상이가 운전대에 앉는다. 철호가 내게 손짓을 한다. 난 몸을 웅크리고 차로 뛰어간다.

도로가 반대라 머리가 어질어질하다.

민상은 더 어지럽겠지.

행선지는 데카포 호수로 잡아놓았지만 시내를 못 빠져나가 뱅뱅 돌았다. 나는 신경질을 내고 철호는 영어로 된 지도를 보느라 쩔쩔맨다. 같은 곳을 세 번을 보고 난 뒤에야 겨우 시내를 빠져나간다.

점심때가 지나서 제럴딘이란 도시에 도착했지만 식당을 찾을 수가 없다. 아니 식당이 있대도 영업을 하지 않는다. 밥 시간대에 맞춰 문을 열고 닫는다. 웃기는 나라다. 우린 식당 찾아 또 한참을 돈다. 결국 실패.

아! 24시간 영업하는 우리나라가 그립다.

계획 수정이다. 할 수 없이 식당을 포기하고 밥을 해먹기로 한다.

음식 재료부터 사야 한다. 슈퍼마켓을 찾아 또 도시를 돈다. 쉬운 게 하나도 없다. 슈퍼마켓을 코앞에 두고도 지나친다. 선무당이 사람 잡는다고, 우린 눈이 빠지게 마켓(Market)이 쓰인 간판만 찾았는데 그게 아니다. 영어권이라고 모두 같은 용어를 쓰는 게 아니라는 것도 처음 알았다. 차라리 영어를 하나도 모르는 편이 나을 뻔했다. 그러면 그림이나 외관을 눈여겨봤을 게 아닌가. 업은 아이 삼 년 찾는다고, 슈퍼를 코앞에 두고도 몇 번을 지나갔다.

잘 모를 땐 눈치가 더 쓸모가 있다. 역시 눈치계의 황제 철호가 또 한 건 해냈다. 뉴질랜드 아주머니들의 장바구니를 보고 알아버린 것이다.

창고 같은 건물 안에서 장바구니를 들고 나오는 아주머니를 발견한 것이다. 그녀가 나오는 건물 외벽을 자세히 보니 세계 공통어, 그림이 그려져 있다. 여러 가지 채소 그림이. 그 선명하고 뜻이 분명한 그림을 왜 그냥 지나쳤는지 모를 일이다. 고정된 시각 속에는 다른 것이 들어오지 않는 모양이다.

쌀과 부식을 사고 계산을 마치니 또 한 시간이 훌쩍 지났다. 재료를 구하고 나니 이젠 밥을 해먹을 기력이 떨어졌다. 배가 고파 돌아가실 지경이다. 또 계획 수정이다. 라면 먹자, 로 만장일치.

길 가에 차를 세우고 준비해간 비상식량, 라면을 삶는다. 비상시에 먹겠다고 사 온 라면인데. 첫날부터 비상이란 말인가.

철호는 직원 말을 알아듣고 하는 건지, 감으로 하는 건지 가스통 열고 가스불 피우고 뉴질랜드에서도 능력을 발휘한다. 민상의 눈은 이제 사람의 눈이 아니다. 굶주린 맹수. 바로 그 눈빛이다. 말이 없다. 라면에서 눈을 떼지 않는다.

라면 냄새가 나는데 나는 잠에 빠져든다. 침대 딸린 차라는 게 새삼 고맙다.

너무 피곤하다.

눕는다는 게 이렇게 편하다니.

30시간이 넘도록 누워보지 못했다.

8월 1일

난 체력이 별로다. 엄마 말씀은 젖배를 곯아서 그렇다는데.

나는 형제만 다섯인 집 막내로 태어났다. 큰 형을 낳고부터 딸을 기다렸는데, 엄마에겐 그 복이 없었다. 딸을 낳는 게 복인지는 모르겠지만 우리 엄마 말을 그대로 빌리자면,

'내 평생에 딸 가질 복은 없었는지.'

한 걸로 봐서 엄마에겐 딸이, 가질 수 없는 복이었다.

난 넷째 형이 기저귀 차고 비틀비틀 걸어 다닐 때 태어났다. 그래서 엄마 젖은 형과 같이 먹고 자랐다. 엄마가 날 가진 덕에 형은 너무 일찍 젖을 떼고 분유로 독립의 길로 들어섰는데 내가 태어나고 젖을 먹기 시작하자 막무가내로 매달리기 시작했다고 한다. 엄마가 나를 안고 젖을 먹일라치면 날 기어이 밀어내고 실컷 먹고야 떨어졌고 난 형이 먹고 남은 젖을 먹어야 했다고. 우유를 같이 먹여보려 했지만 젖병을 갖다 대기만 해도 울어서 결국 포기했단다. 덕분에 늘 먹다 남은 젖만 먹으며 유아시절을 보내다보니 그때 이미 허리 라인이 생겼단다. 허리선이 살아있는 이기, 가 바로 나였다. 나는 웃으며 그 이야길 들었지만 엄마는 늘 울먹이며 이야기 했다. 그리고 미안해했다. 하긴 젖먹이가 배 한 번 불룩 나오게 젖을 먹어보지 못해봤으니.

그래서 그랬던가? 엄마는 날 유난히 예뻐하고 귀여워했다. 형들 말대로 하자면 딸처럼 대했다. 어쩌면 애처로워하는 마음이 그대로 이어졌는지도 모르겠다.

철호와 민상이는 아직 한밤중이다.

12시간을 내리 자다니, 체력의 왕들도 피곤하긴 했던 모양이다.

어제는 결국 삭막한 도시에서 묵을 수밖에 없었다. 별이 쏟아지는 데

카포 호수고 뭐고 우린 더 이상 움직이지 못하고 이름도 생소한 작은
도시에서 첫날밤을 보냈다. 아마 둘이서라면 기어이 호수까지 찾아갔
을 지도 모른다. 그런데 내가 라면도 못 먹고 뻗어버리자 생각을 바꿨
다. 원래 인생은 꿈처럼 화려하지 않다.

'데카포 호수에서 보는 밤하늘이 죽인단다. 별이 완전 장난이 아니
고, 하여튼 여행 갔다 온 사람들이 전부 좋다고 올려놨더라. 우리 첫날
밤은 별이 쏟아지는 호숫가에서 자는 거다.'

민상이 꿈에 부풀어 떠들던 생각이 난다.

풍선도 아니고 웬 꿈을 그리도 부풀리는지.

어지러운 차 안을 훑어보는데 웃음이 난다.

별이 떨어지는 호수는커녕 기절한 것처럼 자느라 몰랐는데 말이 침
대지 정말 좁다.

철호는 내 옆에서 자고 있고 민상은 운전석 위 침대에서 자고 있다.
민상이 자고 있는 곳도 2인용임이 분명한데 민상이 하나만으로도 넘친
다. 동양인이 자기에도 좁은데 덩치 큰 서양인들은 어떻게 잔단 말인
지. 4인용 캠퍼카라기에 적어도 침대가 4개인 줄 알았다. 4인용이란
말은 '4명이 어떻게든 잘 수 있는 곳' 이란 뜻인 모양이다.

어쨌든 덩치 덕분에 민상은 독방 차지를 했다.

나는 비로소 차를 자세히 살펴본다.

냉장고, 가스렌지, 개수대, 샤워실을 겸한 화장실, 수납장. 정말 좀
작다 뿐이지 살아가는데 필요한 건 다 갖추어져 있다. 달리는 아파트
란 말이 거짓말은 아니다.

　민상은 지금 나와 같은 아파트에 산다. 집 주인은 나이고 민상은 어디까지나 세입자다.

　나는 아버지 얼굴을 모른다. 내가 세 살 때 돌아가셨다는데 얼굴이 전혀 기억에 없다. 아버지가 간암으로 갑자기 돌아가시는 바람에 엄마는 딸을 낳아볼 기회를 영원히 잃고 말았다. 그래도 남자지만 아름답게 커가고 있는 내 덕분에 위로가 되었을지 모른다.

　나는 형들과는 많이 달랐다. 내가 형들과 다르다는 것을 다른 의미로도 받아들이는 세상이 있다는 걸 어릴 땐 몰랐다. 물론 난 그 세상이 알고 있는 대로가 아니라 좀 억울하지만.

　다르다고 해봤자 형들처럼 힘을 쓰며 놀지 않았다는 것뿐이다.

　형들은 유난히 장난이 심했다. 거의 격투에 가까운 장난을 매일 하고 놀았다. 엄마는 그런 형들의 폭력성을 저주하다시피 싫어했다. 덩치가 커지면서 장난은 과격해지는데 아버지 없이 엄마 혼자서 그들을 날마다 옥박지르는 건 너무 힘에 부치는 일이었다. 나중엔 엄마의 매는 소용도 없어졌다. 우악한 형들의 몸에 닿는 엄마의 몽둥이는 성냥개비나 되는 듯, 형들에겐 엄마의 매가 하나도 두렵지 않았다.

　형들이 점점 남자가 돼갈수록 엄마는 조용하게 노는 내가 마음에 들었다. 나는 하루 종일 엄마가 하는 일을 같이 했다. 심부름을 하고 같이 콩나물을 다듬고 같이 시장도 갔다.

　물론 형들은 그런 내가 마음에 들지 않았고, 나도 쓸데없는 일에 근육을 쓰고 정작 필요한 모든 것은 엄마와 나에게 의존하는 형들이 별로였다. 그들은 청소도 빨래도 밥도 나와 엄마의 손을 빌렸다. 그러면서도 고마워하기는커녕 나를 무시했다. 형들과 마음이 멀어질수록 엄마는 나를 더 아꼈고 둘의 결속은 야생의 초원에 지어진 아늑한 작은 집이었다.

엄마는 내가 군대에 갔다 와 복학한 대학 3학년 때 돌아가셨다.

여든, 아흔 된 노인도 많은 시대에 엄마는 겨우 환갑을 넘겼을 뿐이었다. 심장이 좀 나빴지만 돌아가신다는 생각은 하지 못했다. 엄마는 내가 중학교 때부터 심장약을 먹었다. 정확하게는 모르겠지만 아마 그랬을 것이다. 가끔 아이고, 가슴 두근거려, 하는 것 외에 아픈 데도 없었고 그래서 약만 먹고 있으면 괜찮은 건 줄 알았다.

그런데 엄마가 나를 두고 떠났다. 그것도 밤새 아무도 모르게.

그날 아침이 다른 날보다 다르긴 했다. 유난히 고요했다.

모든 아침은 엄마의 발소리가 새소리와 함께 아침을 깨웠다. 햇살이 비치고 새가 울고 사람의 기척이 느껴지는 아침. 늘 그랬다. 난 그런 기척에 자연스럽게 잠이 깨곤 했다. 그리고 눈을 부비며 엄마가 있을 부엌으로 갔다. 그러면 엄마는 손이 바쁜 중에도 언제나 우리 막내, 일어났구나, 하며 나를 보며 웃었고 나는 개수대에서 손을 씻었다. 뭘 할까? 하면서.

그리고 조용히 엄마와 함께 아침을 준비했다.

난 갑자기 눈을 떴다.

고등학교 때 지각을 한 아침의 느낌이었다. 엄마가 친구들과 여행을 떠나고 없던 날, 잠이 너무 달았고, 그러다 깜짝 놀랐고 눈을 뜨니 날이 훤했다. 너무 자버렸다. 그날 따라 새소리도 들리지 않았고 집은 바닷속처럼 고요했다.

그날처럼 집이 고요했다. 그리고 그날처럼 날이 훤했다. 막내 형이

야 본래 깨우기 전엔 일어나지 않지만 엄마는 뭘 하고 있을까. 가만히
귀를 기울여도 아무 소리도 들리지 않았다. 엄마의 기척이 없었다. 이
상했지만 그게 죽음의 정적이라곤 정말 생각도 하지 않았다. 난 일어
나 부엌으로 먼저 갔다. 조용했다. 개수대에 물방울 하나 없었다. 그때
조금 가슴이 철렁했다. 그래도 죽음과 연결시켜보지는 않았다. 짐작할
수 없는 상황이라 놀랐던 것 같다. 이상하네, 하면서 엄마를 불렀고,
대답이 없었고, 안방 문을 열었다.

엄마는 방문 바로 앞에 쓰러져 있었다. 방문을 여는데 무엇인가 걸렸
다. 엄마였다. 문을 열려고 했던 것 같았다. 나를 부르려고 했을 것이
다. 방에는 엄마가 먹던 약병이 열려 엎어져 있었다. 알약이 방 안에
흩어져 있었는데 약을 먹었는지 못 먹었는지는 알 수 없었다. 병의 심
각성을, 아니 이런 일이 있을 수 있다는 걸 알았다면 엄마랑 같이 잤을
것이다. 엄마는 왜 그런 이야길 해주지 않았을까. 아니, 난 왜 한 번도
심각하게 물어보지 않았을까. 생각도 해보지 않았을까.

난 바보같이 같이 있으면서 멍청하게 엄마를 잃고 말았다.

아버지가 없다는 건 그냥 현실일 뿐이었는데 엄마의 죽음은 꿈같았
다. 너무 추운 꿈속 같았다.

장례가 끝난 뒤 큰형이 막내 형과 나를 불렀다.

재산 정리를 해야 한다고 했다. 우리 집은 마당이 아주 넓은 기와집
이다. 건물은 낡았지만 시내 중심에 있어 아마 땅값이 제법 나갔을 것
이다. 엄마가 있을 땐 어쩌지 못했지만 그 집을 그대로 둘 리 없었다.
형들이 장가를 가고 식구가 줄면서 집을 처분하자는 말이 그 전에도 있
었다. 물론 형들의 소망이었고 엄마는 죽기 전엔 그 집을 떠나지 않는

다 했다. 그 집 외에도 빌딩이라 하기엔 그렇지만 엄마가 세를 받아 생활하던 건물이 있었다. 그 건물을 처분할 것이란 건 짐작을 했지만 아직 막내 형과 내가 살고 있는 집을 그렇게 빨리 처분하리란 생각은 하지 못했다.

큰형은 간단하게 설명했다. 집은 팔아서 분배를 할 것이다. 그런데 막내 형과 난 아직 장가를 가지 않았으니 큰형 집에 들어와 살면 공부를 마쳐주고 장가를 보내줄 것이다. 그게 싫으면 유산을 분배해주겠으니 따로 집을 얻어 미리 독립하라, 였다.

막내 형도 나도 독립을 택했다. 그래서 난 대학 3학년 때부터 독립을 했다. 엄마도 잃고 울타리도 없어지고 정든 집도 떠나야 하고 황당하고 슬펐지만 형 집에는 들어가기 싫었다.

내가 슬픔을 안고 집을 구하러 다닐 때 민상이가 엄마 구실을 했다. 나는 엄마 생각 때문에 날마다 징징 울고 다녔고 민상이는 고등학교 때부터 사실상 독립을 해 하숙을 했기 때문에 제법 어른 같았다. 그렇게 엄마 노릇을 하며 집을 구하러 다니다 정말 같이 살게 된 것이다. 어차피 민상은 비싼 하숙비를 내며 살고 있었고 난 작은 아파트를 살 유산이 있었으니 민상이 하숙비를 월세로 바꿔 같이 살게 된 것이다.

집도 민상이가 결정하고 계약도 민상이가 하고 난 정말 아이처럼 도장과 주민등록증을 민상에게 맡기고 수수방관했다. 민상은 기꺼이 이사까지 도맡아 해주었다. 난 엄마와 같이 살던 짐을 정리하고 처리하기엔 너무 슬펐다. 아직도 엄마의 손길이 생생한 집이었다.

"야, 니들 배도 안 고프냐?"

차 안을 훑어보던 내가 소리를 꽥 지른다.

"으흥?"

기묘한 대답과 함께 잠귀 밝은 민상이 벌떡 일어난다.

"어ㅡ."

했지만 이미 늦었다. 퍽, 소리가 나면서 민상이 머리를 싸쥔다.

'저렇게 박아도 아직도 무사하다니. 무식하게 단단한 놈.'

민상이가 자는 곳은 운전석 위라 천장이 아주 낮다. 나는 소리를 지른 순간 천장을 보고 아차, 했지만 늦었다. 내가 늦은 게 아니라 민상의 반응이 너무 빠른 거였나? 어떻게 잠에서 깨는 순간 벌떡 일어날 수 있는 건지. 포식자 때문에 선잠 자는 사슴도 아니고. 민상이 놈은 땅! 소리 나면 자고 있다가도 바로 100m 달리기도 할 놈이다.

민상이의 박치기로 차체가 흔들리자 철호가 꿈지럭 꿈지럭 잠을 깬다. 철호가 사냥감이라면 새벽에 사냥하면 100% 성공일 것이다. 둘이 사자와 사슴으로 만나지 않은 건 정말 다행이다. 그땐 친구가 아니라 생명의 원수가 되기 십상일 테니까.

호수가 내려다보이는 전망 좋은 곳에 차를 세웠다.

이제야 본격적으로 밥 다운 밥을 한 번 해먹어 볼 참이다. 너무 늦잠을 잔 덕분에 캠퍼밴 숙소, 그렇지 여기선 그곳을 홀리데이 파크라 했다. 홀리데이 파크에선 천천히 밥을 해먹을 시간이 없었다.

인심도 야박했다. 10시까지 모든 업무를 마치고 차를 빼야 한단다. 세수도 하고 볼일도 좀 보고 밥도 해먹어야 하는데. 안 그러면 추가 요금을 내야 한다고. 그래서 거기에서가 아니면 할 수 없는 일부터 해치워야 했다. 물을 보충해 넣고 생활 오수를 빼내고 오물통을 비웠다. 차 시중드는 일이 생각보다 시간이 많이 걸려 우린 거의 10시가 다 되어 밥은커녕 옷도 제대로 못 갈아입고 차를 빼야 했다.

추가 요금이 어마하게 비싼 것도 아닌데, 왜 '추가' 란 말이 들어가면 타협할 마음도 없어지는지 모르겠다. 콩 튀듯 바쁘게 차를 빼고 나서야 그 생각이 들었다. 우린 차를 빼고 나서야 천천히 편하게 볼일도 좀 보고 아침도 느긋하게 해먹고 그러고 나올 걸 하는 후회를 했다. 좁은 차 안에서 볼일을 보고 세수를 하며 물을 써버리면 그만큼 더 채워야 하고 버려야 하는 일이 생기는 데 말이다. 아낀 추가 요금이 몸 수고 하는 값이 될는지 모르겠다.

배가 고팠지만 도시의 길가에 차를 세워놓고 밥을 해먹기는 싫었다. 도시만 벗어나 적어도 풀밭 비슷한 곳이라도 나오면 밥을 해먹자, 물만 끓여 커피 한 잔씩만 마시고 출발하자, 는데 합의를 했다. 물론 민상은 아무 말이 없었다. 민상의 '말 없음' 은 '어쩔 수 없이 동의함' 의 의미다. 배고픈 걸 제일 못 참는 그가 배고픔을 참아야 하는 일에 대답까지 하면서 동의하지는 못한다. 그저 말을 꾹 참듯이 식욕을 꾹 참아 냈다. 그렇지만 오래 가지는 않으니 신경은 써야 한다. 잘못하면 잡아먹힐 수가 있다. 무슨 말이냐고? 그렇다. 이 사건은 간단히 이야기하고 넘어가야겠다.

민상이 어릴 때 동생의 입을 물어뜯은 사건이 있다.

누가 묻지도 않았는데 그 고백을 한 후 두고두고 우리에게 놀림을 받았다. 근데 아무리 어릴 때라지만 상상만 해도 무시무시하다.

엄마가 하나씩 주는 사과를 민상은 재빨리 먹어치웠고 동생 사과는 아직 반 넘게 남아 있었다. 물론 어릴 때부터 대식가였던 민상이 달라고 했다. 동생이 줄 리 없었다. 애를 태우듯 동생은 민상의 눈앞에서 사과를 베물었고 민상이 사과를 베무는 동생의 입을 물어버렸다. 민상은 입을 문 게 아니라 사과를 물었다고 했지만 어쨌든 동생은 입술을 물려 다섯 바늘이나 꿰맸다니, 완전 엽기 아닌가. 아마 대한민국에서도 사람이 사람을 먹은 최초의 사건이 아닌가 싶다.

그런 전적이 있는 놈이니 민상이 배고픈 걸 편한 마음으로 보고 있을 수는 없다.

어쨌든 커피 한 잔씩으로 주린 배를 달래놓고 길을 달렸다.

겨우 하루가 지났을 뿐인데 민상의 운전은 편안해졌다. 어제만 해도 꼭 맞은편에서 차가 오는 것 같은 착각에 깜짝깜짝 놀랐는데.

햇살은 눈부시고 하늘은 푸르렀다.

멀리 눈 덮인 산이 보이고 길가엔 풀밭뿐인 길을 하염없이 달렸다. 사람도 차도 거의 없고 그저 풀을 뜯는 양과 소뿐.

풀밭만 나오면 길가에 세워놓고 밥을 해먹으리라 했는데 그게 또 그렇지 않았다. 갓길이 없어 차를 세우기도 곤란했지만 드물지만 차가 쌩쌩 달리는 길에서 밥을 해먹는 건 너무 아니었다. 그러려면 차라리 한적한 도시의 뒷골목이 나았다. 배는 고프지만 민상도 그건 싫었는지 계속 달렸다.

두 시간이 넘자, 민상이가 초원에서 풀을 뜯고 있는 소를 보는 눈빛이 예사롭지 않았다. 굶주린 맹수가 먹이를 노리는 눈빛이라고나 할까. 민상이 거의 미치기 직전, 그러니까 소를 향해 돌진하기 직전에 경치가 바뀌면서 호수가 나타났다. 아마 그때 그 시간에 호수가 나타나지 않았더라면 뉴질랜드를 떠들썩하게 만들 사건이 하나 터졌을지도 모른다. '소를 공격한 인간 맹수' 라는 제목으로.

엽서 같은 경치였다.

푸카키 호수라 했다. 난 처음 듣는 이름이지만 아름다운 경치로 유명하다고 한다. 내가 하는 말은 다 민상이한테서 들은 정보다. 민상은 책과 인터넷에서 뽑은 정보겠지만.

호수는 에메랄드빛으로 거울처럼 잔잔하고 그 주변을 눈 덮인 산들이 둘러싸고 있었다. 봉우리가 흰 눈에 덮인 산들이 맑은 호수에 그대로 비치고 하늘엔 새하얀 뭉게구름이 구색 맞춰 몽실몽실 떠 있었다.

우린 호수가 내려다보이는 언덕에 차를 세웠다.

드디어 내가 솜씨를 발휘할 때가 왔다. 난 음식 솜씨가 좋다. 뭐 특별히 장금이 뺨친다, 하는 정도는 아니고 우리 중 제일 나을 뿐만 아니라 철호와 민상이가 내가 만든 음식을 매우 맛있어 한다. 내가 그들을 위해 제일 잘할 수 있고 그들이 제일 흡족해 하는 일이기도 하다.

메뉴는 쌀밥, 닭조림, 소고기 고추장 볶음, 김.

바위를 식탁 삼아, 맑은 공기 벗 삼아 맛있게 먹었다.

호수는 저 혼자 안개에 덮였다가 모습을 드러냈다가 하며 심심해했다. 그러거나 말거나 금강산도 식후경. 우린 경치를 뒤로 하고 열심히 밥을 먹는다.

난 조금 먹기 때문에 일찍 수저를 놓는다. 아기 때부터 배를 꽉 채우지 않아서 그런지 위가 남들보다 작은 것 같다. 그래서 조금만 먹어도 배가 부르다. 쪼그리고 앉아 있기에 다리가 저려 먼저 일어난다.

찬란한 공기 속을 몇 걸음 걷는다. 다시 경치가 눈에 들어온다. 맑고 아름다운 곳이다. 공기 속에 살아 있는 숨결까지 보인다. 너무 맑아 현실이 아닌 것 같다.

시선을 돌린다. 마치 고시 공부를 하듯 진지하게 먹고 있는 친구들을 본다. 그들의 등 뒤로는 그림 같은 호수가 안개에 반쯤 가려 있다. 맑고 투명한 공기는 하늘빛을 푸르게 빛나게 하고 멀리 있는 산까지 선명하게 드러낸다.

조용하다.

그림 같은 곳이다.

마치 그들이 그림 속에 몰래 들어와 있는 듯한 착각을 한다.

낯설고 아름다운 곳.

혼자였다면 이곳이 이토록 아름다울까.

잠깐,

그들이 사라진 그림을 상상한다.

낯설다. 그냥 낯설기만 하다.

혼자인 이곳은 결코 아름답지 않다.

두려움은 시각을 마비시키나 보다.

혼자라는 두려움은.

혼자라는 상상만으로도 아름다움은 사라진다.

8월 2일

아침부터 철호와 민상이가 시끄럽다.

드디어 한뎃잠에도 여행에도 적응이 됐는지, 힘이 넘치게 언쟁이 붙었다. 힘이 넘친단 말은 물리적인 힘, 즉 목소리가 크다는 의미다. 언쟁의 내용은 조금도 치열하지 않다. 도리어 힘이 빠진다.

난 이제 그런 일엔 익숙하다. 그들의 결론 없는 언쟁. 분명 해결할 문제가 있어 시작된 게 분명한 언쟁도 둘이서 시작하면 그냥 끝없는 언쟁이 된다.

가만히 듣고 있으면 처음부터 결론을 낼 의지 없이 시작한, 말하기 놀이를 하는 것처럼 들린다. 다 큰 놈들이 말을 배우는 것도 아니고 무슨 말하기 놀이냐 할지 모르겠지만 들어보면 그렇게밖에 표현할 길이 없다.

알고 지낸 지가 한두 해도 아니고 장장 15년이다. 그것도 대충이 아니라 아주 가깝게. 그러니 내 표현이 과장이 좀 됐을지는 몰라도 엉터리없는 이야기는 아니다. 나도 나름 세심한 데가 있다. 특히 가까운 사람 마음은 꽤 살피고 알아주는 편이다. 내 자랑이 아니라 그들도 그건 인정한다. 그것도 없다면 인생에서 어떻게 형제지의 친구를 둘씩이나 가질 수 있겠는가. 목련꽃이 목련꽃 봉오리에서 피어나듯 모든 결과는 필연의 원인이 존재하는 법이다.

들어보니, 철호는 마운트 쿡을 보고 데카포 호수로 가자며 열을 올리고, 민상은 어차피 겨울이라 등산도 못할 텐데 호수로 바로 가서 천천히 호수나 감상하자, 였다.

"이왕 멀리 왔는데 보고 가자."

"어차피 이 나라를 몽땅 보지도 못하는데 잠깐 들르고 말 짓을 왜 하냐."

"그래도 보면 좋잖아."

"해도 빨리 지는데 다 늦게 호수에 가서 뭐 하냐고."

"넌 보고 싶지 않냐? 유명하잖아. 마운트 쿡. 이 나라 사람들이 제일 자랑하는 산이래."

"겨울이라 등산도 안 된다는데. 멀리서도 산은 보인단 말이야."

"그래도."

"아― 정말."

"온 김에 보고 가면 좋잖아. 언제 또 뉴질랜드 오겠냐?"

"글쎄, 올라가지도 못할 산 근방엘 왜 가냐구."

"가면 좋지."

아무리 듣고 있어도 같은 소리였다. 같은 이야기를 말만 조금씩 바꾸며 계속 했다. 둘 중 누구든지 그럴 듯한 이유라도 좀 만들어 상대를 설득을 했으면 싶은데 그럴 능력이 안 되는지, 그냥 말놀이를 하는 게 목적인지, 결론 없는 같은 소리만 10분이 넘었다. 과연 결말이 나기나 할까. 자세히 듣고 있으면 답답해서 숨이 넘어갈 지경이다. 난 속으로 누구든 제발 다른 설명을 좀 해 보아라. 아님 확, 밀어붙여라. 빌고 빌었지만 그런 일은 없었다.

그럴 일은 없다. 내가 바랄 걸 바라야지. 철호와 민상이가 언쟁을 하면 고운 말로 욕을 하는 것 같이 맥이 빠진다. 난 그것도 큰 능력이라 생각한다. 모든 날카로운 걸 무디게 할 수 있는 능력. 말로 하는 다람쥐 쳇바퀴 돌리기.

계속 듣고 있기가 괴롭다. 드디어 내가 이불을 떨치고 일어난다.

"야! 민상아."

“왜?”

민상의 굵은 눈이 놀란 듯이 나를 향한다. 내가 자고 있는 줄 알았던 모양이다.

“너, 마운트 쿡이 그렇게 보기 싫어?”

“누가 보기 싫다고 했나?”

“그럼 보고 가도 되겠네.”

“그거야 그렇지.”

민상의 굵은 눈이 좀 작아진다. 마음에는 안 들지만 받아들인다는 표정이다.

“철호야!”

“왜?”

“너 마운트 쿡 안 보면 죽을 것 같어?”

“그렇진 않지.”

“그럼 안 봐도 죽진 않겠네.”

“그거야 뭐.”

철호가 다른 곳을 보며 대답한다. 멋대로 하라는 뜻이다.

재미있지 않은가? 난 두 사람의 생각이 같은 걸로 만들어버렸다. 둘 다 가도 좋고 안 가도 좋은 걸로. 녀석들에겐 첨예한 게 없다. 좋은 말로 하면 마음이 좋은 것이고 그걸 비난하고 싶으면 주관이 없다 할 것이다.

그랬다. 녀석들은 꼭 하고 싶은 것도, 꼭 하기 싫은 것도 없다. 아마 언쟁도 그냥 하는 것일 것이다. 언쟁이 시작되었으니까. 꼭 그만 둘 이유도 없으니까. 이유가 생기면 언제라도 그만둬 버릴 수 있는 언쟁. 그래서 그들의 언쟁은 치열하지 않다. 언쟁을 해도 물에 물 탄 분위기. 입을 다물어도 술에 술 탄 분위기. 딱 그것이다.

우린 마운트 쿡을 들러 오늘의 목적지 데카포 호수로 왔다.

여행은 어차피 무엇인가를 보며 어딘가로 이동하는 것이고, 누군가 보고 싶은 곳이 있다면 별 의미 두지 않고 보러 가는 것이 맞다는 게 내 생각이다. 얼마나 좋으냐, 무슨 의미가 있느냐, 그런 건 따질 필요가 없다고 생각한다. 중요하지 않다. 좋은 것, 좋아하는 것의 의미는 다 각자의 마음속에 있는 것이다. 굳이 의미를 두자면 친구가 보고 싶어 하니까. 그것보다 더 큰 의미가 어디 있겠는가.

비행기를 놓친다든가, 누군가의 생명이 위험하다든가 하는 급박한 이유가 아니라면, 각자의 소원을 기꺼이 들어주며 다니는 게 동반 여행자로서 가질 가장 큰 덕목이라고 생각한다.

겨울 마운트 쿡은 조용했다.

늘어선 방갈로는 굳게 문이 닫혔고 찻집조차 영업을 하지 않았다. 우린 진짜, 눈앞에 우뚝 선 눈 덮인 산을 보며 안내소 앞을 어슬렁거리는 것 외엔 할 일이 없었다.

가까이서 보니 산의 위용이 대단했다. 가까운 산을 다니다 설악산에 올랐을 때의 느낌이었다. 와! 하는 감탄사가 절로 나왔다. 흰 눈이 덮인 산꼭대기 위로 눈보다 더 흰 구름이 산 위로 피어올랐다. 산에서 푸슬 푸슬 눈가루가 날리는 듯도 하고 눈이 사태 져 흘러내리는 듯한 아찔한 착각도 들었다. 감히 올라올 엄두도 내지 말라는 듯 흰 절벽이 가파르게 하늘을 찔렀다. 갈 수 없는 곳을 쳐다보고 있으려니 신성한 마음이 들었다. 높은 곳이 신성한 장소가 되는 이유를 알 것도 같았다.

철호는 사진을 찍고 있고 민상은 방갈로의 닫힌 창 안을 들여다보고 있다. 그리고 나는 청둥오리를 쫓아다니고 있다.

우린 같이 있으면서 이렇게 각자 무언가를 하는 데 익숙하다.

언젠가는 이렇게가 아니라 각자 진짜 가족과 여행을 다니겠지.

결혼을 한 뒤에도 민상과 철호는 우리 엄마 제사에 와 줄까.

부모님 제사를 내가 모신다.

벌써 3년인가? 아니 올해로 4번째다. 큰형 가족이 캐나다로 이민을 간 해부터니까 4년이 된다.

큰형네가 이민을 가게 되자 제사가 문제가 되었다. 지극히 상식적으로 하자면 둘째형 아니면 셋째형이 가져가야 했지만 아무도 나서지 않았다. 큰형수가 호호, 웃으며 말했다.

"캐나다에서 지내죠. 뭐."

그러자 내가 그 웃음을 잘랐다.

"제가 모실게요."

큰형은,

"네가?"

라고 했지만 형수는,

"하긴 바다 건너 그렇게 멀리까지 제삿밥 잡수시러 오시겠어요?"

했다. 어쩌면 형수는 말만 그랬지 이민과 함께 모든 법을 버릴 마음이었는지 모른다. 그곳에 가서 제사를 버렸을 것이다. 어떻게 아느냐고? 그건 그냥 아는 거다. 웃음소리를 듣고 금방 느꼈다.

난 엄마가 그렇게 멀리까지 가게 하기도 싫었지만 울며 겨자 먹기 식으로 하게 될 다른 형수들에게 맡기기도 싫었다. 형들은 약속이나 한 듯 아무도 입을 열지 않았다.

큰형이 이민 가기 전에 모인 이후 나는 아직 형들을 한 번도 보지 못했다. 물론 제삿날에도 오지 않았다. 큰형이 제사를 모실 땐 그래도 눈치 보며 제삿날엔 모이곤 했는데 아무도 내 눈치는 보지 않았다. 나도 사실은 그게 편했다. 형수들의 억지 도움도 받기 싫었고 제삿날엔 오로지 엄마만 생각하고 싶었다.

모여 봤자 형들끼린 별로 말이 없었고 서로 왕래가 거의 없는 터라 형수들도 친하지 않았다. 말 없는 가운데 서로 궂은일을 미루는 팽팽한 기운, 형식적인 인사치레. 그 사이에서 눈치를 보다 보면 도대체 추모의 마음이 나지 않았다. 차라리 내 손으로 해치워버리는 게 백 번 나았다.

대신 민상이와 철호가 가족이 돼버렸다.

민상이도 철호도 염불보다 젯밥에 관심이 더 많았지만 우린 재미있게 제사 음식을 만들고 맛있게 먹었다. 우리 집 젯날은 또 다른 특별한 우리의 모임날이 되었다.

민상이는 우리 엄마를 좋아했다. 어떤 땐 술을 올리고 절을 하면서 울기도 한다. 아마 집을 자주 드나들며 밥을 먹고 해서 정이 많이 든 모양이었다. 민상이에겐 우리 엄마도 엄마였을지 모른다. 고등학교 때부터는 집에 계신 엄마보다 우리 엄마를 더 자주 보고 밥을 같이 먹었으니까. 그리고 엄마처럼 살갑게 다독여주었으니까.

민상은 전입 온 날부터 하숙을 했기 때문에 내가 자주 우리 집에 데

리고 왔다. 하숙집은 때를 못 맞춰 들어가면 밥이 없기 때문에 놀다 늦
으면 거의 우리 집에 왔다. 엄마는 나를 좋아했고, 내가 하는 일은 다
좋았고, 내 친구들도 당연히 귀한 대접을 받았다. 올 때마다 웃으며 우
리 막내 친구들 왔구나, 하며 반겼다. 그리고 늘 고맙다고 했다. 뭐가
고마운지. 밥은 엄마가 챙겨주면서 왜 고마워했는지. 지금도 알 수는
없다. 죽은 사람과는 말을 할 수가 없다. 말을 할 수 없기 때문에 좋을
대로 생각해버리기도 좋다. 기분에 따라 오늘은 이런 해석, 내일은 저
런 해석을 붙여 보기도 좋다. 그렇지만 꼭 하루만 살아나서 대답을 해
줬으면 하는 소망을 아직도 버리지 못했다.

내 곁에 오래 있어줄 친구들이란 걸 알고 한 소리였는지 모른다. 내
게 가족 같은 친구를 만들어주고 싶었는지도 모른다. 그런 친구들이
꼭 필요하다는 걸 알고 있었는지도 모른다. 믿고 싶진 않지만 엄마는
날 속이고 있었는지도 모른다. 그녀의 병에 대해.

놀다가 늦을 때면 으레 셋은 우리 집으로 왔다. 노는 건 늘 셋이었고
민상이 하숙집 밥 때가 늦으면 철호도 당연히 같이 왔다.

그래서인지 엄마 제사엔 마치 한 가족이나 된 듯, 모두 엄마의 아들
인 것처럼 당연하게 같이 모셨다. 아직까지 난 한 번도 혼자 제사를 모
신 적이 없다. 그러고 보니까 그렇다. 철호와 민상이는 내가 모신 제사
만큼 우리 부모 제사를 모셨다. 같이 시장을 다니고 전을 부치고 국을
끓였다. 철호는 전을 부치며 장난을 하고 민상은 장난 친 전을 먹어버
리곤 하면서. 내가 눈을 흘기고 그들은 낄낄거리며, 놀이처럼 제사를
지냈다.

놀이처럼.

철호의 카메라가 나를 향하고 있다.

날 보고 웃으라며 자기가 이를 한 가득 드러내고 웃고 있다. 방갈로 주변을 어슬렁거리던 민상이가 내 쪽을 향해 달려온다. 셔터 소리와 함께 민상의 부피 큰 몸집이 나를 반이나 가린다.

"와, 저 진상 새끼가 경치 다 흐리고."

"뭐? 진상?"

철호는 줄행랑이고 민상이 죽으라고 뒤를 쫓는다. 내 눈도 그들의 뒤를 쫓는다. 그들이 눈에서 멀어질수록 날씨가 차가워진다. 갑자기 몹시 춥다. 나는 그들을 향해 소리를 지른다.

"야! 이 자식들아. 춥다. 그만 가자."

8월 3일

"야, 아까부터 저 노랑머리가 너 힐끔거리는 거 알고 있지?"

"그―럼."

난 감자를 써는 손을 멈추지 않은 채 예사롭게 대답한다. 하루 이틀 겪는 일도 아니고 일일이 흥분해줄 수는 없다.

"재수 없다. 우리 차에 들어가서 해 먹자."

민상이 눈을 끔벅거리고 입을 실룩거리며 씻고 있던 양파를 도로 그릇에 담는다.

가스불 위에 프라이팬을 올려놓고 야채를 잔뜩 넣어 볶고 있던 노랑머리 남자가 내가 들어올 때부터 보고 있다는 걸 난 진작에 알고 있었다. 난 여자의 눈길에도 남자의 눈길에도 익숙하다. 그들이 어떤 마음으로 보든 진짜 아무렇지도 않다. 그들의 마음을 상관하고 싶지도, 욕하고 싶지도 않다. 사람은 누구나 자기만의 세계가 있는 거 아닌가. 뭐 그 정도로 받아들인다. 남의 마음속까지 들어가 밤 놔라 대추 놔라 하고 싶지는 않다. 그렇게 할 권리가 있는 것도 아니고.

"뭘 예민하게 그래? 저절로 상황 끝날 텐데. 그냥 보게 놔둬. 본다고 닳는 것도 아니고."

내 말대로 노랑머리는 곧 눈길을 거두었다. 민상의 더러운 인상과 철호의 힐끔거리는 눈빛을 보곤 눈치를 챈다. 이런 상황에서 친구들은 항상 오해를 받고 난 그 오해 속에서 보호를 받는다고나 할까.

난 아무렇지도 않은데 둘은 늘 처음 당하는 것처럼 흥분한다. 자기들이 오해를 받는 게 지랄 같은지, 아님 날 그런 놈으로 보는 게 기분이 상하는 건지. 아마 둘 다일 것이다.

난 공동 취사장에서 밥을 해먹자고 했을 때 이미 예상 했다. 우리나라에서도 받는 오해인데 온갖 인종이 다 모이는 홀리데이 파크 공동 취사장임에랴. 오히려 아무 일 없으면 도리어 이상한 것 아닌가?

캠퍼밴에서 해먹어도 되지만 공동 취사장이 있을 땐 그곳이 편하다. 물도 시원하게 마음대로 쓰고 동선도 넓고 쓰레기 처리도 편하고. 차 안에서 물을 써버리면 쓴 만큼 채워야 하고 또 쓴 만큼 오수도 빼내야 한다. 그러니까 홀리데이 파크에 있을 땐 되도록 공동 취사장을 이용하는 것이 여러모로 편리했다. 그런 편리를 가까이 두고 좁은 차 안에 숨어 끙끙댈 내가 아니다. 내 미모가 성별과 인종을 초월했듯이 내 생각도 그들의 생각을 초월했다.

요리가 끝났는지 아님 날 탐색하는 걸 끝냈는지 노랑머리가 프라이
팬을 들고 취사장을 나간다.

우린 평화롭게 아침을 먹는다.

평화롭다.

우리의 아침이 늦은 까닭에 취사장 식당엔 우리밖에 없다.

민상은 벌써 세 그릇째 먹고 있다. 그릇이 좀 작긴 하지만 먹성은 짱
이다. 민상은 먹는 양만큼 힘도 세고 몸도 크고 어디 한 군데 작은 곳이
없다. 특히 손은 그대로 야구 글러브다.

굵고 크고 투박한 손.

그런데 그 손으로 꽃꽂이를 한다면 믿겠는가. 더구나 가느다란 리본
을 돌려 꽃을 만든다면? 아마 직접 보기 전엔 상상조차 어려울 것이다.

민상은 꽃집을 한다.

장례식상에 나기는 화환도 하고 스승의 날이나 어버이 날 꽃바구니
도 직접 만든다. 물론 공기 정화용 식물이나 꽃 화분도 판다. 아가씨까
지 하나 둔 사장인 셈이다.

몸집이나 생긴 것에 어울리지 않게 작고 예쁜 것을 좋아하는 민상은
대학 다닐 땐 꽃꽂이 동아리에도 들고 학원에도 다녔다. 어쨌든 심각
한 취업난에 민상은 길을 잘 들었다. 민상이 화환이나 꽃바구니를 만
들고 있는 걸 보면 꽃집은 감각만으론 할 수 없다는 생각도 든다. 민상
이 말대로 막노동이다. 망치 들고 못 치고 난리도 아니다.

난 솜씨가 있어도 못할 것 같다. 민상이도 그랬다. 난 하고 싶어도 못
한다고. 보통 힘드는 게 아니라고. 맞는 말이다. 앉아서 그림 그리는

것도 팔 아프고 등 아프고 몸살이 난다.

난 그림을 전공했다.

대학 다닐 때부터 학원에서 아르바이트로 중·고등 학생들을 가르쳤고 졸업 후에는 그대로 학원 강사가 되었다. 주변에서 학원을 차리라고 했지만 난 싫다. 직접 경영을 하면 돈이야 좀 되겠지만 골치 아픈 일이 많다. 학생 관리. 세금 문제. 또 강사 관리. 생각만 해도 내 스타일이 아니다. 주인이 되어 책임을 져야 하는 일이 싫다. 수입이 좀 적더라도 월급 받는 강사가 속 편하다.

어쩌면 결혼할 생각이 없는 것도 같은 이유에서인지 모른다. 마음에 드는 여자가 있기는 했지만 결혼 생각만 하면 마음이 식었다. 한 가정을 책임지고 보호해야 한다는 생각을 하는 것만으로도 부담이 되고 자신이 없다. 친구들은 내가 아직 마음에 드는 여자가 없어서 그렇지 결혼을 기피하고 있다는 건 모른다. 그런 말까지는 하지 않았다.

그냥 지금처럼 살고 싶다. 내가 쓸 만큼 벌이가 있고 철호와 민상이 만나서 저녁 먹고 가끔 여행 다니고. 다른 생각은 하기 싫다. 솔직히 말하면 하기 싫은 게 아니라 자신이 없는 거겠지만.

철호는 고등학교 교사다. 전산 선생이다.

그래서 여행은 항상 철호의 방학에 맞춘다. 직업은 어쩔 수 없는지 철호는 가끔 선생티를 내기도 한다. 쓰레기를 함부로 버리지 말라는 등, 뒷정리를 잘하라는 등. 아마 오늘도 밥 먹고 난 뒤 취사장 정리를 다 하고 갈지도 모른다. 남들이 어질러놓은 것까지. 그러면 민상이 할 수 없이 입을 내밀고 철호를 도울 것이다. 난 이어폰을 끼고 밖으로 나가겠지. 이상하게도 둘은 나에겐 그런 기대를 하지 않는다.

철호는 그럴 것이다.

그래, 너는 나가 있어라. 우리 둘이 하면 된다.

오랫동안 보호자 아닌 보호자 노릇을 하다 보니 정말 자식을 돌보는 부모 같은 심정이 된 걸까. 내가 힘이 좀 딸리긴 하지만 그렇게까지 칙사 대접을 할 필요까진 없는데. 그런 생각을 하면서도 난 이 두 친구 앞에선 한없이 뭉갠다.

데카포 호수는 거품을 북적북적 몰아내고 있다.

예상대로 난 이어폰을 꽂고 식당에서 먼저 나왔다.

난 밥 먹고 곧바로 이어 뒷정리를 하는 게 싫다. 먹었으면 먹은 것에 대한 감상 시간이 있어야 한다. 살아있는 것들에게 가장 중요한 것은 먹이 활동이다. 그렇게 중요한 음식을 취하고 났으면 소화가 되는 과정까지 존중해줘야 하지 않는가. 동물들처럼 말이다. 이런 점에선 동물들이 한 수 위다.

사냥에 성공한 사자를 보면, 포식을 하고 난 뒤에는 비스듬히 누워 그저 포만감을 즐기기만 한다. 아무것도 하지 않고 그저 먹은 것에 대한 감상만 있을 뿐이다. 인간에게도 그런 게 필요하다고 생각한다. 배부른 소리라고 나무랄지도 모르지만, 이건 정말 중요하다. 모든 인간들이 진지하게 이 문제에 대해 고민해야 된다고 생각한다. 모든 사람에게 중요해지면 나 같은 얌체의 탄생도 없어지지 않겠는가. 나도 느긋하게 뒤처리를 한다면 얼마든지 할 수 있다.

하여튼,

이런 습성이 있는 까닭에 설거지는 주로 둘 중 하나가 한다.

두 사람에게 뒤를 맡기고 어슬렁어슬렁 걷다보니 호수였다.

어제 들어올 땐 어두워서 몰랐는데 호숫물은 부옇게 흐렸다. 석회질이 많아서 그렇다고 한다. 관광책자엔 우윳빛이니 어쩌니 했는데 내가 보기엔 그냥 탁한 물일뿐이다. 호숫가로 밀려나오는 회백색 거품이 불결해보이기까지 한다. 꼭 빨래에서 나오는 거품 같다.

똑같은 모양의 산과 들이 이어져오다 가끔 나타나는 호수라 이 나라에선 경이롭고 보물 같은 존재일지 몰라도, 맑은 호수를 많이 보아 온 내겐 그냥 그렇다. 뭐니뭐니해도 물의 최상의 덕목은 '맑음' 아니던가. 별밤이 환상적이라고 그렇게 난리를 치는 것도 결국은 흐린 물을 감추기 위한 위장 선전쯤 되나 보았다.

누가 어깨를 툭 친다.

'뒷정리 끝났구나.'

난 친구들이라 생각하고 웃으며 돌아보았다. 내 웃음을 맞받는 웃음은 아까 그 노랑머리였다. 노랑머리가 뭐라고 말을 하는데 들리지 않았다. 난 이어폰을 끼고 있었고 좀 놀랐다. 그리고 내가 놀라고 있는 상황에 또 놀랐다.

노랑머리의 웃음에 소름이 끼쳤다. 특별히 험악하게 생긴 얼굴이 아니다. 취사장에서 힐끗 봤을 땐 그냥 평범한 얼굴이었다. 보고는 곧 잊어버릴 서양 사람의 얼굴. 그리고 그땐 놀라지도 않았다.

그런데 난 지금 몹시 놀라고 있다. 상대는 분명 호감을 가지고 활짝 웃는데 소름이 끼친다. 웃음 뒤에 있는 다른 목적에 소름이 끼친 것인가. 그렇다고 이렇게 놀랄 일도 없지 않은가. 내가 아니면 그뿐이다. 그러면서 난 주변부터 둘러보았다. 호숫가엔 산책 나온 사람들이 두

쌍 있지만 그들은 서로에게 집중해있다.

노랑머리는 또 다시 뭐라고 말을 했고 난 알아듣지 못했다. 내가 멍청히 있자 다시 말을 하며 손을 들어 올렸다. 그 손이 내 머리를 향하려 했는지 어깨로 오려 했는지는 모르겠다. 난 노랑머리가 손을 올리는 순간 뒷걸음치며 동시에 돌아섰다. 그리고 빠른 걸음으로 취사장 쪽으로 걸어갔다.

그가 따라오는지 돌아보지 않았다. 그러면서 화가 났다. 화가 나면서도 그와 맞설 용기는 없었다. 난 슬프고 분하고 화나고 복잡한 심정으로 바삐 걸었다. 분해서 눈물까지 나려하는데 철호와 민상이가 이쪽으로 오는 게 보였다. 그들을 보는 순간 갑자기 맥이 빠지며 걸음을 옮길 수가 없었다. 그 자리에 섰다.

그리고 뒤를 돌아보았다. 노랑머리가 몇 걸음 뒤에 우뚝 서 있었다. 억센 어깨가 더 억세 보였다. 날 따라오다 멈춰선 듯했다. 아마 노랑머리도 철호와 민상이를 보았을 것이다.

다시 노래가 귀에 들어왔다. 그랬다. 난 노래를 듣고 있었다.

'너 없이 또 살다보면 잊을 거라 난 믿었는데, 쉽게 끊을 수 없는 커피처럼 눈을 뜨면 또 생각나. 어쩌면 이대로 네게 중독된 사람처럼 단 하루라도 널 볼 수 없는 난 살아낼 수 없어……'

가수는 남자치고 음이 매우 높은 목소리로 중독된 사랑을 고백하고 있다. 음색과 가사가 참 잘 어울린다는 생각을 한다.

발 옆에는 데카포의 석회질 물이 거품을 북적거리고 있는데, 티 없이 맑은 하늘 아래, 두 남자가 걸어오고 있다. 민상과 철호가 걸어오고 있다. 나는 그들의 머리 위에 있는 같은 하늘 아래 서 있다. 그들을 보고 있는 내게 이제 노랑머리의 존재는 없다. 소름끼치는 웃음을 볼 필요가 없다.

나는 친구들을 향해 발걸음을 옮긴다. 노래를 따라 흥얼거리며.

* * *

퀸스타운을 향해 출발한다.

오늘밤은 도시의 호텔에서 잘 것이다.

몇 시간이 걸릴지 아무도 알지 못한다. 여긴 낯선 곳이고 우린 도로 사정도, 앞으로 일어날 상황도 알지 못한다. 우리가 아는 건 가야 할 곳까지의 거리뿐이다. 이젠 몇 백 킬로미터에 익숙하다. 우리나라 고속도로처럼 속도를 내지 못하기 때문에 생각보다 시간이 많이 걸린다는 걸 모두 알고 있다.

철호가 뒷자리로 가고 내가 조수석에 탄다.

4인용 캠퍼카는 앞자리 아니면 침대로 변하는 맨 뒷자리뿐이다. 그리고 뒷자리는 몹시 덜컹거린다. 그래서 달릴 땐 소음이 심해 앞과 뒤 승객간의 대화는 거의 불가능이다. 대화를 하려면 고래고래 소리를 질러야 한다.

철호는 어제 너무 추워서 잠을 설쳤단다. 뒷자리에서 잠을 좀 자야겠단다. 나도 발이 시려 자꾸 뜨뜻한 곳을 찾다보니 철호의 배까지 발이 올라갔다. 무딘 철호도 찬 발 공격엔 별 수 없었나보다.

똑같은 모양의 언덕과 초원을 가로지른다.

철호는 깊이 잠들었고 나는 음악을 듣고 민상은 눈을 부릅뜨고 운전
을 한다.

하늘이 흐르고

초원이 밀려가고

시간은 우리들 사이에 조용히 머물러 있다.

8월 4일

안락하고 따뜻한 침대였다.

어젯밤부터 비가 왔다. 겨울비다. 아직도 날은 흐리다. 비가 오는 날
호텔에서 자게 되어 정말 다행이다. 따뜻한 잠자리에 누워 습하고 싸
늘한 캠퍼밴을 생각하니 몸이 오그라든다.

철호는 계속 잔다. 민상은 눈은 떴는데 침대에서 나오지 않는다. 씩
씩한 척했어도 노숙 아닌 노숙의 독이 쌓였나보다.

난 커피포트에 물을 끓인다.

아침은 삶은 달걀과 커피다.

민상은 매우 심드렁하다. 마음에 들지 않는 메뉴다. 아니 그건 우아
하게 표현한 것이고 진실을 말하면 절대적으로 양이 부족하다. 철호가
시내에서 맛있는 점심 사먹자고 위로를 한다. 호텔인지라 취사를 할
수가 없다. 주차장에 세워놓은 차로 가서 해먹을 수는 있겠지만 도시
의 주차장에서의 취사는 을씨년스럽다. 그 생각엔 모두 동의한다.

9시가 지나자 날이 화창하게 갠다.

여행하는 내내 감탄하고 있는 새파란 하늘에, 태양이 눈에 부시다.

오늘은 하루 종일 퀸스타운 시내를 둘러보기로 했다.

아주 작은 도시라 도시 전체를 걸어서 관광할 수가 있단다. 인구가 일만이 안 된다 한다. 우리나라에선 도시란 명칭도 붙이지 못할 인구 아닌가. 고등학교 때 전교생이 이천 명이 넘었다. 학교 몇 개만 합쳐도 이 도시 인구는 거뜬히 넘긴다. 그렇게 적은 인구가 사는 도시는 어떻게 생겼을까. 나는 자꾸 동화에 나오는 거리를 상상하고 있다.

더 놀랄 일은 전 인구가 사백 만밖에 안된다는 사실이다. 생각해보면 기가 차지 않는가. 국토가 한반도보다 더 크다는데 인구가 사백 만이라니. 우리나라가 좁은 땅에 얼마나 많이 사는지. 좁은 땅에 너무 다정하게 살다보니 관심을 넘어선 간섭도 그저 정으로 덮어주며 살게 되었는지.

이 나라 사람들은 일자리 걱정은 없겠다 싶다. 그 적은 인구가 이 넓은 땅에서 할 일 없겠는가. 그러니 기를 쓰고 무엇을 할 필요도 없을 것 같고, 느긋하고 느릴 수밖에 없겠다. 빠릿빠릿한 건 민족성이 아니라 환경 탓이 아닐까. 우리나라나 일본에 태어나는 것 자체가 극기훈련일 수밖에 없다는 생각이 든다.

내가 이 나라에 태어났다면 어떤 모습으로 살아가고 있을까. 지금과 어떻게 다를까. 크게 달라졌을까. 별로 다르지 않을 것 같다. 성격대로 살고 있지 않을까. 어딜 가나 그저 중간 정도에서 머물고, 뒤처지지 않을 정도의 노력을 하고.

지금도 뭐 그다지 열심인 것은 아니다. 큰 야망이 있는 것도 아니고 간절하게 원하는 것도 없다. 목표를 정해놓고 앞만 보며 뛰었던 기억이 없다. 민상은? 철호는? 이곳에서도 우린 친구가 되었을까.

햇살 눈부신 창밖을 보며 두서없는 생각에 빠져있는 나를 현실로 불러내는 소리.

"야, 몽돌이, 나가자."

'몽돌이'는 철호와 민상이 나를 부르는 별명이다. 난 꿈이 없는데 그들은 날 그렇게 부른다. '꿈돌이'는 너무 유치하다나. 어디까지나 이 별명은 둘만의 것이다. 학교 다닐 땐 '옥동자'로 불렸다. 하지만 나랑 붙어 다니면서 둘은 어느 날부터 '꿈돌이'라 부르기 시작했다. 그리고 곧 '몽돌이'로 바뀌었다. '꿈돌이'에선 초딩의 냄새가 난단다.

덩치 큰 차는 주차장에 두고 가볍게 호텔을 나선다.

와카티푸 호수.

퀸스타운은 이 호수가 없으면 시체다.

도시의 중심에 있는 맑은 호수. 호수를 둘러싼 나무와 집들이 맑은 수면에 그대로 비치는, 그림 같은 호수다. 이 호수가 없다면 어떤 모습의 도시가 되었을까. 도시가 이루어지지 않았을 지도 모른다. 도시는 호수로 인해 생겨나고 호수로 인해 아름다움을 완성한 듯하다. 호수가 없는 퀸스타운은 상상할 수가 없다. 와카티푸는 도시 속의 호수가 아니라 도시를 품고 있는 게 와카티푸였다. 그를 중심으로 모든 게 생겨났다. 좀 걷다보면 어김없이 호수로 오게 되어 있다.

우리는 별 말없이 도시를 기웃거리고 돌아다닌다. 선물 가게도 들어가 보고 길거리에서 사진도 찍고 호수를 미끄러지는 물오리들과 한참을 놀기도 한다.

국내를 돌아다닐 때와 다를 게 없다.

어차피 내가 상대하는 사람은 철호와 민상이뿐이다. 우리나라에서
도 그랬다. 그들과 같이 있는 한 장소는 별 문제가 아니다. 우리나라에
서도 여행지에선 둘 외엔 모두 낯선 사람들. 여기서도 마찬가지다. 나
는 낯선 나라, 낯선 사람들 속에서 편하게 시내를 돌아다닌다. 민상이
와 철호가 같이 걷고 있는 거리를.

호수가 바라보이는 찻집에서 오후를 보냈다.
오늘은 그렇게 한가하게 보내기로 합심한다.
창을 통해 밖을 보니 다른 사람들이 눈에 들어온다. 세계 각지에서
온 여행객들이 끊임없이 오고 간다. 호숫가 광장은 그들의 놀이터가
되어 생기가 넘친다. 그 속에서 동양인을 발견하면 좀 반갑다. 알고 보
면 완전히 낯선 사람인데 이곳에선 친숙하게 느껴진다. 마음만 먹으면
친구가 될 수 있을 것도 같다.
민상이도 철호도 옥외 테이블에 앉아 있는 동양 여자를 보고 있다.
눈에 띄는 외모다. 까만 머리에 날렵한 몸매. 예쁘다. 그들도 같은 생
각을 하고 있을까.
철호는 그 여자와 결혼을 하게 될까. 두 달 전에 맞선 본 여자가 있
다. 과학 교사라는 그 여자. 얼굴도 본 적 없지만 철호가 만나는 여자
라니 남 같지는 않다. 집에선 강력하게 민다는데. 철호는 그 여자에 대
한 이야긴 거의 하지 않는다.
철호가 결혼을 하게 되면 주말 모임은 힘들겠지. 주말은 가족과 함께
지내야 하니까. 민상이까지 결혼을 하고 나면 나도 결혼을 하게 될까.
제사 때도 못 오겠지. 친구 엄마 제사에 가는 남편? 이상하긴 하다.

문상이라면 몰라도. 혼자서 제사를 지내겠구나. 혼자선 해본 적이 없는데. 혼자서 장을 보고 전을 부치고, 그리고 그걸 혼자서 먹는다고? 생각만 해도 이상하다. 그들이 없는 제사는.

결혼하면 아내와 둘이서 하게 되겠지. 그런데 아무리 생각해봐도 그런 그림은 그려지지 않는다. 내가 결혼을 한다? 안 하면? 평생 혼자 산다? 혼자?

갑자기 속이 불편하다.

나는 벌떡 일어난다.

"어딜 가?"

카메라 렌즈에 눈을 들이대고 있던 철호가 고개를 들며 묻는다.

"묻지 마라, 자식아."

괜히 신경질이다.

철호는 멀거니 날 쳐다보기만 하고 다른 반응이 없다. 민상은 창밖의 그 여자만 보고 있다. 난데없는 신경질이 아직 그의 감각엔 닿지 않았다. 어릴 때부터 주사바늘 뺀 뒤에 울었다는 놈이다. 그런 놈이 잠귀는 어떻게 그리 밝은지. 생각해보면 민상도 참 불가사의한 놈이다.

나는 자리를 벗어나 찻집 유리문을 열고 밖으로 나간다.

찬 공기가 뺨으로 달려든다. 햇살이 눈을 찌른다. 호수의 표면은 유리가루처럼 반짝인다. 심호흡을 하는데 갑자기 눈물이 난다. 난 뒤로 돌아보지 못한다. 민상과 철호가 나를 보고 있을 지도 모른다. 아니 분명 지켜보고 있을 것이다. 돌아보면, 그들을 보면 눈물이 날 것 같았다. 난 한참동안 눈부신 호수를 보며 서 있었다. 눈물이 사그라들 때까지.

찻집 안은 세계 각지에서 온 사람들로 가득하다.

그 속에 낯익은 사람 둘,

민상이와 철호가 내 쪽을 보며 손을 흔든다.

그들이 앉아 있는 창가 자리만 물속처럼 흔들린다.

흔들리다 흩어져버릴 것 같다.

사라져버릴 것 같다.

애들아, 기다려.

나는 익숙한 얼굴이 있는 그곳으로 급히 뛰어 들어간다.

8월 5일

호텔을 나온다.

안락하고 쾌적한 곳이었다.

이제부터 어떤 곳에서 어떻게 자게 될까. 정해진 잘 곳이 없다는 것. 그리고 따뜻함이 없다는 것. 몹시 서글프고 불안한 일이다. 난 유난히 안락한 잠자리에 집착한다.

오늘의 목적지는 밀포드 사운드.

민상이 관광 책자를 보며 여행의 하이라이트라고 떠들어댄다. 민상은 활자 신봉자다. 뭐든 글자로 적힌 건 절대적으로 믿는다. 여행 감상문은 그다지 믿지 않는 게 좋다는 걸 저 자식은 아직도 깨닫지 못한 걸까. 보는 것에 대한 느낌은 사람에 따라 엄청나게 다를 수 있다. 아무리 객관적으로 적는다 해도 여행 기록이 객관적일 수는 없다. 그리고 내 느낌이 그들과 같을 수도 없다. 그냥 참고만 해도 좋을 것을. 그런데 민상은 번번이 관광지 안내 글에 완전한 신뢰를 보내며 흥분한다.

민상이 책을 보고 큰 소리로 읽는 바람에 난 알고 싶지 않아도 자꾸 알게 된다. 모르는 채로 가고 싶어도 성량 조절 안 되는 놈 때문에 그것도 마음대로 안 된다. 정보 없이 가서 신선한 충격을 받기는 글렀다. 가끔은 지적으론 무지한 채로 그냥 느끼기만 하는 게 더 좋을 때도 있는 데 말이다.

민상이 자식은 도대체 혼잣말이란 게 안 되는 놈이다. 속삭임은? 말해 무엇하리, 다. 아마 데이트할 때도 여자 꽤나 당황시킬 거다. '키스해도 될까요' 를 찻집이 울리도록 속삭이는 남자? 그걸 멋있게 받아들일 여자가 있으면 다행이겠지만. 어디 저래 가지고 둘만의 달콤한 사랑이나 속삭이겠느냐 말이지.

뉴질랜드에서 국내인도 마음 단단히 먹고 가야 하는 오지.

높은 바위산 깊숙이 바닷물이 침식해 들어와 생긴 만. 그 깊숙한 바닷길로는 옛날 해적들이 들어와 은신처로도 삼았다는 곳.

1,500m가 넘는 바위산으로 둘러싸여 있어 호머 터널이란 터널이 뚫리기 전엔 육지 쪽에서 사람이 접근하지 못했던 곳. 그래서 오랫동안 인적이 없었던 곳.

일 년 내내 비가 부슬부슬 내리는 곳.

둘러싸고 있는 산이 너무 높아 비구름이 산을 넘지 못하고 그 안에만 내린단다. 내린 비는 다시 구름이 되고 그 구름은 여전히 산을 넘을 수 없고.

안개와 구름과 비와 절벽에 둘러싸인 깊은 바다.

안내 책자대로라면 신비로운 원시의 풍경이다.

여기까지가 모두 민상이 떠든 내용이다.

"얼마나 걸려?"

"해 지기 전까진 도착해야 되는데."

민상이 지도를 들여다보며 대꾸한다.

도대체 얼마나 멀기에. 해지기 전까지라니. 하루 종일 달리기만 한다는 말이 아닌가.

"넌 그런 소리를 그렇게 한가하게 해?"

내가 들어도 내 목소리가 크다.

마침 가스통을 잠그고 들어오던 철호가 큰소리에 놀라 나를 보고, 지도를 보던 민상도 고개를 든다.

"그럼 어떡해?"

민상이 난처한 표정이다.

"야, 걱정 마. 가다 안 되면 중간에 아무 데서나 자면 돼."

철호 자식, 눈치도 빠르다. 한 마디만 듣고도 상황 파악이 돼 버린 그의 대답이다.

내가 생각해도 나는 가관이고 둘은 더 가관이다. 여행을 코 꿰어 억지로 온 것도 아니고, 그들이 안 가려는 애를 구슬려 가며 데리고 온 부모도 아니다. 그런데 나는 생트집이고 둘은 무조건 나를 달랜다. 내가 차를 길게 타거나 비행기를 오래 타는 걸 못 견뎌하는 건 사실이지만 그렇다고 둘이 내 눈치를 보며 비위까지 맞출 이유는 없다. 내가 그들을 고용한 것도, 월급을 주며 부리는 하인도 아니다. 신세를 진다면 내가 지는 셈이니 내가 그들의 눈치를 봐야 마땅하다. 민상은 하루 종일

운전이고 철호는 온갖 궂은일을 도맡아 한다. 매일 오물통, 오수 처리
에 차내 청결 유지까지.

　너무 같잖으면 상대도 하기 싫을지 모른다. 상대도 안 되기 때문에
봐주고 있는 건지도 모른다. 어쩌면 봐주기가 습관이 돼버린 지도 모
른다. 나를 대하는 그들의 버릇. 저 자식은 원래 저런 놈이고 저런 놈
에겐 요렇게 반응해야 된다는.

　난 속으로 반성을 한다. 그나마 반성을 잘 하기 때문에 그들이 날 참
아줄 수 있는지도 모른다. 그렇다고 금방 티 나게 상냥할 순 없다. 나
도 나름 체면이란 게 있으니까.

　"아무데서 자면 어떡해. 그냥 쉬엄쉬엄 가자. 한 군데 보자고 이틀씩
이나 길에서 보낼 수는 없잖아."

　좀 퉁명한 대답으로 사태를 마무리 한다. 사태랄 것도 없지만. 내가
일으키고 내가 거두어들이는 사태. 나만 아니면 문제도 안 될 문제. 알
고 있지만 반드시 저지르고야 마는 이놈의 성깔.

　'철호야, 민상아, 그래 내 성질 더럽다. 왼손으로 한 대씩 쳐라. 아니
다. 왼손으로 쳐도 아플 거다. 힘도 무식하게 좋은 놈들이니까. 그건
취소다. 아무래도 맞는 건 안 되겠고.'

　속으로 생각을 하며 그들을 쳐다본다. 이미 내게 관심도 없다. 역시
상대를 해주지 않는 게 분명하다. 민상은 운전대에 앉아 안전벨트를
당기고 있고 철호는 차내 정리 중이다. 열려진 문이 없나 꼼꼼하게 점
검중이다. 차 안에 있는 모든 문에는 잠금장치가 되어 있다. 달리는 차
의 충격에 문이 벌컥 열리지 않도록. 문을 모두 점검한 철호는 조수석
으로 간다.

입 밖으로 안 낸 게 정말 다행이다. 민상의 야구 글러브 같은 손을 보니 한숨까지 난다. 왼손이라도 사망 아니면 중상이기 십상이다. 철호? 마찬가지다. 손은 민상이같이 무섭게 보이진 않지만 민상이 복코를 찌그러뜨린 주먹이다. 내가 미쳤지. 나는 혼자 상상을 하며 부르르 떨기까지 한다. 내가 이런 상상을 했다는 것만으로도 그들은 억울할지 모른다.

둘은 한 번도 날 친 적이 없다. 장난으로라도.

우린 하루 종일 초원을 달린다.

양들이 지나가고 소들이 지나가고 구름이 지나갔다.

밀포드 사운드가 가까워지자 경치가 달라진다.

험한 산이 나타나면서 도로도 험해진다.

높은 고개를 올라가고 내려가야 하는 위험한 도로다.

고도가 높아지자 비가 부슬거린다. 아무런 가드레일이 없는 구불구불한 미끄러운 산길은 우리 모두를 긴장하게 한다. 워낙 굽이치는 길이라 바닥에 놓인 가방이 이리저리 쓸려 다니고 나도 이쪽저쪽으로 쏠린다. 차는 속도가 점점 느려진다.

뒷자리에 있던 내가 앞으로 간다.

철호가 한 쪽 옆으로 비켜 앉으며 앉으라 한다. 난 철호 옆에 비집고 앉는다. 좁지만 그런대로 앉을 만하다.

앞자리에 나란히 앉은 우리.

눈앞은 험한 도로. 아래는 깎아지른 낭떠러지. 그리고 싸락눈으로 변한 비. 커버를 돌 때마다 바퀴가 조금씩 밀린다. 차체는 무겁고 무게 중심은 높아 운전이 더 어렵다.

셋은 말이 없다.

인적도 없는 눈비 오는 험한 산악 도로.

아차, 하는 순간 낭떠러지로 그대로 떨어지리라. 한참동안 우린 발견되지 않을 지도 모른다. 지금으로선 목격자도 없을 것이고 도로 위에선 깊은 계곡의 끝이 보이지도 않는다.

바퀴가 밀릴 때마다 긴장이 되더니, 어느 순간 무감각해진다. 긴장도 유효시간이 있나보다. 죽으면 돼지, 생각하니 편안해진다. 같이 죽으면 좀 덜 무서울 것 같다. 같이 간다면, 죽음의 길도 덜 두렵지 않을까. 나만의 느낌일까.

철호도 편안해진 것 같다. 내 등 뒤로 돌려 내 팔을 잡고 있던 철호의 손에 힘이 좀 빠져 있다. 긴장이 풀어졌다는 증거다. 병도 오래 앓으면 친구 같아지는 건가. 귀신도 자꾸 보면 친숙해지는 걸까.

철호도 나와 같은 생각을 하고 있었던 것일까.

피할 수 없다면 기꺼이 받아들이는 수밖에 없다. 우린 이 길을 피할 수 없다. 차를 돌릴 수도 여기서 멈출 수도 없다. 산을 넘어 평지가 나올 때까지는 무조건 가야 한다. 핸들을 꼭 잡고 있는 민상의 얼굴도 그렇게 말하고 있다.

가자, 천천히. 우린 가는 거다. 죽기밖에 더하겠냐.

드디어 터널이다.

저승사자의 아가리 같은, 불도 없는 깜깜한 터널로 들어선다. 폭약과 망치로만 뚫었다는, 아무런 채색도, 도배도 하지 않은, 바위를 뚫은 그대로다. 이 굴이 뚫리기 전엔 뱃길이 아니고선 이곳에 들어온 사람이 없었단다. 워낙 높은 바위산으로 둘러싸인 곳이다.

일 년 내내 비가 온다는 곳. 구름도 넘어 나오지 못한다는 그 세계로 들어간다. 아무리 위험해도, 이곳을 통과하지 않고는 우린 여길 빠져나갈 수 없다. 내일은 다시 이 터널을 지나야 한다.

난 방금 빠져나온 터널을 돌아본다. 검은 구멍일 뿐인 터널이 하염없이 입을 벌리고 있다. 고개를 돌려 다시 앞을 본다.

급경사 내리막길.

길옆은 그대로 천 길 낭떠러지.

그 깊이가 아찔하다.

눈비는 더 심해졌다. 터널을 경계로 날씨는 또 다르다. 스노우 체인도 없는 무거운 차. 민상의 운전은 더 신중하다.

나는 그저 앞만 본다.

내 옆엔 민상이와 철호가 있다.

그들이 나와 같은 곳을 보고 있다.

같은 마음으로 험한 길을 내려가고 있다.

8월 6일

피오르드 협곡이 끝나는 곳에 망망한 바다가 펼쳐진다.

경계 없이 출렁이는 물이지만 사람들은 이름을 붙여놓았다. 그 바다 이름은 태즈먼 해. 목이 아프게 올려다보아야 했던 바위산이 사라진 눈앞은 그저 망망대해. 그 검푸른 바닷물에 햇살이 얼음조각처럼 부서져 반짝인다. 그곳엔 구름도 안개도 비도 없다. 거짓말 같다. 내내 얼굴을 적시던 안개와 비는 꿈이었던가.

* * *

밀포드 사운드에서 할 거라곤 단 하나, 크루즈.

협곡으로 밀려든 바닷길을, 배를 타고 태즈먼 해와 만나는 지점까지 왕복하는 것. 오가면서 높은 산에서 흘러내리는 빙하 폭포를 보고 운 좋으면 수달도 본단다. 이곳으로 오는 여행객의 목적이 이것 하나다.

배는 깨끗하고 크지만 겨울이라 관광객이 그리 많지는 않다. 얼마나 절경인지 기대가 된다. 민상이가 떠든 만큼 신비하고 멋있을지. 아침에 일어나서 밥 먹고 한 일이 오직 이 배를 타는 일이었다. 공동 취사장에서 카레라이스를 해먹고 부두에 온 게 다였다. 오직 크루즈만을 위한 부두다. 표를 사고 대합실에서 밖을 바라보며 1시간 가까이 기다렸다. 창이 넓었고 넓은 창밖은 바로 피오르드 협곡이 시작되는 바다라 지루하진 않았다.

기대를 가득 안은 관광객을 실은 배가 드디어 출발이다.

배는 협곡 사이 바닷길을 서서히 달린다.

높은 바위산엔 구름이 몇 겹씩 걸려 있다. 철호가 산이 치마도 입고 브래지어도 했다고 은밀히 떠든다. 나는 비키니 수영복이라고 맞장구를 친다. 그리고 곧 누드로 만들어줄 테니까 기대하라고. 철호가 키들키들 웃으며 민상에게 뛰어간다. 철호가 뭐라고 속삭이자 민상이 웃음을 참지 못하고 픕, 하고 웃는다. 그리곤 정말 누드 감상이라도 하듯 산을 아래위로 훑는다.

바위산이 너무 높아 고개가 아프다. 비는 계속 오락가락. 바위산에서 흘러내리는 빙하 폭포. 빙하라 해서 그런가보다 하는 거지 우리나라에서 본 폭포물이랑 구분할 수 있는 방법은 눈으로는 없다. 엄청나게 차긴 하겠지. 선장은 폭포 가까이 배를 들이대고 물세례를 선사한다. 그 물을 맞으면 장수한단다. 관광객들은 너도나도 갑판으로 나가 손을 내밀고 얼굴을 들어 튀는 물의 차가움에 놀라 소리치며 기뻐한다. 난 생각만 해도 몸이 떨려 선실 창을 통해 보기만 했다.

비싼 값을 치르고 탄 배지만 크루즈는 2시간도 안 돼 끝난다.

그동안 민상은 잠시도 선실에 앉아 있지 않았다. 비가 부슬거리는 갑판 위에서 거대한 바위산과 세찬 바람을 상대로 투쟁을 했다. 저 자식은 독립운동 하는 것도 아니고 왜 저렇게 버티나? 사진을 찍던 철호는 손이 시리다며 종종 선실로 뛰어들었지만 민상은 우릴 둘러싼 바위산처럼 꿈적 않고 그 자리를 지킨다. 난 잠깐 나갔다가 바람에 얼굴을 세차게 두드려 맞곤 그만 전의를 상실하고 만다. 그래, 너 혼자 호위무사 해라. 포기하고 내내 선실에서 창밖을 본다.

크루즈가 끝나는 대로 우린 여길 빠져나가야 한다. 어두워지면 기온이 내려가 길이 더 미끄러워질 수 있다. 될 수 있는 대로 해가 있을 때 빨리 나가는 게 좋겠다는 데 모두 동의한다.

점심을 뒤로 미루고 출발한다.

나는 어제처럼 철호와 앞자리 조수석에 같이 앉는다. 같이 앉아 안전벨트를 묶는다. 안전벨트를 묶으면서 생각한다. 죽어도 같이 죽겠구나. 혼자 살아나는 일은 없겠구나. 이 낯선 곳에서, 이 상황에선 살아남는 것이 결코 행운이 아니다.

안전벨트를 묶고 있는 민상의 표정이 비장하다.

밤새 장대비가 왔고, 약해졌지만 지금도 오고 있다. 아마도 산꼭대기엔 눈이 내렸을 것이다. 스노우 체인도 없는 무게 중심이 높은 캠퍼 밴. 민상은 내리막길에서 제동이 힘들더라 했다. 어제 산을 다 넘어와서 그렇게 말했다. 그 말 속에 긴장과 걱정이 숨어 있었다.

우린 조심조심 길을 출발한다.

비는 어제보다 더 세차게 내린다. 빗소리 속에 걱정과 긴장을 감추고 침묵으로 서로의 마음을 격려한다. 차가 천천히 산길을 오른다. 한 번 왔던 길. 어제보다 길 상태는 더 좋지 않지만 마음은 그렇지 않다. 차에도 길에도 어제보다 더 익숙해진 민상의 운전은 안정적이다.

구름을 뚫고 안개를 스치며 우리는 산을 오른다.

뉴질랜드에서 지금까지 본 경치 중에 제일 색다르고 장엄하다. 이곳 사람들이 꿈에도 그릴 만한 곳이겠다는 생각을 한다.

"와―."

철호가 감탄을 한다. 그의 눈에도 경치가 들어온다는 말이다. 익숙해진다는 건 결국 위험에 둔감해진다는 걸까. 모두 경치에 감탄한다. 어제의 긴장이 오늘은 보이지 않는다.

드디어 터널.

컴컴한 터널도 저승사자의 아가리처럼은 보이지 않는다. 반갑기까지 하다. 또 보는구나. 우린 서로 구면(舊面)이다. 헤드라이트 빛에 드러난 굴을 자세히 본다. 망치와 폭약으로 떨어져나간 울퉁불퉁한 표면. 천천히 가면 그다지 위험할 것도 없는 굴이다. 그저 지금까지 보던 굴과는 달리 바닥과 표면이 좀 거칠 뿐이다. 거칠다고 위험한 건 아니다. 그걸 깨닫는다. 민상이가 내게 위험하지 않은 것처럼. 처음 봤을 땐 거칠게 생겼단 이유만으로 위험해 보였다. 이 말은 민상에겐 하지 않았다. 기분 좋은 말은 아닐 것이다. 그리고 지금은 거칠게 보이지도 않는다. 이제 민상은 그냥 내 친구 민상일 뿐이다. 친구라는 것 외엔 아무것도 없다.

산을 거의 다 내려왔다.
길 가 평지에 차를 세운다. 무사히 빠져나왔다. 완전히 편안해진 얼굴로 서로를 보고 웃는다. 서둘러 늦은 점심을 한다. 내가 솜씨를 발휘한다.
쌀밥, 소시지 볶음, 달걀 프라이, 감자조림.
샌드플라이가 너무 많아 차 안에서 밥을 먹는다. 말이 파리지 모기처럼 사람을 문다. 물린 자리가 금방 부풀어 오른다. 할 수 없이 풀밭 위의 식사를 포기하고 차 안으로 들어왔다. 한참동안 아무 말 없이 밥만 먹는다. 두 시가 넘었다. 긴장이 사라지면서 식욕이 되살아났고 엄청나게 배가 고팠다.

밀포드 사운드.
그곳엔 지금도 비가 내리고 있겠지.
야릇한 기분이 든다.

하늘이 비를 내리는 것이 아니라 비가 오는 장소가 따로 존재하는 듯한 기분. 그래서 비를 보려면 그곳에 가야 한다는. 물론 비를 피하려면 그곳을 떠나면 된다는, 기묘한 환상에 젖는다.

철호도 민상도 나도, 지금은 햇살 아래 있다.

우린 방금 비가 오는 곳을 떠나왔다. 그리고 원하지 않으면 다시는 빗속에 있을 필요가 없다. 그런 상상을 하며 그들을 바라본다. 둘은 맛있게 밥을 먹고 있다. 흐뭇하다. 그들이 식성이 좋은 건지 내 솜씨가 좋은 건지 모르겠지만.

하여튼,

지금 햇살은 매우 아름답고 내 기분도 매우 아름답다.

그건 확실하다.

우리가 지금 이 순간, 이곳에 함께 있는 사실만큼 확실하다.

8월 7일

오늘은 크라이스트 처치를 향해 출발이다.

이제 우리 앞엔 돌아가는 일만 남았다.

거기서 비행기를 타면 다시 일상이다. 민상은 꽃집으로 나는 화실로 나갈 것이다. 철호는 아직 방학이 좀 남았다. 철호 자식 좋겠다. 방학만 되면 철호가 좀 부럽다. 난 방학이 더 바쁜데.

크라이스트 처치까지는 매우 먼 길이다. 중간 어디쯤에서 하루 숙박을 해야 한단다. 그곳이 어디가 될지 지금으로선 알 수가 없다. 어떤 변수가 기다리고 있을지. 어떤 장소가 우리와 인연이 닿을지.

지난 밤은 고래란 곳에서 잤다.

이름이 재미있어서 선택된 것은 아니다. 달리고 달리다 지쳐 도착한 곳이 거기였다. 선택의 여지가 없었다. 날은 저물었고 우린 더 달릴 기력이 없었다.

밀포드를 빠져 나와 하루 종일 달렸다. 점심을 해먹을 때가 그래도 호시절이었다. 해질 무렵에 적당히 나타나줘야 할 도시가 나타나지 않았다. 여름이면 길가 아무데서나 자겠지만 겨울이라 곤란했다. 홀리데이 파크에라도 들어가야 전기를 끌어당겨 차에 히터를 켤 수 있다.

사실은 네 시경에 도시를 하나 지나쳤다. 거기에서 하루 일정을 마쳤어야 했는데, 무식하면 용감하다고, 앞날을 모르니 용감할 수밖에. 다음 마을까지 가 볼까? 날은 아직 밝았고 힘도 남아 있었다.

그로부터 장장 4시간을 더 달렸다. 마을마다 홀리데이 파크가 있는 것도 아니지만 마을 비슷한 것도 나오지 않았다. 그저 달리는 수밖에 도리가 없었다. 운전자도 승객도 완전 넋이 나갈 즈음에 구세주같이 도시의 불빛이 나타났다. 거기가 고래였다. 더 불행했던 건 홀리데이 파크를 찾을 수가 없었다는 것이다. 낮이라면 돌고 돌아 그나마 찾을 수도 있었겠지만 거리는 어둡고 사람들도 다니지 않았다.

차에서는 못자겠다 싶어 숙소를 찾았다. 그런데 그 숙소가 얼마나 추운지. 캐빈이란 곳이 난방 시설이 없는 곳인 줄 몰랐다. 방값이 쌀 때 의심했어야 했는데. 녹초가 된 몸에는 이성도 남아 있지 않았다.

어쩔 수 없이 용감하게 한겨울에 난방도 안 되는 방을 생으로 견뎠다. 밤새 발이 시려 따뜻한 곳을 찾아 또 발이 철호의 배까지 올라갔다.

그러지 않아도 추운데 웬 놈의 찬 발이 자꾸 체온을 빼앗아 가더라고, 북극곰처럼 배가 두껍지 않았다면 동사했을 것이란다.

민상이도 자다가 일어나 양말을 신었다고 투덜댄다. 곰도 양말을 신느냐고 놀렸더니 목숨 가지고 장난치지 말란다. 자기 생애에 그만큼 추운 적은 없었단다. 화내는 것 보니까 진짜 죽을 만큼 추웠나보다. 그래도 철호와 난 둘이라서 그나마 덜했나보다. 북극에선 개를 안고 잔다더니. 개라도 한 마리 안겨주었어야 했나?

"짜식, 미련하기는. 그 정도면 우리 침대로 왔어야지."

"그 좁은데 어떻게 가?"

"죽는 것보다 낫지. 임마."

"얼어 죽으나 터져 죽으나다. 자식아."

"터져죽다니, 왜?"

"몰라서 물어? 네가 몸부림을 오죽 쳐야지."

"덜 추웠구만, 그만한 일에 터지기는."

"넌, 안 당해봐서 모른다. 너도 자다가 한 번 맞아봐라. 얼마나 황당하고 지랄 같은데."

할 말이 없다.

철호가 옆에서 말없이 웃는다. 그래, 민상이 네 심정 내가 안다. 뭐 그런 웃음이다. 난 그만 깨갱, 입을 닫는다. 길게 해 봐야 덕 볼일 없다. 낮에는 비실거리다 잠잘 땐 웬 괴력인지. 심하게 몸부림을 치다 팔이나 다리가 어디에 부딪치는 동시에 잠이 깨는 순간을 기억한다. 오죽하면 손이 벽을 쳐 손등에 금이 간 적도 있다. 그날로 침대를 벽에서 떼어놓았다.

새삼 철호가 대단하다. 그리고 고맙다. 푸덕거리다 철호의 손에 발목이 잡힌 기억이 떠올라 무안하다. 그런 기억은 되도록 떠오르지 않는 게 살아가는 데 유리한데.

나는 벌떡 일어나 커피포트에 물을 끓인다.

덜덜 떨며 커피를 태워 한 잔씩 바친다. 둘은 뜨거운 잔을 두 손으로 싸안고 마신다. 속이 좀 녹는다. 우린 커피를 다 마실 때까지 아무 말도 없었다. 뜨거운 커피 한 잔에 행복한 중이다. 그리고 내 죄가 삭감되고 있는 중이다.

아침부터 고기 세 덩이를 소금만 뿌려 굽는다. 추운데 씻고 다듬고 하기가 싫어 아침은 채소 없이 고기만으로 때우기로 한다. 고기로 먹는 아침. 생각보다 괜찮다. 철호도 민상이도 만족한 눈치다. 내가 ‘고기나 익혀 먹자’ 했을 땐 떨떠름한 표정이더니 먹을 땐 환하게 바뀌었다. 이 나라 고기는 아침에도 맛있네? 민상은 빵보다 낫다고 갑자기 고기 예찬에 들어간다.

“인마, 내가 잘 구워서 그렇다.”

“내가 그 소리 왜 안 나오나 했다.”

“짜시야, 먹기나 해라.”

밀턴이란 곳을 조금 지나서 점심을 먹었고 드니든이란 항구 도시를 빠져나와 오타고로 향한다. 오타고는 예정에 없던 곳이다. 철호가 앨버트로스 서식지라며 보고 싶어 해서 들렀다 가기로 한다.

철호는 보고 싶은 것도 많다. 아마도 사진 찍을 욕심이 더 큰지도 모른다. 카메라 렌즈를 통해 보면 그냥은 느끼지 못하는 특별한 어떤 것이 있단다. 그리고 사진엔 그 느낌이 찍힌단다. 늘 찍어놓고 화면을 보여주며 보라 한다. 내가 눈으로 보고 있는데 왜 꼭 작은 화면을 들여다보라 하느냐 하면 예술을 모른다고 툴툴거린다.

내가 말은 그렇게 하지만 철호의 사진을 좋아한다. 철호 말대로 사진엔 특별한 그 무엇이 있다. 가끔 철호가 찍어준 내 사진을 들여다보고 있으면 그때의 내 생각과 기쁨과 슬픔과 행복이 보인다.

계속 바다를 끼고 달린다.

가드레일도 없고 도로는 좁아 아슬아슬하지만 경치는 일품이다. 구불구불한 도로 바로 옆에서 넘실대는 바다는 당장이라도 차를 삼킬 듯하다. 이렇게 바다를 가까이 두고 달리기는 처음이다. 바다 사이를 달리고 있는 것처럼 가슴이 울렁거린다.

하늘은 푸르고 공기는 더 없이 깨끗하다.

바다를 끼고 달리는 길은 20km가 넘는다. 30분을 달려 앨버트로스가 서식한다는 언덕에 도착하다.

절벽 해안이다. 제주도 성산 일출봉이 떠오른다. 바람도 제주도만큼이나 세다. 해안 아래 암벽에는 바닷물이 밀려와 하얗게 부서진다.

우린 앨버트로스 보는 걸 포기하고 돌아선다.

아무리 기다려도 갈매기만 날았다. 세상에서 제일 크다는 새가 나는 모습은 보이지 않았다.

앉아 있는 앨버트로스라도 보려면 돈을 내고 철책을 쳐놓은 안쪽 언덕으로 올라가야 한단다. 그것도 안내원과 함께. 철호는 행글라이더처럼 큰 날개를 펴고 날고 있는 새를 찍어보려고 희망에 부풀었다 화를 내며 가자고 한다. 철책을 쳐놓고 숨겨놓은 걸 보면 날지 않는 게 분명하다고. 서식이 아니라 사육하는 거란다. 그게 날아다닌다면 돈을 받고 보여줄 리도 없단다. 자세한 영어 설명을 알아들을 수 없는 우린 철호의 추측 기사를 그냥 믿고 따른다. 그럴 수도 있겠다.

기대도 하지 않았던 나는 두 말 없이 돌아서고, 민상은 무조건 오케이고, 말은 그렇게 했어도 철호는 계속 뒤를 돌아본다.

바람 부는 하늘엔 갈매기만 가득하다.

오마루란 곳에서 하루를 접는다.

우린 모텔을 찾아 자기로 한다.

다들 지난밤의 악몽이 아직 생생한가 보다. 안락한 잠자리가 너무나 그리운 우리는 이번엔 꼼꼼하게 점검을 한다. 난방은 되는지, 더운 물은 나오는지, 확인하고야 숙박을 결정한다. '실패는 성공의 어머니'라더니, 참 지당한 말씀이다.

샤워를 하고 푹신한 침대에 눕는다. 느낌이 감미롭기까지 하다.

나는 누워서 이어폰을 끼고, 철호는 PMP로 영화를 본다. 민상은 지도와 책을 펴놓고 연구를 한다. 아마도 돌아가는 길을 살피고 있겠지.

편안하다.

철호는 언제 잘까.

무슨 영화를 보는 걸까.

자기 전에 내 이어폰을 빼주겠지.

나는 노래와 잠 속에 빠져든다.

8월 8일

드디어 크라이스트 처치로 돌아온다.

도착하던 날, 옷 속을 파고들던 추위가 생각난다.

호텔을 찾아 주차장에 차를 세워놓고 우선 짐정리를 한다. 싣고 다니던 우리의 살림을 몽땅 내려놓아야 한다. 각자 말없이 자기 짐을 챙긴다. 가방을 풀고 짐을 꺼내어 수납장에 넣을 때의 흥분이 되살아난다. 물론 그때와 같은 흥분은 아니다. 새로운 경험을 하게 될 것이라는 흥분이 아니라 익숙한 곳으로 간다는 흥분. 낯익은 곳으로 돌아간다는 것도 흥분되는 일이다. 일상도 오래 떠나 있으면 그리워진다.

철호와 민상의 기분은 어떤지 모르겠다. 그저 열심히 가방을 싸고 있다.

"전쟁 났냐? 왜 그렇게 급해?"

좀 흥분된 내가 괜히 시비를 붙는다.

"말 시키지 마라. 바쁘다."

유난히 짐이 많은 민상이 고개도 들지 않고 큰 몸을 분주히 놀린다. 운전대에서 빠져나온 민상이 뒤로 와서 설치자 차가 좁다.

"넌 운전대에 앉아 있어야지 복잡해 죽겠다."

"니가 가라, 운전대."

민상이 영화 〈친구〉의 장동건 흉내를 내곤 스스로 재미있는지 고개를 젖히며 웃는다.

"저 새낀 웃기지도 않는데 혼자 다 웃고……. 인생 그렇게 살면 재밌냐?"

드디어 철호도 끼어든다.

"재밌다. 어쩔래?"

민상이 철호에게 다가와 배치기를 한다. 기분 좋을 때 민상이가 하는 장난이다. 다가와 배가 닿는 대로 상대 밀어붙이기. 민상의 배에 엉덩이가 밀려 고꾸라질 뻔한 철호가 겨우 몸을 일으켜 돌아서며 민상을 대적해준다. 둘은 안 그래도 좁은 차 안에서 한참 엎치락뒤치락이다. 난 몸싸움엔 끼어들지 않는다.

"야, 차 흔들린다."

내가 소리를 지르고 둘은 얼굴이 벌겋게 된 채 떨어진다.

장난도 저렇게 힘을 쓰며 하다니. 힘이 남아돈다 이거지. 석기시대로 돌려보내 사냥을 시키든가 해야지.

"둘이 사귀냐? 왜 심심하면 엉키고 난리야? 얼굴 좀 봐라. 완전 불타는 고구마다."

둘이 멋쩍은 듯 웃는다.

우리는 웃으면서 짐을 싼다.

"와, 차 바닥 너무 더럽다. 이거 닦아서 반납해야 되는 거 아냐?"

철호는 또 선생티를 낸다.

철호의 말에는 아무도 대꾸하지 않는다. 제발 그만 됐다는 무언의 압력이다. 짐을 다 내려놓고 철호는 혼자 남아 기어이 바닥 청소를 했다.

짐을 호텔방에 들여놓고 캠퍼카를 반납하기 위해 렌터카 회사로 간다. 차를 받고 더듬거리며 공항을 빠져나오던 생각이 난다. 민상이가 낄낄 웃는다. 이제 반대편 운전 완전 적응했는데 아깝다면서.

갑옷이며 보금자리며 짐이기도 했던 차를 돌려준다.

모두 홀가분한 모습이다. 편리한 만큼 시중드는 일도 만만찮았다. 그런데 돌려주고 돌아서는 순간 그리워진다. 정이 들었는가. 모든 것에는 영혼이 깃들 수 있다더니. 그래서 오래 쓰던 물건엔 영혼이 깃들어 그 물건이 단순한 물건이 아니라고. 헤어지면 그 물건도 주인처럼 몹시 슬퍼한다고. 잠깐 쓰던 것도 이러니 몇 십 년을 함께 하는 인간의 정은 참 징그럽겠다.

그런 생각을 하며 차를 돌아본다. 눈에 익은 차는 벌써 직원들에 둘러싸여 있다. 청소도 하고 점검도 해야겠지. 새 단장을 하고 새 손님을 태우겠지. 안녕! 난 속으로 인사를 한다.

대여점 근처엔 택시가 없다. 아무래도 공항까지 걸어가야 할 것 같다. 공항에 택시가 많을 것이다. 바람이 몹시 불고 햇빛이 눈을 찌른다.

"왜 택시도 없는 거야. 렌터카 회사 앞에 택시가 없다는 게 말이 돼? 자기 차 몰고 와서 렌트하는 사람이 어딨다고. 택시가 정말 필요한 곳이 여기 아냐?"

눈에 빤히 보이는 공항이 걸어도 걸어도 그 자리에 있다.

"글쎄 말이야."

철호가 마치 자기 잘못인양 미안한 표정이다.

"야, 이제 다 왔어. 길만 건너면 금방이다."

민상이도 화들짝 놀라며 멋대로 거리를 줄인다.

"누군 눈이 없냐? 다 오기는."

나는 턱도 없이 짜증을 내며 앞서 걷는다. 둘은 아무 말 없이 걷고 있는 내 옆으로 붙어 선다. 금방 미안해진다. 택시 없는 게 그들 잘못이 아니다. 알고 있다. 그런데 짜증은 이미 내버렸다. 후회한다. 미안하단 말은 하지 않는다. 운명이지, 뭐. 혼잣말로 내 잘못을 덮어버리고 앞만 보며 걷는다.

바람이 머플러 자락을 흔들어 얼굴을 치고 햇빛은 바늘이 되어 눈을 찌른다.

철호가 좋아하는 붉은색 머플러다. 머플러를 길게 늘어뜨리면 어린 왕자 분위기라고 하던. 사진에 찍히면 붉은 색이 더 매력적으로 보인단다. 사진 빼곤 이야기가 안 되는 놈이다.

8월 9일

나는 말리지 않았다.

"새벽 3시에는 일어나야 되는 거 알지?"

했을 뿐이다. 비행기는 아침 5시 30분 발이다. 늦어도 4시 30분까진 공항에 가야 한다. 그건 나보다 그들이 더 잘 알고 있다. 특히 유별난 시간관념을 가지고 있는 민상이가 있다. 시간에 늦으면 죽는 줄 알고 있다. 약속 시간도 되기 전에 늘 제일 먼저 나와 있는 놈이 민상이다.

그런데 저녁 8시가 넘었는데 둘은 기어이 또 나가려했다. 내일이면 돌아가는데 마지막 밤을 이렇게는 보낼 수 없단다.

'이렇게 보내는 게 어때서? 나가서 돌아다니는 건 어떻게 보내는 건

데?'

　속으로만 그렇게 말했다. 다른 때 같으면 욕을 했을 텐데 착하게도 나는 말리지 않았다. 그날은 왜 그렇게 착했는지……. 아주 착했다.

　차라리 같이 나갔더라면 좋았다.

　나는 피곤했고 특히 도시의 밤거리를 다니는 건 취미가 아니었다. 그들도 나의 동행을 바라지 않았다. 내가 따라 나가면 마음껏 돌아다니지 못하고 중간에 잘려야 한다. 그러면 마치 똥 누다 끊기는 것처럼 찝찝하단다. 늘 그랬던 것처럼 내 욕을 뒤로 하고 둘이 나가는 게 당연했다.

　늦어도 10시 전엔 돌아오겠노라 했다. 문 잘 잠그고 쉬고 있어라 했다. 민상은,

　"아무나 문 열어주지 말고."

　돌아보며 농담을 했다. 늘 하던 심심한 농담을.

　"쓸데없는 소리 하지 마라, 자식아."

　내가 소리를 질렀다.

　"갔다 올게."

　철호가 소리를 지르는 나를 보고 웃으며 그렇게 말했다. 웃으면서.

　'갔다 올게' 라고 했다.

　10시가 지났는데 오지 않았다.

　민상은 약속 시간에 늦은 법이 없다. 그런데 약속 시간이 지났다.

　자정이 지나서 나는 울었다. 무서웠다.

　날이 바뀌었다.

오늘은 돌아가는 날이다. 그들은 어제 나갔다. 어제…….

새벽 2시가 넘자 생각이 없어졌다. 몸이 자꾸 떨렸다. 3시엔 일어나야 하는데. 일어나서 세수하고 짐을 챙겨 택시를 타고 공항에 가야 하는데.

망할 놈들. 빨리 안 오면 죽는다.

철호야, 민상아!

분명이 일이 있다. 사고가 났다.

그런 말도 안 되는, 사고라니.

사고가 아니라면 어떻게 된 일이란 말인가. 안 올 리가 없다. 안 오는 게 아니라 못 오는 것이다.

그렇다면 뭔가를 해야 한다. 경찰서에 알아본다거나, 하여튼.

그런데 나는 아무런 방법도 생각할 수 없다. 내가 한 일은 기껏 방을 나와 호텔 로비를 서성거리고 호텔 앞 불빛 아래 우두커니 서 있었던 것뿐이다.

거리는 깜깜하고 적막했다. 어디가 어딘지. 어디로 가봐야 할지.

거리에 서서 울었다. 아무것도 할 수 없었다. 어디로 갈지도, 어떻게 할지도 알 수 없었다. 그건 내 일이 아니다. 내가 할 수 있는 일이 아니다. 해본 적이 없는 일이다. 민상이가 가자고 해야 갈 수 있다. 철호가 오라고 해야 움직인다. 난 여기 혼자 온 게 아니다. 혼자선 아무 곳에도 갈 수가 없다. 낯선 곳이다.

아는 사람이 아무도 없는, 낯선 곳이란 말이다.

날이 훤히 밝았다.

초인종 소리에 심장이 발작을 하듯 펄떡 뛴다. 심장은 무엇인가를 알고 있다. 이미 알고 있다.

현관문을 여는데 무릎이 후들거린다. 경찰복을 입은 두 사람. 민상의 호주머니에 있는 호텔 명함으로 경찰은 나를 찾아냈다. 둘의 여권은 호텔방에 있었다.

경찰차를 타고 달린다. 내 옆에는 낯선 사람들이 앉아 있다. 여기는 뉴질랜드다. 대한민국도 아니고 서울도 아니고 친구들 곁도 아니다.

교통사고? 밤에 나가지 말랬잖아. 배신자. 나쁜놈들.

철호와 민상은 시체로 누워있다.

감히 나를 혼자서 여기까지 오게 하다니. 나한테 이런 짓을 시키다니.

흰 천이 덮인 걸 보는 순간 무릎이 꺾인다.

경찰이 나를 부축하여 일으켜 세운다.

그들은 조심스럽지만 착실하게 나를 침상 곁으로 이끌고 간다.

다리가 움직이지 않는다. 난 그들에게 매달려있다.

그들은 모르는 체 나를 이끈다. 속도를 유지하며 거리를 좁혀간다.

침상 앞에서 멈춘다.

덮여있는 천을 들춘다.

나는 기절한다.

영혼? 늘 같이 있다고?

개소리 하지 마라. 엉터리 같은 소리 하지 말고 일어나란 말이다.

난 지금 실체를 원하고 있다. 눈에 보이고 손에 잡히는 그들의 모습을 원하고 있다.

철호의 웃음소리를 듣고 싶고 민상의 굵은 눈을 보고 싶다. 그들이 내가 해 준 밥을 먹는 것을 보고 싶고 먹는 소리를 듣고 싶다. 철호가 컴퓨터 앞에 앉아 있는 것을 보고 싶고 민상이 운전하고 있는 차를 타고 싶다. 같이 둘러 앉아 술을 마시고 게임을 하고 싶다.

난 속았다. 영혼이란 존재하지 않는다. 느껴지지도 않는 걸 믿을 수는 없다. 아니 있대도 소용없다. 영원히 산다는 영혼은 필요 없다. 영원을 팔아서라도 지금 그들을 되찾고 싶다. 그들이 없는 영원은 모르겠다.

* * *

유골단지 두 개가 그의 눈앞에 있다.

이제 유골은 그의 보호 아래 놓여있다. 그는 친구들의 유골과 함께 돌아간다. 그들은 이제 앞서 길을 찾지도 못하고 그에게 손짓을 할 수도 없다.

그와 그들은 떠나려던 날짜에 공항에 오지 못했다.

며칠이나 지났을까.

공항 대기실 의자에 앉아 있는 그.

그는 아직 꿈을 꾸고 있다.

경찰서에서 조사를 당하고 서울에서 온 여행사 직원에 이끌려 이리저리 다녔다. 어떤 질문을 받았는지 무슨 대답을 했는지 기억하지 못한다. 친구들의 주검을 본 기억도 없는지 모른다. 친구들의 유골과 함께 돌아가야 한다는 인식이나 하고 있는지. 거기가 공항이고 곧 비행기를 타야 한다는 사실을 알고나 있는지.

철호가 좋아하던 붉은 머플러가 아직 그의 목에 감겨있다.

하지만 넋이 나간 눈빛 때문에 붉은 색은 이제 화려하지 않다. 그의 그림 같은 작은 얼굴은 어미 잃은 고양이처럼 까칠하고, 느긋하게 음악을 듣곤 하던 귀에 이어폰도 꽂혀있지 않다.

계속 손을 비비고 있는 그.

주변에 앉아 있던 사람들이 움직일 때마다 깜짝 놀라 주위를 돌아보는 불안한 눈.

민상이가 걸어가고 있다.

—여기서 기다려.

—알았어.

그는 웃으며 대답한다.

초췌한 얼굴에 웃음이 돈다. 맞은편에 앉아 있던 수행 직원이 웃고 있는 그를 본다. 그의 눈동자가 멈춘 곳엔 아무것도 없다. 그저 허공이다.

철호가 돌아보며 손짓을 한다.

—다 됐다. 가자.

—응.

그가 벌떡 일어난다. 의자 사이를 지나 바삐 걸어간다.

"어딜 가세요?"

수행 직원이 그의 팔을 잡는다.

팔을 잡힌 그.

그대로 한참을 서 있다.

철호와 민상이 사라진다.

초점이 모이는 눈빛.

그 눈앞에 유골이 놓여있다.

눈에서 빛이 사라지는가 싶더니 눈물이 빛을 덮는다.

그 자리에 주저앉아 버린다.

차가운 바닥이다.

가슴은 그 바닥보다 더 서늘하다.

공항을 울리는 울음소리.

꿈에서 깨어난 그는 드디어 울음을 터뜨린다.

철호야, 민상아!

철호가 카메라를 들이대고 웃고 있다.

민상이가 저 멀리서 달려온다.

호수가 보이는 언덕에서 밥을 먹고 있다. 닭조림 냄새가 난다.

몸부림을 치다 잠이 깬다. 철호가 손목을 잡고 있다.

셋이 앞자리에 앉아 미끄러운 길을 내려가고 있다. 진눈깨비가 눈앞
에 흩날리지만 같이 가고 있다.

양떼가 길을 막는다. 차가 멈추고 철호가 신나게 양들을 찍는다.

철호가 전을 부치다 일부러 찢는다. 민상이가 얼른 먹어치운다.

노랑머리가 어깨를 친다. 억센 어깨가 놀랍다.

맑은 하늘 아래 철호와 민상이가 걸어오고 있다. 손짓을 한다.

　―기다려, 같이 가자.

같이 가자. 같이 가.

철호야, 민상아─.

철호야, 민상아! 하고 부르는 소리는 어느새 엄마로 변해 있다.

* * *

눈물로 흐려진 그의 눈앞에는 뉴질랜드의 푸른 하늘이 사막처럼 아
득히 펼쳐져 있었다.

제5곡 만져지는 것, 만져지지 않는 것

바로 눈앞에서 아이가 공중으로 튀어 올랐다.

그리고

천천히 회전을 하며 다시 떨어진다.

목까지 올라온 숨이 그대로 덜컥, 목에서 멈춰서 나오지 않는다. 숨이 쉬어지지 않는다. 눈앞이 노랗게 변한다. 몸이 움직이지 않는다. 눈도 깜박여지지 않았다.

세상이 천천히 흘러가고 있다.

사람들이 천천히 눈앞으로 모여든다.

아이 주변으로 모여드는 사람들. 사문은 그대로 목석이 된다.

눈앞이 까매진다. 사람들이 사라지고 세상이 사라진다.

그녀는 아무것도 보지 못한다.

아무것도 보이지 않는다.

빵집.

밖으로 나온 남자. 방금까지 웃고 있던 아내를 찾는 남자. 미친 듯이 아내를 찾아 뛰는 남자. 그리움에 지쳐 피를 토하며 눈을 감는 남자, 그 남자가 바로 그녀였다.

홀로 객실에 남아 있는 그.

친구들의 주검을 확인하는 그. 낯선 곳에 홀로 남겨진 남자. 겁나고 당황하고 어쩔 줄 몰라 울지도 못하는 남자의 가슴, 그 가슴이 그녀였다.

늘 허전하고,

외롭고, 그래서 여자를 찾는, 여자를 안으면서도 공허함에 치를 떠는 남자. 공허의 그림자에 쫓기는, 실체를 곁에 두고도 느끼지 못하는, 바람 같은 남자. 그 남자가 그녀였다.

밤마다 검은 구덩이로 뛰어드는 남자.

휘감겨드는 검은 운명에 묶여 몸부림도 제대로 못 치는, 날마다 영혼이 흩어지는 고통에 시달리는 남자, 그 남자가 사문이었다.

누군가 어깨를 흔든다.

컥, 하고 터져 나오는 숨.

눈앞의 안개가 걷히듯이 세상이 다시 돌아온다.

사람이 움직이고 나뭇잎이 흔들리고 자동차가 달린다.

사람들이 몰려 서 있는 곳.

사문은 천천히 일어나 아이 곁으로 간다.

사람들에 가려 보이지 않는 아이.

그 속에 아이가 있다. 미강이가.

딸,

미강이가.

술 취한 차가 공원 인도로 뛰어들었다.

그 미친 차 앞에 미강이가 있었다.

하필 그 앞에. 하필 그 순간에.

아파트 앞 공원 벤치에 앉아 미강을 보고 있었던 사문. 잠시 다른 곳을 본 것도 아니다. 인형을 안고 뛰어다니는 미강이만 보고 있었다. 위험할 게 있을 수가 없는 아파트 앞 공원이었다. 차도 자전거도 다니지 않는. 많은 아이들이 나와 무심하게 노는 공원이었다. 무심히 미강의 모습만 따르던 눈앞에서, 엄마가 보고 있던 바로 그 자리에서, 겨우 네 살 된 작은 몸은 공처럼 튀어 올랐다.

사문은 울지도 못했다.

결혼 4년 만에 얻은 아이였다.

그 아이가 죽었다.

* * *

지섭은 열여섯 시간 동안 산실(産室)에 같이 있었다.

산고(産苦)를 함께 했다.

입술이 터지도록 이를 악문 사문이 안타까워, 아이는 정말 안중에도 없었다. 그때의 미안함을 탕감하고도 남을 만큼 나중엔 사랑하게 되었지만.

사문의 눈빛에 공포가 보인다. 진통이 오는 순간이다. 눈빛을 통해 얼마나 끔찍한 고통인가 짐작만 할 뿐, 고통을 같이 할 순 없었다. 세상에 태어나 그렇게 안타까운 순간이 있었을까.

차라리 가지지 말 걸. 이럴 줄 알았으면 정말 낳지 않았다. 진정 그런 마음이었다.

사문은 맑은 여자다. 마음만큼 눈도 맑다. 처음 볼 때 만화 같다고 느꼈던 천진한 눈빛. 나이를 먹지 않는 눈빛. 그 눈빛이 공포로 덮여갈 땐 차라리 울고 싶었다.

진통으로 괴로워하며 부들부들 떨리는 손으로 무언가를 잡으려 하는 사문. 그러면 지섭은 어쩔 줄 몰라 하며 사문의 손을 잡았다. 무엇을 할 수 있겠는가. 그것밖에 할 수 없는 자신을 저주했다. 떨리는 손의 무게를 맞받으며 무능력이라는 글자의 뜻을 절감했다.

사문은 지섭을 보고 웃지도 못했다. 일그러진 얼굴을 펴려고 애를 쓰는데, 그러면 낯빛만 더 하얗게 변했다.

"소리 질러."

울고 싶은 마음으로 그렇게 말한다. 사문은 대답도 하지 못한다. 의사 표시를 할 경황도 없다. 그저 지섭의 손에 손톱이 박히도록 꽉 잡는다. 잡고 있는 손의 떨림이 날카로운 칼끝이 되어 지섭의 가슴을 그대로 찌른다. 사문은 결국 소리를 내지 않는다.

'소리 지르란 말이야.'

지섭은 울음을 씹으며 속으로 그렇게 외친다.

그녀의 손에 힘이 빠진다.

지섭의 살 속에 박혔던 손톱이 깊은 자국을 남기고 떨어진다. 진통이 사라진다. 얼굴빛이 돌아오고 표정이 살아나고 눈빛이 맑아진다. 지섭도 살 것 같다. 하지만 또 올 것이다. 얼마나 남았을까. 얼마나 더 기다려야 할까.

그녀의 고통이 사라질 수 있다면 정말 포기하고 싶다는 생각을 한다.

진통이 멎은 평화로운 순간. 지섭은 뒤에서 그녀를 안는다. 땀에 젖은 그녀의 머리에 얼굴을 묻고 두 손으로 부른 배를 쓰다듬는다.

'아기야, 제발 빨리 나와라. 애 먹이지 말고 그냥 나와라. 응?'

기도를 했다.

사문을 안고 기도하는 마음으로 앉아 있는 지섭의 뒷모습.

힘이 들어간 그의 어깨와 등에 안타까운 마음이 끈끈하게 묻어있다.

사문은 마음에도 없는 소리를 한다.

"나가서 좀 쉬다 들어와."

지섭은 대답 대신 땀에 젖은 이마에 붙은 사문의 머리칼을 귀 뒤로 넘겨주고 이마와 뺨에 뽀뽀를 한다. 그리고 사문의 눈을 들여다보며 웃더니 다시 꽉 안는다. 힘을 주는 그의 팔과 품에서 안타까움에 울고 싶은 그의 마음을 느낀다.

미안할 정도다.

진통이 올 때마다 지섭은 안절부절 못한다. 물론 사문은 그런 지섭의 마음을 살필 겨를이 없다. 진통은 염치도, 생각도, 이성도 날려버릴 만큼 악독했다. 폭풍이 잦아들 듯, 진통이 물러가면 지섭이 눈에 들어온다. 그의 눈에는 차마 흘리지 못한 눈물이 가득하다. 눈물이 없어도 지섭의 얼굴은, 온 몸은 펑펑 울고 있다.

잠시 돌아온 평화 속에서 지섭을 보며 사문은 차라리 이 고통을 그가 보지 않았으면 하는 생각을 한다.

진통이 올 때는 지섭의 눈빛이 먼저 변한다. 크게 뜬 채 동공이 멈춰버리는 지섭의 눈을 보며 사문은 진통의 시작을 감지한다. 사문이 겪을 고통에 지섭이 먼저 놀란다. 눈빛에 공포가 묻어있다. 자신에겐 보이지 않을 공포가. 그 공포는 사문에게만 보인다. 사문의 공포도 지섭에게 보이겠지.

'참자, 고통을 보이지 말아야지.'

하지만 곧 모든 생각은 사라진다. 감당할 수 없는 엄청난 통증에 몸과 영혼이 찢겨버린다. 아무것도 보이지 않고 아무 생각도 할 수가 없다. 꼭 잡고 있는 지섭의 손, 그 손만이 유일한 위안이다.

사문은 그 손을 잡은 채 불타는 바다를 건넌다.

고통이 사라지고 정신이 돌아오면,

"좀 나갔다 오지."

하고 마음에도 없는 소리를 한다.

부부의 머리가 소나기를 맞은 것 같이 찰싹 달라붙었을 때에야 곱슬거리는 머리가 착 달라붙은 미강이 태어났다.

지섭은 사문의 고통이 끝난 기쁨 때문에 웃었다.

아이는 아직 눈에 들어오지 않았다.

사문은 지섭의 편안해진 얼굴을 보고 잠이 들었다.

＊ ＊ ＊

애타게 기다린 적은 정말 없었다.

애타게 좋을 줄은 더구나 몰랐다.

일어나지도 않은 일에 대한 마음을 이야기한다는 것이 얼마나 부질없는 짓인가. 상상은 글자 그대로 상상일 뿐 결코 사실일 순 없었다. 글자가 다르면 의미도 현상도 다른 것이 확실했다.

지섭도 사문도 놀랐다. 미강이의 탄생은 세상을 바꿔놓았다. 감당하기 싫을 정도로 벅찬 기쁨을 둘에게 안겨주었다. 사문은 미강의 출현을 '화룡점정'이라 표현했다. 가족이 비로소 완성되었다는 의미였다. 미강은 지섭과 사문이 그려 낸 그림의 눈동자였다.

더 밝은 빛을 보기 전엔 내가 가진 빛이 최고로 빛나는 법이다.

지섭과 결혼할 때 이보다 더한 사랑은 없을 거라 생각했다. 비교라는 말도 쓰기 싫었다. 건방지게도 '절대'라고 믿었다. 평생 마을을 벗어난 적이 없는 할머니에게 그 마을 감이 제일 달듯이 내가 하는 사랑이 제일 컸다.

모든 것 다 버리고도 그를 선택하겠느냐, 누군가 그렇게 물었다면 1초의 망설임도 없이 답은 '예'였을 것이다. 그보다 더 사랑할 수는 없었다. 조건이 없었다.

맞선도 보고 소개팅도 해보았다. 직장을 버리고 사람을 선택한다는

것, 웬만한 사랑과 믿음으로는 쉽지 않았다. 직장 있는 여자를 원하면
원하는 대로 상대가 내거는 조건이 마음에 들지 않았고 직장을 포기하
라면 '뭘 믿고?'라며 또 마음에 들지 않았다.

지섭을 만나고 그게 완전히 사랑하지 않았기 때문이란 걸 알았다. 조
건이 마음에 들지 않았기 때문이 아니라 사랑을 하지 않았던 것이다.
저울질을 하는 건 사랑이 아니었다.

지섭에겐 조건이 없었다.

직장은?

그만 둬야지.

한 마디로 끝이었다. 불안도, 어떤 생각도 끼어들 여지가 없었다.

사문은 미련 없이 사직서를 쓰고 뒤도 돌아보지 않고 그를 따라갔다.

사랑은 사방에 벽을 치고 그 속에 들어앉는 것이었다. 사랑에 빠져버
린 것이다. 사문의 머리와 가슴엔 지섭밖에 없었다. 이보다 더 어떻게
사랑할 수 있을까. 아이를 가졌을 때까지만 해도 사람들의 말을 믿지
않았다. 아직 보지도 못한 생명이 지섭의 적수가 될 수는 없었다.

하지만 미강은 사문의 온 몸만 사로잡은 게 아니라 터져오르는 기쁨
이 우주를 꽉 채우고도 남게 만들었다. 지섭으로 인해 삶이 아름다웠
다면, 미강은 온 세상을 나비가 날아다니는 꽃밭으로 만들어버렸다.

사랑은 얼마나 더 달라질 수 있는 걸까. 사랑의 크기나 모양은 헤아
릴 수 없다는 걸, 감히 인간이 정의내릴 수 없다는 걸 겸허히 받아들였
다. 미강을 보면서.

미강이 만든 꽃밭.

꽃밭이었다.

미강아,

미강아.

집에만 들어오면 지섭은 미강이만 따라다녔다.

이름이 닳아 없어진다면, 미강이란 이름은 1년도 못써먹고 다시 지어야 할 판이었다. 이름 있는 모든 것의 앞에는 '미강'이란 수식어가 붙었다. 미강이 맘마, 미강이 꼬까, 미강이 인형, 미강이 나무, 미강이 별, 심지어 미강이 코딱지. 미강이란 수식어만 붙으면 무조건 귀한 대접을 받았다. 지섭은 바보가 된 것 같았다.

미강이가 처음으로 '아빠'라고 했을 때, 사문이 듣기엔 분명 '아빠'가 아니라 '아바'였다. 그냥 입술을 떼다가 나온 소린데 지섭은 '아빠'라고 우겼다. 사문이 옛날 직업까지 들추어가며 순음(脣音)이 소리 내기가 가장 쉬워 어쩌구 해도 지섭의 귀에 들어가지 않았다. 그래서 미강은 엄마보다 아빠를 먼저 부른 게 돼버렸다. 지섭은 미강과 관련된 일에 한해선 '우기기 대왕'이었다.

한 번은 밥을 먹고 있는데 방귀 소리가 났다.

우린 동시에 일단 웃었다.

마치 일부러 입으로 소리를 낸 것 같은 완벽한 '뽕'이었다. 말하자면 의성어를 소리 내어 읽은 것 같은. 그렇지만 그건 엄연히 미강이 뀐 방귀 소리였다. 유모차에 앉은 채 손을 빨고 있는 미강을 보며 지섭은 또 우겼다. 미강이 입으로 낸 소리라는 것이다. 미강의 표정도 완전 내숭이었다. 그저 열심히 손가락을 빨며 지섭과 사문을 올려다보는 천진한 눈. 절대 내가 그러지 않았어요, 난 방귀를 뀌지 않아요, 였다. 표정은 일품이지만 아직 말도 못하는 아이다. 입으로 그런 소리를 냈을 리가 없다.

그러나 누가 당하랴. 그냥 웃고 마는 수밖에.

지섭은 아무래도 판단력에 문제가 생긴 것 같았다. 사랑은 눈에 콩깍지가 덮이는 거라는데. 뇌에도 콩깍지가 덮인 게 틀림없었다.

미강이 얼굴을 봐라. 저 얼굴이 방귀 뀐 얼굴이냐. 미강이는 그런 파렴치한이 아니다. 천진한 얼굴에 먹칠을 하지 마라. 말 못한다고 덮어씌우면 말은 못해도 얼마나 억울하겠느냐. 눈물겨운 변호였다.

우기기 대왕 아버지 때문에 미강이는 방귀도 입으로 뀌는 아이가 돼버렸다.

미강이 말을 하기 시작하면서부터는 미강이와 같이 소설을 썼다. 미강은 날마다 신데렐라가 되고, 해님이 달님이 되었다가, 요술공주 세리가 되고 백조가 되고 알라딘의 마술 램프가 되었다. 놀이를 할 때마다 동화는 그들 기분이 내키는 대로 내용이 바뀌어 다시 태어났다.

"거울아, 거울아! 세상에서 누가 젤 예쁘니?"

미강이 거울을 들고 물었다. 백설 공주 만화 영화를 보고 나더니 거울만 보이면 들여다보고 그렇게 묻는다. 아직 발음도 잘 안되는 입으로 오물딱거리며 소리를 낸다.

"우리 미강이가 제일 예뻐요."

지섭은 잊지도 않고 그렇게 대답해준다.

"아빠, 미강이가 백설공주야?"

미강은 거울을 보던 얼굴을 지섭에게 돌리며 또 그렇게 묻는다.

포도알 같이 까만 눈은 궁금과 기대로 가득하다. 지섭을 닮아 조금 곱슬거리는 머리가 이마와 볼에 곱슬곱슬하다. 완벽하게 동그란 얼굴에 앙증맞은 코, 사탕 같은 입술. 눈에 넣어도 아프지 않을 거란 말이 거짓말이 아니다.

그 얼굴을 마주한 지섭이 참지 못하고 미강을 터뜨릴 듯이 꼭 안는다.

"그럼 우리 미강이가 세상에서 제일 예쁜 백설공주지."

지섭의 얼굴은 진정이다.

진정으로 미강이가 세상에서 제일 예쁘다.

* * *

정확하게 본다는 말이 맞는 말이기나 할까.

사람의 눈에 보이는 것의 본질은 무엇일까.

무얼 보고 예쁘다 하고 무얼 보고 역겹다 하는 걸까.

지섭은 눈으로 미강을 보는 게 아니라 마음으로 보는 것이다. 세상에서 제일 예쁜 건 하나가 아니다. 어쩌면 인구수만큼이나 될지 모른다. 얼마나 많은 아버지가, 얼마나 많은 어머니가 세상에서 제일 예쁜 딸을 두고 있을까. 얼마나 많은 연인들이 세상에서 가장 멋진 연인을 두고 있을까. 때로는 가장 밉게도 변하는 연인들을.

시간이 모든 것을 변하게 할 수 있다면, '정확하게 본다'는 말은 어불성설이다. '정확하게 본다'가 아니라 '그렇게 보인다'고 하는 게 맞지 않을까. 우리 모두는 눈을 통해 마음을 보는 게 아닐까. 눈을 통해 사랑을 보고 감정을 보고 색깔을 보는 게 아닐까.

지섭은 진정으로 미강의 사랑을 본 건지도 모른다. 아빠에 대한 미강의 절대적인 믿음과 사랑을.

지섭의 눈빛.

모든 건 변한다지만 변할 것 같지 않았다. 미강을 보고 있는 지섭의 눈빛에서 사문은 영원을 보았다. 완전한 기쁨과 완전한 사랑. 미강과 지섭의 마음이 얽히고 있는 그 순간이 영원처럼 느껴졌다. 어떤 생각도 불안도 끼어들 여지가 없는 완벽한 순간. 순수함만 존재하는 그 시간. 영원은 찰나 속에 숨어 있는 건지 모른다.

지섭은 찰나 속에 영원히 행복해보았다.

미강을 안고 웃고 있는 지섭의 행복한 얼굴을 보는 사문은 시간을 잊었다. 그 순간이 영원으로 이어졌다.

마지막 꿈

사문은 나비가 팔랑팔랑 날아다니는 꽃밭에 있었다.

밝음과 맑음만 느껴지는 곳이다. 바람과 빛은 살갗을 간질이고 향기는 뇌 속까지 밀고 들어와 감미롭게 휘감긴다. 꽃 위에, 눈앞에 가득한 고운 빛깔의 나비. 나비를 따라다니는 눈이 기쁨에 흔들린다.

여기가 어딜까.

참 아름다운 곳이다, 고 생각하는 순간 그림이 달라진다. 눈앞의 색이 변한다. 꽃은 더 선명하고 나비의 날갯짓은 더 황홀하다. 생각에 따라 달라지다니. 웃음이 터진다. 이런 곳이 있다니. 저절로 터지는 웃음. 사문의 웃음소리가 파문을 그리며 퍼진다. 웃음의 파문이 또 그림을 바꾼다.

꽃들이 춤을 춘다. 장미는 구부러진 고개를 들고, 백합은 꽃잎을 활짝 펴고, 해바라기는 큰 얼굴을 까닥이며 웃음소리에 신나게 흔들린다. 나비의 팔랑거림도 더 분주해졌다. 사문을 둘러싼 세상이 춤을 추고 있다.

기가 막혀라.

놀랍고도 황홀하다.

사문은 입을 가리며 웃음을 거둔다.

꽃들도 춤을 멈춘다. 나비의 팔랑거림도 조용해진다.

생각대로 그려지는 그림 같다. 아니, 생각만 하면 그려지는 그림.

이런 곳이 있는 걸 왜 몰랐을까.

지섭이 같이 왔으면 좋을 걸.

하는 순간 지섭이 그녀 앞에 서 있다.

아, 지섭씨다.

사문의 얼굴이 꽃처럼 밝아진다. 그녀의 밝은 얼굴을 보는 지섭의 표정도 햇살처럼 찬란하다. 꽃향기가 진동하고 나비들이 무수히 날아오른다. 티 없이 밝은 그들의 영혼. 그 영혼을 둘러싼 찬란함.

둘은 손을 잡고 걸어간다.

고운 빛깔의 꽃들이 그들 앞에 보란 듯이 얼굴을 들고 있다. 저마다 인사를 하면서. 날씨가 좋다는 둥, 밥은 먹었냐는 둥, 손을 더 꼭 잡으라는 둥.

나비들도 지지 않고 어지럽게 팔랑거리며 눈앞을 날아다닌다. 저희들끼리 수다를 떨면서. 꿀을 많이 먹었느냐. 난 장미 꿀이 제일이더라. 나리 꿀이 최고지 무슨 소리를. 노랑나비랑 데이트는 즐거웠느냐. 사생활에 간섭 마라.

세상이 속삭이는 소리가 공기 중에 솜처럼 떠다닌다.

둘의 마음도 솜처럼 가볍다.

"꽃밭에는 꽃들이 모여살고요. 우리들은 유치원에 모여 살지요……."

어지러운 공기를 뚫고 선명하게 귀에 꽂히는 소리.

미강이가 유치원 놀이를 하고 있다.

둘은 제자리에 우뚝 멈춰 선다.

― 미강이를 데려오지 않았어 ―

사문이 지섭을 돌아본다. 지섭도 놀란 눈으로 사문을 본다.

왜 둘이서만 왔을까.

미강인 어디에 두고 왔을까.

머리가 혼란스럽다.

악!

소리가 터져 나올 만큼 고통스러운 기억.

― 미강은 죽었다 ―

사문의 눈빛이 마구 흔들리는가 싶더니 흔들림은 그대로 눈물이 된다.

굵은 비처럼 뚝 뚝 떨어지는 눈물.

눈물은 고운 꽃잎에, 초록 잎에, 지섭의 옷자락에 검은 얼룩을 남긴다.

눈물이 떨어지는 자리마다 얼룩이 생긴다.

초록잎은 불똥을 맞은 것처럼 검게 타버리고 꽃들은 처참하게 이지러진다. 눈물은 날개를 단 것처럼 공기 중에 떠다니며 팔랑이는 나비의 날개를 뚫어버리고 지섭의 온 몸에 얼룩으로 덮인다.

향기로운 꽃밭은 순식간에 망가지고 악취가 진동한다. 나비의 시체가 먹물처럼 떨어지고 그들이 내지르는 비명소리가 공중을 떠다닌다.

미강이가 죽었다.

눈물을 흘려라.

꽃들도 죽었다.

달콤한 꿀도 이젠 끝이다.

노랑나비와 한 데이트 약속은.

검은 눈물로 얼룩진 사문의 처참한 얼굴.

그녀의 얼굴을 바라보는 고통스런 지섭의 얼굴.

서로의 고통이 서로에게 상처가 된다.

상처가 흘리는 눈물.

눈물은 상처를 더 깊게 만들고, 깊어진 상처는 더 큰 눈물을 부른다.

눈물의 바다에 빠져버린 그들.

아름다운 꽃밭은 눈물의 바다로 변해 검게 출렁이고 그들이 내지르는 끔찍한 비명소리에 귀가 멀 지경이다.

그대로 넋을 놓아버리고 싶다.

견딜 수가 없다.

새로 돋는 연한 살이 거친 콘크리트 벽을 스치는 듯, 모든 감각이 아프다.

귀도, 눈도, 피부도 피를 흘린다.

참을 수가 없다.

너무 고통스러워 눈물조차 흘리지 못한다.

혼이 산산이 흩어져 사방에 뿌려지는 듯한 순간,

넋을 놓는 그들.

"거울아, 거울아! 세상에서 누가 제일 예쁘니?"

— 우리 미강이가 제일 예뻐요 —

고통 속에서 지섭이 대답을 한다.

미강이다!

사문씨, 미강이야, 들었어?

"꽃밭에는 꽃들이 모여 살고요. 우리들은 유치원에 모여 살지요."

똑똑히 들린다.

미강이가 노래를 한다. 유치원 놀이를 하고 있다.

환희가 밀려온다.

눈물을 닦는다.

대기를 가득 채웠던 비명소리가 멎는다. 비명소리가 사라진 자리에 햇살이 비치기 시작한다. 온 몸에 흐르던 피가 멈춘다. 고통이 사라진다. 사문의 얼굴에서 눈물 자국이 사라진다. 지섭의 몸을 뒤덮은 얼룩이 날아간다.

둘은 손을 잡고 일어선다.

출렁이는 검은 바다가 발밑으로 사라진다. 대신 꽃들이 다시 고개를 든다. 나비들도 날개를 팔랑이며 공중으로 날아오른다. 공기는 향기로 가득해지고 고운 햇살이 대기를 반짝이며 떠돈다.

둘은 아름다운 꽃밭에 서 있다. 손을 꼭 잡고 서로의 얼굴을 보며 웃는다. 웃음만큼 밝아진 나비들이 하늘로 날아오른다.

둘은 손을 잡고 걸어간다.

노랫소리를 따라 간다. 미강이가 노래를 부르고 있다. 유치원 놀이를 하고 있다. 아빠 엄마와 하던 유치원 놀이를 하고 있다. 유치원에 갈 날을 기대하며 날마다 하던 놀이를 하고 있다. 노래를 부르면서.

노랫소리가 가까워진다. 향기는 진해지고 나비는 많아져 눈앞을 가릴 정도다. 미강이가 향기를 뿜어내고 나비를 불어내는 것 같다.

미강이다.

정말, 향기와 나비가 그곳에서 솟아나온다.

인형을 안고 춤을 추고 있는 미강. 춤을 추면서 노래를 한다. 아니 노래에 맞춰 춤을 춘다.

인형을 안은 채 이리저리 뛰어다니는 미강.

사문은 미강을 바라본다.

눈을 떼지 못한다.

레이스 달린 치맛자락이 팔락거리고 얼굴엔 웃음이 꽃처럼 피어있다.

잘도 뛴다.

빨간색 앙증맞은 구두가 눈앞을 어지럽힌다.

아!

또 다시 머리를 두드리는 고통.

사문은 눈을 가린다.

— 차가 올지도 몰라 —

그 순간 돌진하는 자동차. 미강의 몸이 공중으로 날아간다.

미강아!

사문은 비명을 지른다.

비명소리에 그 자리에 멈춰버린 미강. 춤도 노래도 사라진다. 미강은 그 자리에서 돌처럼 굳어간다. 미강의 몸을 덮어 내리는 검은 얼룩. 사문의 고통이 얼룩이 되어 미강을 덮는다. 미강이 서 있던 꽃밭이 검게 출렁이는 바다로 변한다. 점점 차오르는 물.

미강이 서 있는 곳을 채우고 있는 물. 아이를 데리러 가야 하는데 움직이지 않는다. 사문은 꼼짝도 못한다. 달려갈 수가 없다. 땅이 그녀를 당기고 있다. 입술도 달싹일 수가 없다.

소리도 나오지 않는다. 부를 수도 없다.

나오지 못하는 소리가 가슴에서 폭탄처럼 터질 것 같다.

차라리 쓰러져버려라.

숨이 멎어버려라.

눈이라도 멀어버려라.

물에 잠겨가는 미강을 볼 수가 없다.

— 지섭씨, 어떡해! —

지섭도 미강처럼 굳어 있다. 입만 벌린 채, 절규하는 것처럼 서 있다. 소리 대신 눈물이 흐르고 있다. 움직이는 건 눈물밖에 없다. 발밑으로 뚝뚝 떨어지는 눈물.

둘의 발밑에도 검은 물이 출렁이기 시작한다. 눈물이 바다가 되려하고 있다. 눈 깜짝할 사이에 무릎을 스치는 물. 바다가 빠르게 미강 쪽으로 흘러간다. 미강의 허리를 덮고 금방 가슴에서 넘실대는 물.

"울지 마."

검은 물이 입을 덮기 전에 미강이 슬픈 목소리로 그렇게 말했다.

제6곡 파도는 바다의 다른 모습이다

천 배가 넘어가면서 몸이 도리어 가벼워진다.

사문은 자신의 몸이 전지를 넣어 작동되는 인형 같다고 느낀다. 무감각인 채로 구부리고 서고 또 다시 구부린다.

무슨 생각을 하느냐 하면 그것도 아니다. 그렇다고 무심(無心)이 된 것도 아니다. 일어날 때마다 생각이 밀고 들어왔다가, 엎드리면 마치 힘없는 나뭇가지가 부러지듯 생각이 끊어졌다.

땀이 비 오듯 한다. 얼굴을 타고 흐르는 땀이 눈에도 들어가고 입 속으로도 들어온다. 눈물보다 낫다. 땀이 아무리 비 오듯 해도 가슴을 쥐어짜는 눈물보다 낫다.

사문은 울 수밖에 없는 고통을, 울어야 하는 고통을 벗어난 것만으로도 가볍다. 자기가 흘리는 땀 속에 잠기더라도, 가슴이 덜컥거리게 올라오는 울음을 벗어날 수 있다면 달게 땀을 흘리겠다.

한 번씩 고통스런 생각과 함께 눈물이 치받쳐 올라오다가 흐르는 땀 속으로 스미어 섞여 나오고 만다.

* * *

죽지도 못하는 고통이 있다는 말을 들어보기는 했다. 지옥이란 곳이 그런 곳이라고. 불길에 온 몸이 타면서도 죽지는 않는 곳. 날카로운 칼 날에 수없이 베이면서도 죽을 수 없는 곳. 사문은 그 고통을 겪었다.

지옥이었다.

잊을 수도 없는데 죽을 수도 없었다. 잊을 수만 있다면 뇌를 도려내 도 괜찮았다. 기절했다 깨어나면 곧바로 지옥이었다. 영원히 깨지 말 아달라고 빌었다. 잊을 수만 있다면 가지고 있는 모든 것을 주어도 상 관없었다.

내가 가지고 있는 게 내 것이 아니었다. 내 것이라면 생사여탈권을 내가 쥐고 있어야 했다. 가질 때도, 버릴 때도 내 멋대로여야 했다. 가 장 소중한 나의 분신을 눈앞에서 빼앗겼다. 힘도 들이지 않고 가지고 가버렸다. 나는 손가락 하나 써보지 못했다.

웃음이 나왔다.

화장을 하고 장례가 끝날 때까지 눈물은커녕 웃음이 나왔다. 사람들 이 독하다고 수군거렸다. 그때까지 미강의 목숨을 내가 쥐고 있는 것 으로 착각하고 있었다. 나는 도로 데려 올 결심을 했다.

다시 빼앗아 올 계획을 세우고 있었다. 파도에 쓸려가 버릴 모래땅에 꿈을 새기고 있었다. 어리석은 줄도 모를 만큼 어리석었다.

눈물이 쏟아지기 시작했을 땐 어리석음을 깨달았을 때인지도 모른다. 미강이는 세상에 없었다. 절대로, 결코 돌아올 수 없다.

사문은 날마다 허공을 긁으면서 울었다. 영혼이라도 있다면, 눈앞에 미강이가 있을 거라 믿었다. 믿고 싶었다. 눈앞에 있는 미강이를 만지면 미강이가 응답을 하리라 생각했는지. 허공이라도 만지지 않고는 안 되었다.

허공을 만지는 손을 지섭이 잡았다.

지섭의 손에 잡힌 손을 움직일 수 없자, 그제야 사문은 사물을 바라보았다. 허공을 향했던 눈동자에 힘이 모이면서 지섭이 보였다.

사문의 눈을 마주한 지섭.

빵집 앞에서 아내를 찾는 슬픈 남자의 눈이 거기 있었다.

친구들의 주검을 확인하는 당황한 남자가 거기 있었다.

허무의 실체를 좇는, 그래서 고독한, 죽을 만큼 고독한 영혼이 거기 있었다.

잃어버릴 것에 집착하는, 결국은 잃어버리고 말 것에 집착하는 가엾은 영혼이 거기 있었다.

사문의 가슴에 갑자기 한 줄기 빛이 보이는 듯했다. 그렇다. 모든 것은 잃어버리고 말 것들이다. 결국엔 사라지고 만다. 여기 앞에 있는 지섭도, 그리고 나도. 미강도 마찬가지다. 그런 것이다. 모든 것은 사라진다. 사라진다.

지섭의 눈을 보고 있던 사문의 눈빛이 반짝이며 힘이 들어가나 싶더니 울기 시작한다.

사문은 지섭을 안고 한참을 울었다. 소리 내어 울었다. 시원한 울음이었다. 조금 전까지의 울음이 아니었다. 울어도 울어도 컥컥 막히는 울음이 아니라 차라리 시원하게 느껴지는 울음이었다.

* * *

하늘이 빛을 바꾸고 있다.

눈부신 빛을 거두어가는 대신 눈에 가득 담을 수 있는 담담한 빛을 남긴다.

지섭의 등에서 김이 오르고 있다.

몸에는 물이 얼마나 들어 있는 걸까. 지섭은 군대에서도 이만큼 땀을 흘려보지 않았다 생각한다. 흐르는 땀을 닦는 것도 이제 그만 두었다.

조용하다.

사문과 지섭의 무릎이 방석이 놓인 마룻바닥에 닿는 소리만 있다.

무작정 시작한 절이다. 사문을 끌고 처음 여기로 올 때만 해도 이럴 줄은 몰랐다. 아무런 작정도 계획도 없었다.

사문은 너무 울었고, 지섭은 사문을 더 이상 보고 있기가 괴로웠다. 같이 넋을 놓고 싶었지만 버티고 있었다. 생각이 있어서 버틴 게 아니라 그냥 버텨진 것뿐이다. 사문은 울고 지섭은 그 옆에서 눈물을 참았다.

이대로는 안 되겠다 싶어 사문을 끌고 나왔다.

미강을 보내고 40일 째 되는 날이었다. 운전대에 앉자 아주 고적한 곳으로 가고 싶다는 생각이 들었다. 물론 그동안도 충분히 고적했다.

거의 사문과만 지냈던 지난날들도 무서울 만큼 집안은 고요했다. 사문의 울음소리조차 집안의 고요를 깨진 못했다.

그러나 그 고요와는 다른 고요를 찾고 싶었다. 적막하고 고요해서 마음까지도 고요하게 다스려줄 수 있을 것 같은 고요.

그날 지섭을 이끈 곳이 이 절이었다. 그저 대웅전 한 채가 달랑 있는.

차를 세우고 사문의 손을 잡고 머뭇머뭇 대웅전으로 머리를 들이밀 때만 해도 절을 한다는 생각은 없었다. 성당에 가서 기도를 하고 절에 가서 절을 하는 것은 연기에서나 해보았다.

법당 안에는 아무도 없었고 누가 피워 놓았는지 불단엔 가느다란 향이 홀로 연기를 올리고 있었다.

둘은 법당 안으로 들어갔다.

들어서니 밖에서 볼 때와는 달리 넓고 시원했다. 방석을 내려서 앉을 생각도 못하고 찬 마룻바닥에 앉았다. 적막이 켜켜이 내려앉은 듯한 고요. 마음도 고요해지는 듯했다. 사문도 고요히 앉아 있었다. 울지 않는 것만으로도 마음이 좋았다.

둘은 한참을 그렇게 앉아 있었다.

천장은 높고 향 연기는 곧바로 천장으로 올라가며 사라졌다.

그날 둘은 엉겁결에 저녁 예불하는 자리에 스님과 함께 했다.

예불을 올리러 들어온 스님은 둘을 보자 합장을 했고 둘도 어색하게 합장을 했다. 나가려 하는데,

"같이 하시지요."

둘은 말없이 도로 발길을 돌렸다.

스님이 독경을 하면 앉아서 듣고 절을 할 땐 따라 절을 했다.

미강이가 떠난 후 처음으로 미강이를 잊어버린 시간이었다. 그저 염불 소리를 듣고 절을 하는 시간이었을 뿐이었다.

예불이 끝나자 스님은 다시 둘을 돌아보고 합장을 했다. 마주 대하는 얼굴에선 아무런 감정도 느낄 수 없었다. 고요만이 스님 주변을 감싸고 있었다.

"백팔 배라도 하고 가십시오."

스님은 나가고 다시 둘이 되었다.

둘은 그대로 잠시 서 있었다. 스님의 명령을 거역할 수 없어서가 아니었다. 물론 스님이 명령을 내린 것도 아니었다. 그럴 사이가 아니었다. 스스로 법당에 들어왔고, 그 스님을 본 것은 처음이었다. 둘은 스님을 몰랐고 스님도 그들을 알 리가 없었다.

그런데 둘은 선생의 지시를 받은 학생처럼 거부하지 못하고 머뭇거렸다.

어떤 명령이라도 따르고 싶은 심정이었는지 모른다.

아님 고요한 그곳에 더 머물고 싶었는지도 모른다.

고요한 마음을 떨치고 밖으로 나가기가 겁이 났는지도 모르겠다.

'백팔 배라도 하고 가십시오.'

그 말이, 물에 빠져 허우적거리는 손에 잡힌 지푸라기였는지도 모른다.

절을 하기 시작했다.

그날 처음으로 108배를 했다.

돌아오는 내내 둘은 아무 말이 없었다.

사문은 우는 대신 날마다 절을 했다.

지섭은 사문을 지켜보는 대신 날마다 절을 했다.

* * *

법당 밖 마당에 코스모스 몇 송이가 꽃을 피웠다.

삼천 배를 마쳤다. 숫자에 의미를 둔 것은 아니다. 정했고 결심했으니 실천에 옮겼다. 하루 종일 걸렸다. 점심을 먹기 위해 잠시 쉬었을 뿐이다.

해는 빛을 잃고 대신 아름다운 노을을 남겼다. 남은 빛을 가까스로 모아 제 빛깔을 드러낸 코스모스 붉은 색은 참담하게 곱다. 고운 빛깔이 노을 진 하늘을 향해 하늘하늘 흔들린다. 그 빛깔로 노을을 그리고 있는 듯하다.

조금 먼저 절을 끝낸 지섭.

땀이 마르고 난 얼굴이 씻은 듯이 말갛다. 지금 이 순간 지섭의 마음은 샘물처럼 맑다. 곧 흐려지고 흔들릴 것이라는 걸 알지만 지금은 벅찬 기쁨에 맡겨둔다.

절을 시작하면서 지섭은 문득문득 환희와 마주쳤다. 한 번도 경험해보지 못한 색다른 환희다. 말로는 표현이 안 되는, 가슴속에 그대로 불이 밝혀지는 듯한 느낌. 그 순간이 1초 만에 끝나기도 하고 며칠씩 감감무소식이기도 하지만 그런 순간이 온다는 걸 이제 의심하지는 않는다.

그런 환희의 순간을 의지로 지속할 수 있다면, 그렇게 된다면, 환희의 마음으로 세상을 본다면, 그만큼 완벽하고 행복한 삶이 없을 것 같았다.

세상에 존재하는 희로애락을 충분히 느끼고 산다고 생각했다. 기쁨도 알고 행복도 아는 가슴이라 생각했다. 하지만 모든 좋은 것을 다 합쳐도 그 환희와 비교할 수 없었다.

존재의 본질을 들여다보는 느낌. 완전히 비어버린 느낌이기도 했다. 아무것도 없어서 어떤 생각도, 의식도 붙을 데가 없는 텅 빔. 몸도 마음도 느껴지지 않는 순간이 있었다. 그렇지만 완전했다. 아무것도 없는데도 완전하다는 충만감. 거기에서 오는 환희. 그 환희는 마음으로 느끼는 게 아니라 환희 자체가 바로 자신이고 자신이 곧 환희였다.

충격이었다. 그런 환희를 전혀 모르고 살았다는 데 놀랐다. 어쩌면 모르는 것투성일 수 있겠다는 생각이 들었다.

그 생각에 빠지는 시간이 늘어났다.

지섭은 바쁘게 살았다. 화려하게 살았고 행복했다. 많은 걸 가졌다. 그리고 당연하게 누렸다. 의심하지 않았다. 세상이 부러워하는 걸 다 가진 자신은 행복한 남자란 걸 의심하지 않았다. 그리고 그 행복이 사라질 수 있다는 의심도 하지 않았다. 인기 있는 배우였다. 돈은 물론 사치하게 쓰고도 남았다. 누구나 탐낼 차를 굴렸고 그림 같은 집에, 식지 않는 사랑을 하게 해주는 아내가 있었다. 그리고 보물 같은 딸 미강.

미강이 떠오르자 순간 가슴에 전기침을 맞은 것 같은 통증이 왔지만 곧 흘러간다. 몇 달 전에만 해도 상상할 수 없었던 기적 같은 일이다.

세상이 부러워하는 축복이었다.

세상이 부러워했고 복이라 했고 지섭도 인정했다. 모든 걸 가졌으니 행복했고 행복을 가져다주는 그 모든 게 없다면 당연히 불행할 것이었다. 가질수록 행복한 거라고 믿었다. 가질 수 있으면 당연히 가졌고 그렇게 사는 것이 성공한 삶이라 생각했다. 결혼을 하고 더 큰 집으로 옮겼고 미강이가 태어난 후엔 해줄 수 있는 건 다 해주었다. 무엇이든 해줄 수 있는 자신의 처지가 기쁘고 자랑스러웠다. 무엇이든 받을 수 있는 미강이도 최고로 행복한 아이가 되어야 했다. 그럴 거라 생각했다. 행복하게 해줄 수 있다고, 행복을 가져다줄 수 있고 지켜줄 수 있다고 믿었다. 어리석고도 무지했다.

그때를 생각하면 부끄럽다는 생각까지 든다. 그렇게 철저하게 무지했기 때문에 철저하게 행복할 수 있었다. 바늘구멍 하나면 터져버릴 풍선 속에 있는 행복. 그 연약한 풍선 같은 무지의 울타리 속을, 철로 만든 갑옷으로 알고 살았다. 눈에 보이는 모든 것들이, 견고한 갑옷이라 믿었던 물질이 얼마나 쉽게 사라질 수 있는지 몰랐다.

미강이가 사라졌다, 감히 있을 수 없는 일이 벌어졌다.

미강의 부재는 모든 걸 사라지게 했다. 미강이만 사라졌을 뿐 많은 것은 그대로였다. 많은 걸 가지고 있으면 하나쯤 사라지는 건 아무것도 아닐 줄 알았다. 금방 채울 수 있을 줄 알았다. 다시 채우면 되는 것인 줄 알았다. 집도, 차도, 인기도, 산도, 강도.

그런데 미강은 그 모든 걸 다 가지고 가버렸다. 한꺼번에 사라졌다. 큰 집은 괴괴해졌고 멋진 차의 멋은 어디로 가버렸는지, 괴물 같은 시커먼 덩치로 차고에 처박혔다. 인기? 귀찮았다. 하늘도 산도 눈에 보이지 않았다. 아내? 아내가 그렇게 슬픈 존재로 변해버릴 수가 있다니. 사랑스럽고 좋아서 날마다 미치고 싶었던 아내는 돌아보기도 무서운 슬픔 덩어리로 변해버렸다.

푸른 산도, 맑은 강도 꿈속에 보이는 무심한 배경일 뿐, 빛을 잃었다. 세상에 빛나는 건 아무것도 없었다.

미강만 생각하면 그대로 미치광이가 되었다. 지옥이었다. 벗어날 길이 없다고 생각했다. 미강이가 살아 돌아오지 않는 한 지옥을 벗어날 방법은 없었다. 방법을 알지도 못했고 그런 게 있을 수도 없었다. 끝이 보이지 않았다. 끝이 보이지 않는 지옥. 죽거나 미치지 않으면 벗어날 수 없는 지옥.

사문이 없었다면, 아니 사문에 대한 사랑, 아니 아내에 대한 남편으로서의 책임감이 없었다면 지금쯤 거리를 떠도는 미치광이가 되어 있거나 마약이라도 했을지 모른다.

그날,

허공을 긁고 있는 사문의 손끝에서 미강을 보았다. 미강이가 손끝에서 웃고 있었다. 초점 없는 사문의 눈에도 미강이 있었다. 그녀의 흔들리는 눈빛에 미강도 같이 흔들리고 있었다. 미강은 꿈에도 한 번 나타나지 않았다. 잠을 청하면서 간절히 부르기도 했지만 미강은 와주지 않았다. 그런데 사문의 눈에서 미강을 보았다. 아니 사문이 미강으로 보였던가.

사문은 나오지 않는 목소리로 울기만 했다. 말도 잃어버리고 울기만 했다. 아니 울음소리도 잃어버렸는지 소리도 나지 않았다. 새끼 고양이가 우는 듯한 소리가 새나올 뿐이었다. 자는 것도 먹는 것도 잊은 것 같았다. 물을 주면 물을 먹은 만큼 눈물로 흘려버렸다.

무엇이 보이는지 손을 들어 허공을 저었다. 초점 없는 눈으로 허공을 만지고 있었다. 그녀가 미쳐가고 있는 것인가! 왜 그 생각을 하지 못했단 말인가. 그게 왜 이제야 보이는가. 사문은 날마다 허공을 긁고 있었다. 지섭은 그걸 인식하지 못했다. 이상하다는 인식을 하지 못했다. 바보 같은 놈. 지섭은 자신에게 욕을 했다. 정신이 번쩍 들었다. 잘못하면 그녀를 잃겠구나. 그녀를 살려야 했다.

지섭은 허공에 던져진 사문의 손을 잡았다. 손을 잡힌 사문의 눈이 그를 향했다. 그 순간 미강이 보였다. 사문의 손끝에서, 눈빛에서 미강을 보았다. 그를 보는 사문의 눈빛이 흔들렸다. 미강도 같이 흔들렸다. 흔들림은 눈물로 변해 떨어졌고 그녀는 지섭을 안고 울기 시작했다. 소리 내어 울기 시작했다. 잃어버린 줄 알았던 울음소리가 괴괴한 적막을 깨뜨리고 집안을 울렸다. 울음소리가 막혀 있던 장막을 걷어낸 듯, 지섭의 가슴이 차라리 시원해졌다. 그녀의 울음소리가 그를 현실로 데리고 왔다.

무엇이건 해야 했다. 그게 죽는 길이었다 해도 해야 했다. 아무것도 하지 않고 있는 상태는 견딜 수가 없었다.

그녀의 손을 잡고, 생명의 손을 잡고 일어나 밖으로 나갔다. 아내는 무게가 없는 것처럼 그의 손이 끄는 대로 이끌렸다.

무작정 시작한 걸.

무겁기만 하던 다리가 갈수록 가뿐해졌다.

이상한 열기에 휩싸인 듯도 하고 맑은 공기를 담은 커다란 공 속에 떠 있는 듯도 하였다. 순간순간 세상과 뚝 떨어진 작은 별 속에 홀로 엎드려 있는 자신의 환상도 보았다.

미칠 듯한 마음이 사라지는 게 제일 신기했다. 무심은 아니었다. 담담한 슬픔이 우물처럼 고였다. 그저 찰랑대는 정도의 슬픔이 조용히 가슴에 머물렀다. 내가 흔들고 잠재울 수도 있을 것 같은 슬픔이, 다른 사람의 슬픔을 돌아볼 여유 정도는 남겨놓은 슬픔이 지섭을 채웠다.

사문의 슬픔이 보이면서 자식을 잃은 수많은 부모의 슬픔이 보였다.

눈물이 홍수처럼 터져나왔다.

분명 미강이 때문만은 아닌 눈물이었다.

놀랍게도 지섭은 자식을 잃은 수많은 부모의 가슴으로 울고 있었다. 가족을 잃은 가슴으로 울었고 부모를 잃은 자식의 가슴으로도 울었다.

그들을 위로해주고 안아주고 싶은 벅찬 행복이 가슴에 퍼졌다.

세상을 향해 터진 가슴. 순간의 환희. 그 순간 미강의 죽음은 하나도 무겁지 않았다. 수많은 죽음으로 나누어진 미강의 죽음은 티끌만큼 가벼워졌다. 수많은 사람들의 슬픔으로 나누어진 지섭의 슬픔도 티끌만큼 작아졌다.

슬픔을 나누어가질 수도 있고 기쁨을 나눌 수도 있었다. 많은 사람들의 슬픔이 지섭의 슬픔이었고 많은 사람들의 행복이 지섭의 행복으로 다가왔다.

미강은 모든 생명의 일부이며 전부였다.

세상 모든 것 속에서 미강을 볼 수 있으며 미강의 눈으로 모든 세상을 볼 수도 있었다.

그런 환희의 순간이 끝나면 넘치는 괴로움이 가슴을 채워버리지만 지섭은 이제 적어도 지옥을 벗어나는 방법이 있다는 건 알았다.

길이 있으면 가야 한다. 그 길의 끝에 도달하지 못하더라도 그 길로 가야 한다는 걸 알고 있다.

지섭은 지금 그 길 위에 있다.

* * *

노을이 어둠에 밀려나고 있다.

코스모스의 고운 빛이 어슴푸레한 어둠 속으로 녹아든다. 어둠과 하나가 되려하고 있다.

사문은 이마의 땀이 공기 속으로 스미는 것을 느낀다.

먼저 절을 끝낸 지섭은 앞만 보며 묵묵히 앉아 있다. 그의 존재의 무게를 온몸으로 느낀다. 그가 없었다면 어떻게 되었을까. 그의 보살핌이 없었다면.

고마운 사람이다. 가여운 사람이다. 담담한 표정 속에 고통이 숨어 있다. 지섭의 아픈 마음이 밀려와 가슴이 아프다.

사문만 자식을 잃은 게 아니었다. 아이를 잃은 젊은 아버지. 그 젊음이 더 고통스럽게 다가온다. 살아야 할 날이 많다는 건 고통스러운 날도 많다는 것이다. 지섭은 고통을 안고 그녀까지 돌보려했다.

지섭에게도 미강은 다시는 얻을 수 없는 보물이었다.

산고를 같이 하며 사문의 고통에 혼이 빠진 남자. 아이를 가진 것까지 후회했던 남자였다. 다시는 그런 고통을 볼 수 없다며 또 다른 미래를 포기한 남자였다. 그랬던 마음이 미안했던지 미강에게 더 끔찍했던 아버지였다. 사문을 향한, 미강을 향했던 그 사랑의 무게가 마음을 무겹게 눌렀다.

사문은 부끄러웠다.

혼자만 자식을 잃은 게 아니었다. 자기에게 미강만 있는 게 아니었다. 하지만 그녀에겐 미강밖에 없었다. 미강을 잃은 슬픔에 오롯이 빠져 지섭이 보이지 않았다. 어떻게 밥을 먹고 어떻게 잠을 자고 어떻게 장례를 치렀는지.

적어도 지섭은 정신을 놓지는 않았다.

그녀를 이끌고 헤어나려 했다.

혼자서 그 괴로운 바다를 어떻게 건너왔을까. 자식을 잃은 고통과 고통에 빠져 허우적거리는 아내까지 등에 지고 어떻게 견뎠을까. 얼마나 암담하고 외로웠을까.

참담했을 그의 심정이 눈앞에 선연히 보인다.

그녀는 그의 아픔에 위로가 되어야 할 사람이다. 같이 아파하며 견뎌야 할 사람이었다. 그를 사랑하는 사람이지 않는가. 가장 가까운 사람이지 않는가. 그의 슬픔의 끝자락까지 아는 단 한 사람. 위로를 줄 수 있는 유일한 사람이었다. 하지만 가장 필요할 때 그녀는 다른 곳에 가 있었다. 그녀의 마음은 어디에 있었을까. 어디를 헤매고 다녔을까. 하지만 지섭은 그녀 곁에 있었다. 그녀를 살피고 이끌었다. 마음을 잃지 않았다.

고맙고 아픈 마음이 벅차게 가슴을 채운다.

지섭에 대한 사랑이 가슴에 퍼지면서 사문은 환희를 느낀다. 사랑으로 행복한 가슴. 사랑이 있다면 행복할 수 있다. 그녀에겐 사랑할 사람

이 있다. 샘물처럼 솟아오르는 사랑은 미강의 죽음을 구름 위로 둥실
둥실 가볍게 떠올리고 있다.

놀랍다.

다시는 행복을 느끼지 못할 줄 알았다. 행복할 수 없을 줄 알았다.

그에 대한 연민이, 그의 아픔을 위로하고 싶은 마음이 미강의 죽음을
조용히 받아들이게 하고 있다.

죽음은 언제나 어디서나 있는 것. 생명이 있으면 죽음도 있는 것.

이 마음이 언제까지나 지속되지 않는다는 건 알고 있다. 곧 견디기
힘든 그리움에 마음이 찢길지 모른다. 마음이 찢길 것도 알지만 가까
운 곳에 사랑이 뱀처럼 도사리고 있다는 것도 알고 있다. 어떤 때는 꼭
꼭 숨어 찾기가 힘든 사랑. 그래서 그 존재를 잊어버리고 깊은 아픔의
나락에 빠질 때도 있지만, 있다면 언젠가는 드러나리라. 사랑은 반드
시 존재를 드러낸다. 그런 믿음이 사문에게 생겼다.

그 믿음의 싹이 자라나고 있다.

언젠가는 튼튼한 거목이 될 싹이.

지섭은 촬영장에 있다.

야외 촬영은 더 고단하기는 하지만 경치가 좋은 곳이면 피곤쯤은 기꺼이 감수할 수 있다. 눈을 들어 하늘을 보고 나무를 볼 수 있다면.

지섭은 매 순간 자신의 움직임을 의식한다. 움직이는 자신을 보는 또 다른 자신이 있다고 생각하면 소홀한 동작이 있을 수 없다. 자신뿐만 아니라 주변의 모든 것이 자신을 보고 있다고 느낀다. 풀이든, 나무든, 아님 지나가는 고양이라도. 그에게 보이는 것은 그들에게도 보인다.

그 느낌은 어떤 행동도 생각 없이 할 수 없게 만든다. 어떤 행동을 하든 어떤 말을 하든 깨어있지 않을 수가 없다. 순간순간에 집중하게 된다. 그렇게 연기를 하다 보면 절 삼매에 빠질 때와 같은 환희를 느끼곤 한다.

틈이 날 때면 지금도 절을 한다.

하지만 할 시간이 나지 않아도 이젠 초조하지도 불안하지도 않다.

순간순간 즐겁게 그 상황에 몰두한다.

감독은 쉬는 동안 지섭의 연기가 더 좋아졌다고 감탄이다.

연기를 다시는 하지 못할 줄 알았다고 하면서.

촬영이 끝났다.

오늘은 이곳에서 묵어야 한다. 내일도 촬영이 있고 서울까지 왔다갔다 하기엔 너무 먼 거리다. 일주일 정도는 묵어야 한다고 했다. 오늘 촬영은 끝이 났고 이제 곧 철수하고 잠자리로 이동을 할 것이다.

해가 지고 있었다.

해가 거의 떨어지고 있다.

서쪽 산등성이에 손톱만큼 걸려 있는 해는, 마치 웃는 사람의 눈썹처럼 흔들린다.

지섭이 앉아 있는 언덕 위로 석양이 꽃비처럼 조용히 내려앉는다.

후광처럼 빛의 세례를 받고 있는 지섭.

그는 숨도 쉬지 않는 것처럼 꼼짝도 하지 않는다. 눈빛은 어디를 향해 있는지, 떨어지는 해를 보고 있는지, 아님 들판 가득 익어가는 고개 숙인 벼를 보고 있는지.

황금색으로 물든 그의 얼굴에선 희로애락의 감정을 읽을 수 없다. 잔잔한 듯도 하고 속울음을 울고 있는 듯도 하고 어찌 보면 생각이 멈춰 버린 듯도 하다.

마침내,

해가 완전히 넘어간다.

어둠이 소리 없이 땅 위에 깔리기 시작한다.

더욱 알 수 없게 된 지섭의 표정.

지섭은 어두워가는 언덕과, 벼가 익어가는 들판과 하나가 되어, 깊게 오래도록 그렇게 가라앉아 있었다.

* * *

사문은 아파트를 나섰다.

혼자 저녁을 먹었다.

지섭은 일주일 후에나 돌아올 것이다.

그는 촬영 출장 중이다.

지섭이 다시 연기를 하게 되어 기쁘다. 연기를 다시 하면서 지섭은
행복해했다. 자기가 그렇게 연기를 사랑하는 줄을 몰랐다고 하면서.

어제는 절에 갔다.

이젠 혼자 갈 때가 많다. 혼자면 혼자인 대로, 둘이면 둘인 대로 만
족한다.

같이 있지 않아도 같이 있을 수 있다는 걸 안다.

같이 있어도 그걸 모를 수 있다는 것도 안다.

사문은 이제 마음을 안다. 마음대로 할 수 있는 마음의 섭리를. 비록
다스리는 게 어렵기는 하지만 불가능한 게 아니라는 것을 안다.

아파트 단지를 벗어났다.

막 해가 넘어가는 중이었다.

대기는 한낮의 교만함을 버리고 한결 부드러운 빛을 띠었다. 가까이
내려온 하늘을 향해 가지를 내뻗은 가로수들이 욕심 없는 바람에 가볍
게 잎을 흔들었다.

벚나무 잎은 곱게 물이 들어있었다. 봄에는 멋지게 꽃잎을 휘날리더
니 지금은 고운 잎을 작은 새처럼 떨어뜨렸다.

아파트 단지를 지나고 길을 건너 산으로 난 산책로로 들어섰다. 공기가 한결 달라진다. 피부에 닿는 맑은 향기. 고개를 들어 하늘과 나무, 향기에 인사를 한다.

대기는 좀 더 붉어졌다.

붉은 대기 속에 감싸인 벤치. 사문은 벤치에 앉는다. 벤치 가까이 벚나무 가지가 내려와 있다.

그림 같은 자태다.

그림처럼 앉아 있는 사문.

벤치와 벚나무와 붉은 대기와 하나가 되어 사문은 오랫동안 그렇게 앉아 있었다.

친구 둘과 일본을 여행할 때였다.

스무 날 남짓한 동안 오사카, 도쿄, 교토를 돌았으니 자랑할 체력이 못되는 내겐 강행군인 셈이었다.

목적이 그저 관광이니 호텔에서 하루쯤 늘어진다 해도 큰일 날 일은 없었다. 하지만 난 죽어라 같이 돌아다녔는데 그게 친구에 대한 나름의 알량한 배려였다.

내가 어느 하루 호텔에서 쉬겠다 하면 굳이 말리지 않을 거라는 건 알고 있다. 하지만 같이 놀다가 누군가 중간에 빠지면 김이 샌다. 난 적어도 타국에서 친구들을 김새게 하고 싶지는 않았다. 숫자도 많지 않은 겨우 셋인데 말이다.

그러지 않아도 나 때문에 둘은 원하는 만큼 돌아다니지 못하고 있었다. 말하자면 내 체력을 고려한 일정이었다. 초저녁에 호텔로 돌아와 늘 초원이 그리운 들짐승처럼 창밖을 보며 나름 열정을 다스리고 있는 그들에게 또 다른 시련을 줄 수는 없지 않은가. 친구를 혼자 두었다는, 죄의식을 갖게 하는 시련을 말이다.

물론 과대망상에 가까운 이 이야긴 친구들에게 꺼내보지도 않았다. 비웃음을 당할 게 뻔했기 때문이다.

'제발 좀 그러지. 실컷 돌아다니게.'

아마 이 글을 보는 순간 둘은 그렇게 외칠 것이다.

하여튼 나 혼자만의 생각으로 죽어라 같이 다녔고 돌아오기 전 날에도 초저녁에 칼같이 호텔로 돌아왔다. 근데 그날은 둘의 반응이 심상찮았다. 마지막 밤을 그냥 보낼 수 없다느니, 살 게 있다느니 하며 자꾸 날 보았다. 마지막 밤이니 같이 나가지 않겠냐는 완곡한 요구였다.

심정적으론 나도 정말 그러고 싶었다. 하지만 도저히 엄두가 나지 않았다. 목욕까지 한 터라 몸은 침대 속으로 빨려들 듯 가라앉고 다시 일어나 옷을 입는다는 생각만으로도 다리가 무거웠다. 그들이 배려한 일정이었지만 우린 3주를 매일 쉬지 않고 돌아다녔다.

지하철과 버스를 이용하는 여행은 어딘가로 이동하는 과정에 이미 걷는 양이 엄청나다. 더구나 낯선 곳이다. 방향을 잘못 알아 지하도를 뱅뱅 돌고 버스 타는 곳을 찾아 걷고 또 걸어야 했다. 그리고 목적지에 도착하면 구경하느라 또 걸어야 하고.

내가 도저히 희망이 없어보이자 둘은 드디어 결정을 내린다.

그날 저녁, 친구들은 날 두고 외출을 했다.

한 시간 정도 못 알아듣는 텔레비전을 켜놓고 졸며 쉬며 누워있었다. 피곤함이 좀 가시자, 그들이 무얼 하고 있을까 슬슬 궁금해졌다. 오사카 시내에 있는 호텔이었고 호텔만 나서면 상가가 즐비한 화려한 밤거리다. 구경거리가 넘쳐날 게 분명하다. 여기저기 들쑤시며 보고 즐기느라 정신이 빠져 있을 것도 또한 분명했다.

그런데 내 못 말리는 지병이 상상력과 함께 발동을 한다.

잘 놀고 있겠지, 에서 별일은 없겠지, 로.

복잡한 거리에서 날치기나 뭐 그런 일을 당하지는 않겠지, 에서 길 건널 때 차는 잘보고 다니는지 모르겠네, 로.

약간의 염려를 상상을 섞어가며 하다 급기야 완전히 그 속에 빠지고 말았다.

어머나, 혹시, 무슨 일로, 그들이 못 돌아오면?

나 혼자 돌아가게 되는 일이 일어난다면?

드디어 상상은 현실이 되고 난 낯선 곳에서 두 친구를 한꺼번에 잃은 기막힌 상황에 처하고 말았다.

이 이야기는 그때 태어났다.

두 친구가 갑자기 돌아오지 못할 길로 가버렸다는 현실. 더구나 낯선 곳에서. 낯선 곳이라는 설정이 내겐 두 배로 기막힌 상황이었다. 난 타고난 방향 백치다. 길에 한해선 익숙한 곳이 없는 사람이다. 길은 언제나 새롭고 낯설다. 여행 내내 길은 친구들에게 몽땅 맡기고 졸졸 따라다닌 건 물론이다.

그런 내게 갑자기 그들이 없어진 것이다.

생각만 해도 기가 막혔다.

갑자기 믿었던 사람이 사라진다면?

그런 가정 아래 몇 개의 이야기가 그날 밤에 그려졌다.

어느 날 갑자기 그런 일을 겪은 사람이 세상엔 많을 것이다.

그들은 어떻게 위로받고 어떻게 살아가고 있을까.

얼마나 간절히 그런 일이 꿈이기를 소망했을까.

자고 일어나면 거짓이 되어버리는 꿈.

이 이야기는 바로 그 꿈이다.